데미안

# 데미안

헤르만 헤세 | 박여명 옮김

덛

# 차례

나는 내 안에서 이끄는 대로 살아보기 위해 노력했을 뿐이다.
그런데 그것은 왜 그리도 어려웠을까.

내 이야기를 하기 위해서는 훨씬 더 앞에서부터 시작할 필요가 있다. 할 수만 있다면 훨씬 더 먼 과거, 그러니까 내가 태어나던 해 그리고 그 이전, 저 멀리 나의 근원에서부터 이야기를 시작했을 것이다.

작가들은 소설을 쓸 때 마치 자신이 신적인 존재처럼 구는 경향이 있다. 한 사람의 인생을 개관하고 파악한 것처럼 말이다. 그래서 마치 신이 직접 이야기하는 것인 양 거침없이, 본질적인 것까지 묘사를 한다. 하지만 나는 그럴 수 없다. 사실 다른 작가들도 잘하지는 못한다. 작가들마다 자신의 작품이 중요한 것처럼 나의 이야기 역시 그것과 비교할 수 없을 정도로 내게 중요한 의미가 있다. 이것은 나의 이야기이자, 한 인간의 이야기이기 때문이다. 만들어내거나 있

7

었을 법한 이야기, 이상적이거나 어떤 형태로든 존재했던 이야기가 아니라 진짜 하나뿐인, 살아 있는 인간의 이야기 말이다. 하지만 오늘날에는 과거에 비해 진짜 살아 있는 인간이 무엇인지 알기가 어렵다. 그래서 자연이 만들어낸 귀중하고 유일한 시도의 결과물인 한 사람, 한 사람을 무더기로 쏴 죽여버린다. 만일 유일한 것 그 이상의 존재가 아니었더라면 우리 모두는 총알 하나로 아예 이 세상에서 제거되었을지도 모른다. 그랬다면 이 이야기를 하는 것도 아무런 의미가 없으리라. 하지만 인간이란 그 자신일 뿐 아니라 유일한 존재이며, 매우 특별하고, 특히 이 세상의 현상들이 단 한 번 교차하며 만들어지는, 이후로 다시는 마주치지 않는 중요하고도 특별한 지점이다. 그렇기 때문에 모든 인간에게는 중요하고, 영원하며, 신성한 이야기가 있다. 각자 어떤 방식으로든 자신의 인생을 살아가며, 자연의 섭리를 이루어가기에 인간은 모두 경이로운 존재이고 주목받을 가치가 있는 것이다. 모든 인간 안에서 정신은 형상이 되고, 모든 인간 안에서 피조물은 고통을 받으며, 모든 인간 안에서 구세주의 수난은 계속된다.

인간이란 무엇인가. 오늘날 이것을 아는 사람은 많지 않다. 대부분 느낄 뿐이다. 그렇기 때문에 더 쉽게 죽는다. 이 이야기를 끝마친 후에는 더 쉽게 죽을 수 있게 될 나처럼 말이다.

나는 나 자신을 지식이 있는 사람이라고 할 수 없다. 나는 무언가를 찾는 사람이었고, 지금도 그렇다. 하지만 이제는 그 무언가를 별이나 책에서 찾지 않는다. 나는 내 안의 피가 속삭이는 가르침에 귀를 기울이기 시작했다. 내 이야기가 편하지만은 않을 것이다. 지어낸 이야기처럼 달콤하거나 균형감이 있지도 않을 것이다. 내 이야기에서는 쓸모없고, 혼란스럽고, 광적이고, 몽상적인 맛이 날 것이다. 더 이상 자신을 기만하지 않으려는 사람들의 인생 맛이 그러하듯이 말이다.

인간의 생이란 자기 자신에게로 가는 길이자, 길을 찾기 위한 시도, 암시들을 좇아가는 것이다. 온전히 자기 자신이 되어 살아가는 사람은 없다. 그럼에도 모든 인간은 할 수 있는 선에서 자기 자신이 되기 위해 노력한다. 누군가는 불분명하게, 또 누군가는 또렷하게. 인간은 생의 마지막 날까지 출생의 찌꺼기, 태고의 점액과 점막을 가지고 간다. 결국 인간이 되지 못한 채 생을 마감하는 사람도 있다. 개구리에 그치거나, 도마뱀 혹은 개미로 남는 것이다. 상반신은 인간, 하반신은 물고기인 경우도 있다. 우리의 근원은 같다. 어머니. 우리는 동일한 구멍에서 나오지만 각자의 깊은 내면에서 비롯된 시도와 돌진으로 저마다 다른 목표를 성취하기 위해 노력한다. 우리는 서로를 이해할 수 있다. 하지만 해석할 수 있는 것은 자기 자신뿐이다.

# 두 개의 세상

내 이야기는 내가 열 살 혹은 열한 살이 되던 즈음부터 시작해보려고 한다. 나는 작은 도시에서 라틴어 학교에 다니고 있었다.

그 시절을 떠올리면 향기가 풍겨온다. 고통과 기분 좋은 전율이 내 마음을 어루만진다. 어두운 거리와 밝게 빛나던 집들과 성탑들, 성탑에서 울려 퍼지던 시계 종소리, 사람들의 얼굴, 편안함과 쾌적함이 있으며 동시에 온갖 비밀과 유령에 대한 공포로 가득했던 방들. 따뜻하고 비좁은 공간, 집토끼와 하녀, 민간요법을 위한 약초와 마른 과일의 냄새. 그곳에서는 두 개의 세상이 뒤섞였다. 양극단의 두 세상에서 낮과 밤이 찾아왔다.

하나의 세상은 나의 아버지 집이었다. 아버지 집에 대한 나의 개념은 다소 편협하다. 부모님에 대한 기억이 전부이기 때문이다. 나에게는 너무나도 친숙한 세상이었고, 아버지와 어머니로 대표되는 세상이자, 사랑과 엄격함의 세상, 모범과 학교의 세상이었다. 은은한 빛이 있었고, 투명함과 깨끗함, 다정하고 친절한 말, 청결한 손과 옷, 모범적인 가정 풍습이 있었다. 아침이면 찬송가를 부르는 소리가 울려 퍼졌고, 성탄절을 축하했으며, 미래를 향한 반듯한 노선과 길, 사랑과 존중, 성경 말씀과 지혜가 있었다. 우리의 미래도 이 세상에 어울리는 모습이어야 했다. 투명하고, 깨끗하며, 아름답고, 질서 있는 모습 말이다.

그와 동시에 우리 집 한복판에는 다른 세상이 존재했다. 전혀 다른 모습의 세상이었다. 냄새도, 말도, 제공하는 것과 요구하는 것도 달랐다. 두 번째 세상에는 하녀와 직공이 있었고, 유령에 대한 이야기와 소문, 공포와 유혹, 온갖 끔찍하고 의심스러운 것들이 가득했으며, 도살장, 감옥, 주정뱅이, 악쓰며 욕을 퍼붓는 여자들, 새끼 낳은 암소들과 쓰러진 말들, 도난, 살인, 자살의 이야기들이 존재했다. 이처럼 아름답고, 혐오스러우며, 거칠고, 잔인한 것들이 나를 둘러싸고 있었다. 도로와 이웃 가정에는 경찰과 부랑자들이 돌아다녔고, 주정뱅이들은 아내에게 폭력을 휘둘렀으며, 저녁이 되면 어린 여자들이 떼를 지어 공장에서 쏟아져 나왔고, 노파들은 주술을 걸어 사람들을 병들게 했다. 숲속에는 강도 떼들이 있었고, 경찰은 방화범들을 체포했다. 곳곳에서 이 두 번째 세상이 나타나 강렬한 냄새를 풍겼다. 하지만 어머니와 아버지가 계시는 우리 집만큼은 달랐다. 그것은 매우 다행이었다. 온갖 소란, 통곡, 어둠, 폭력 속에서도 우리 집만큼은 평화와 질서, 평온, 의무, 양심, 관용, 사랑이 존재한다는 것, 그것은 실로 경이로운 일이었다. 한 걸음만 옮기면 어머니에게로 도망칠 수 있다는 것 말이다.

무엇보다 놀라운 사실은 서로 다른 이 두 개의 세상이 인접해 있다는 것이었다. 그 경계는 너무나도 가까웠다. 예컨대 우리 집 하녀인 리나가 그랬다. 거실에서 함께하는 저녁 기도 시간이 되면 리나는 말끔하게 쓸어내린 앞치마 위에 깨끗하게 닦은 손을 올려놓고 문 앞에 앉아 밝은 목소리로 찬송가를 함께 불렀다. 그럴 때면 그야말로 완벽한 아버지와 어머니의 사람이었다. 우리 집에, 밝고 올바른 것에 어울리는 존재. 하지만 이후 부엌이나 창고에서 목이 없는 난쟁이 이야기를 해준다거나 어느 작은 상점에 있는 정육점에 갔다가 이웃집 여자들과 다툴 때는 달랐다. 그럴 때의 리나는 전혀 다른 사람이 되었다. 다른 세상에 속한 사람, 온갖 비밀에 둘러싸인 사람 말이다.

사람들 모두가 그랬다. 그중에서도 내가 그랬다. 나는 밝고 올바른 세상에 속한 사람이었고, 부모님의 자식이었다. 하지만 나의 눈과 귀가 향하는 모든 곳에는 다른 것들이 가득했다. 분명 그 세상은 낯설고 두려웠으며, 죄책감이나 공포를 불러일으킬 때가 많았다. 하지만 나 역시 그 다른 세상에 살고 있었다. 심지어 그 세상에서의 삶이 더 좋을 때도 있었다. 그럴 때면 빛이 있는 집으로 돌아온 것이 — 제아무리 필연적이고, 좋은 것이라도 — 덜 아름다우며, 더 지루하고 적막한 곳으로의 복귀처럼 여겨지기도 했다. 내 인생의 목표는 아버지, 어머니와 같은 사람이 되는 것이었다. 그만큼 밝고, 순수하고, 신중하며, 질서 있는 사람이 되는 것. 하지만 그와 같은 존재가 되기 위해 가야 할 길이 너무 멀다는 것을 깨달을 때도 있었다. 나는 학교생활을 견뎌야 하고, 대학에 진학해야 하며, 각종 시험과 실습을 거쳐야 했다. 하지만 그 길은 언제나 다른 길, 다시 말해, 어두운 세상 한가운데를 통과하게 돼 있었다. 그렇기 때문에 두 번째 세상에 머물기로 한다거나, 그 속에 빠져버리는 것도 불가능한 일은 아니었다.

성경 말씀에도 그렇게 된 탕자의 비유가 있다. 나는 그 이야기를 열정적으로 읽었다. 이야기 속에서는 잃어버린 아들이 아버지를 찾아 고향으로, 선으로 돌아오는 것은 구원이었고 위대한 결과였다. 그것이 옳으며, 선하고, 추구할 만한 가치를 지니고 있다는 생각에는 변함이 없었다. 하지만 악의 존재들, 탕자들이 등장하는 이야기가 주는 유혹에 흔들릴 때가 있었다. 이런 말을, 이런 고백을 해도 될는지 모르겠지만 솔직히 말해 탕자가 참회를 하고 돌아왔다는 사실이 오히려 아쉽기도 했다. 하지만 이는 내 감정의 가장 깊숙한 곳에 존재하는 인식이나 막연한 가능성일 뿐이지, 그것을 입밖에 내지 않았고 그럴 생각도 없었다. 악마라는 존재를 떠올릴 때도 그랬다. 길 아래쪽에 변장을 한, 혹은 변장을 하지 않은 악마가 있는 모습은 자연스러웠다. 일 년마다 열리는 장이나 술집에 있는 것도 그랬다. 하지만 우리 집에서 그런 악마는 결코 어울리는 존재가 아니었다.

　나의 누이들도 밝은 세상의 사람들이었다. 기본적으로 아버지, 어머니를 더 많이 닮았으며, 나보다 착하고 예의가 바르고, 실수도 적었다. 누이들도 실수나 버릇없는 행동들을 보일 때가 종종 있었다. 그러나 어두운 세상에 더 가까이서 있는 나에 비하면 그 정도가 달랐다. 나의 경우에는 악한 것과의 접촉으로 마음이 무거워지거나 부끄러워질 때가 종종 있었다. 누이들은 부모님과 마찬가지로 소중히 여기고 존중해야 할 존재였다. 그래서 누이들과 다투고 난 후에는 늘 양심의 가책에 시달렸다. 악한 쪽, 갈등을 일으킨 쪽, 그래서 용서를 구해야 하는 쪽은 언제나 나였다. 누이들과 다투는 것은 곧 부모님과 선, 규율을 욕보이는 것이었다. 그 때문이었을까, 내게는 누이들보다는 거리를 떠돌아다니는 못된 남자아이들과 나누는 편이 더 나은 비밀들도 있었다. 밝은 날, 양심의 가책도 없는 좋은 날에는 누이들과 어울렸다. 착하고 단정한 존재가 되어 누이들과 어울릴 때면 모범적이고 고상해 보이는 내 모습이 좋았다. 천사가 된다는 것이 바로 이런 모습일 것이다. 천사란 우리가 알고 있는 가장 훌륭한 존재였으므로. 맑은 소리와 크리스마스의 향기, 행복에 둘러싸여 천사가 되는 것은 너무나도 달콤하고 멋진 일이었다. 오, 하지만 그런 시간과 나날들은 너무나도 드물게 찾아왔다! 선하고 순수한, 허락된 놀이를 하다가도 나는 넘치는 열정과 과격함으로 이따금 누이들을 힘들게 하곤 했다. 한번 분노에 사로잡히면 나는 끔찍한 모습으로 돌변해 내가 하고 있는 말과 행동이 못된 것임을 알면서도 지나친 행동을 했고, 결국 싸움으로 이어졌다. 그 순간이 지나고 나면 언제나 후회와 참회의 시간이 찾아와 나를 괴로움과 어둠 속에 빠뜨렸다. 그에 못지않게 힘든 것이 용서를 구하는 시간이었다. 하지만 그 과정을 거치고 나면 다시 밝은 빛이 비추며 몇 시간 혹은 잠시나마 갈등 없는 고요와 감사의 행복을 허락받았다.

나는 라틴어 학교에 다녔다. 산림청장 아들과 시장의 아들이 우리 반에 있었는데, 다소 거칠기는 해도 선하고 허락된 세상에 속해 있는 아이들이었다. 이 아이들과 이따금씩 어울리기도 했지만 나는 평소에 무시하던 이웃집 남자아이들이나 공립학교 아이들과 가까운 관계를 유지하고 있었다.

나의 이야기는 그중 한 친구에 대한 것에서부터 시작된다.

수업이 없는 어느 오후였다. 열 살이 된 지 얼마 안 되었을 때다. 이웃에 사는 두 친구와 돌아다니고 있을 때, 조금 더 나이가 많은 한 녀석이 합류를 했다. 힘이 세고 거칠기로 유명한 열세 살의 프란츠 크로머였다. 녀석은 공립학교에 다니고 있었고, 재단사로 일한다는 술주정뱅이의 아들이었다. 가족 전체에 대한 소문이 그닥 좋지 않은 친구였다. 나 역시 그에 대해 잘 알고 있었고, 내게는 두려운 존재였다. 그래서 프란츠 크로머가 갑자기 우리 사이에 끼어든 것이 불편했다. 프란츠 크로머는 제법 성인 남자다운 분위기를 자아내고 있었는데, 공장에서 일하는 젊은 노동자들의 걸음걸이와 말투를 따라 했다.

프란츠 크로머의 주도하에 우리는 다리 옆에서 강가로 내려갔고, 첫 번째 교각 아래로 들어가 몸을 숨겼다. 아치 형태의 교각과 유속이 느린 강물 사이로 형성된 좁은 강변에는 온갖 쓰레기와 유리 조각, 버려진 물건, 녹이 슬어버린 철사 뭉치와 그 밖의 잡동사니들이 가득했다. 가끔은 그사이에서 쓸 만한 물건을 발견할 때도 있었다. 우리는 크로머의 명령에 따라 그곳을 뒤져 발견한 것들을 보여주었다. 그러면 크로머는 그것을 주머니에 챙겨 넣거나 다시 물속으로 던져버렸다. 크로머는 특히 납이나 구리, 주석으로 된 물건이 있는지 잘 살펴보라며 주의를 주었다. 물론 그런 물건들은 즉각 그의 주머니로 들어갔다. 그중에는 뿔로 만든 빗도 있었다. 나는 프란츠 크로머와 같이 다니는 것이 매우 불안했다. 혹시라도 아버지가 알게 되면 이런 만남을 금지시킬 게 틀림없을 것이기도 했지만, 사실 그보다는 크로머라는 존재에 대한 내 두려움이 더 큰 이유였다. 그래서 프란츠 크로머가 나를 받아들이고, 다른 아이들처럼 대해주는 것이 기뻤다. 크로머가 명령을 하면 우리는 그 명령에 따랐다. 프란츠 크로머와 어울린 것은 이날이 처음이었는데도 이상하게 몸에 배어 있는 듯한 느낌이 들었다.

마침내 우리는 땅바닥에 앉았다. 프란츠 크로머가 강물에 침을 뱉었다. 신기하게도 치아 사이로 정확히 원하는 곳에 뱉었는데 그 모습이 제법 어른스러워 보였다. 대화가 시작되었다. 아이들은 학교에서 벌어지는 온갖 영웅담과 탈선의 이야기들을 자랑스럽게 늘어놓았다. 나는 침묵했다. 하지만 그 침묵이 크로머의 신경을 거슬려 화나게 할까 두려웠다. 친구 놈들은 둘 다 내게 등을 돌린 크로머에게 들러붙어 있었고, 그들 사이에서 어느새 나는 이방인이 되어 있었다. 내 옷차림과 태도가 아이들을 자극한다는 것도 알고 있었다. 라틴어 학교 학생인 데다 점잖 빼는 집안의 아들인 나를 크로머가 달갑게 여길 리 없었다. 나머지 두 녀석도 친구라 하지만 상황에 따라 언제든 나를 모른 척할 수 있는 아이들이었다.

나는 불안함을 이기지 못하고 결국 이야기를 지어내 늘
어놓기 시작했다. 내가 멋지게 도둑질을 했다는, 말도 안 되
는 거짓말이었다. 어느 날 밤, 모퉁이 물방앗간집 근처에 있
는 과수원에 친구 한 놈과 숨어 들어가 사과를 훔쳤다고, 잔
뜩 훔친 그 사과를 큼지막한 자루에 담았는데, 글쎄, 그 사
과가 보통 사과가 아니라 레네트, 골드 파르메네 등 최상품
의 사과들이었다고, 나는 말했다. 순간적인 위험에서 벗어
나기 위한 묘책이었다. 이야기를 꾸며내는 것은 어려운 일
이 아니었다. 오히려 말이 끊겼다가는 더 고약한 일에 휘말
릴 수 있는 상황이었으므로 나는 예술혼을 불살라 이야기
를 이어 나갔다. 같이 간 친구가 나무에 올라가 사과를 따
는 사이, 나는 망을 보고 있었다고, 그런데 훔친 사과를 담
은 자루가 너무 무거워서 다시 열어 절반을 남겨두고 올 수
밖에 없었다고, 하지만 30분 정도 후에 다시 가서 나머지도
챙겨왔다고, 나는 말했다.

　　이야기가 끝나면 박수가 나올 수도 있겠다고 생각했다.
말하는 도중 나도 모르게 내가 지어낸 이야기에 푹 빠져버
렸기 때문이다. 후반부에 이르러서는 몸에 열이 오를 정도
였다. 하지만 이야기가 끝난 후에도 두 친구 녀석은 침묵할
뿐이었고, 프란츠 크로머는 도리어 가느스름하게 뜬 눈으
로 나를 노려보더니 위협적인 목소리로 물었다.

　　"그거 진짜야?"

"당연하지." 내가 말했다.

"그러니까, 정말로 그랬다 이 말이지?"

"그렇다니까. 정말로 그랬어." 나는 고집스럽게 대답했다. 하지만 속으로는 너무 겁이 나서 숨도 쉴 수 없을 정도였다.

"맹세할 수 있어?"

나는 깜짝 놀랐다. 하지만 이내 그렇다고 대답했다.

"그럼 말해봐. 하느님과 목숨을 걸고 맹세한다고."

내가 말했다. "하느님과 목숨을 걸고 맹세해."

"그렇다면, 뭐." 크로머가 말하더니 몸을 돌렸다.

그것으로 나는 위기를 모면했다고 생각했다. 실제로 크로머는 자리에서 일어나 집으로 돌아갈 준비를 했고, 나는 그것이 너무나도 기뻤다. 다리 위로 올라갔을 때, 나는 이만 집에 가봐야 할 것 같다고 조심스럽게 말을 꺼냈다.

"뭘 그렇게 서둘러?" 프란츠 크로머가 웃으며 말했다. "어차피 같은 방향인데."

프란츠 크로머가 느린 걸음으로 앞장을 섰다. 실제로 크로머가 들어선 길이 우리 집으로 가는 방향이었으므로 나는 감히 다른 길로 빠질 엄두를 낼 수 없었다. 집 앞에 도착했을 때, 현관문과 두툼한 놋쇠 손잡이, 창가의 햇살과 어머니의 방에 걸린 커튼이 눈에 들어왔다. 그제야 나는 안도의 한숨을 내쉬었다. 오, 고향으로 돌아왔다! 집으로, 밝은 세상으로, 평화 속으로. 그것은 선하고 축복받은 귀환이었다.

나는 재빨리 현관문을 열고 그 사이로 몸을 구겨 넣었다. 하지만 문을 닫으려던 순간, 프란츠 크로머가 나를 안쪽으로 밀어 넣으며 집 안으로 들어왔다. 빛이라고는 정원이 있는 쪽에서 들어오는 것이 전부인 어두컴컴한 타일 바닥의 복도에서 크로머는 내 팔을 붙잡았다. "뭐가 그렇게 급해?" 크로머가 낮은 목소리로 말했다.

나는 깜짝 놀라 프란츠 크로머를 바라보았다. 내 팔을 움켜쥐고 있는 그의 손이 마치 무쇠처럼 느껴졌다. 도대체 무슨 속셈인 걸까. 나는 생각했다. 혹시 나를 때리려는 것은 아닐까. 지금 내가 크게 소리를 지른다면 어떻게 될까. 누군가가 그 소리를 듣고 당장 달려와 일이 더 커지기 전에 나를 도와주지 않을까. 하지만 그러지 않는 편이 나을 것 같았다.

"무슨 일인데?" 내가 물었다. "원하는 거라도 있어?"

"별건 아니야. 몇 가지 더 물어볼 게 있어서 말이지. 굳이 다른 애들까지 들을 필요는 없는 내용이라."

"그래? 좋아, 그럼. 무슨 말이 듣고 싶은데? 너도 알겠지만, 이제 나는 올라가봐야 해."

"너도 알고 있지?" 프란츠 크로머가 조용히 물었다. "물방앗간집 옆에 있는 과수원 말이야. 누구 소유인지."

"아니, 난 몰라. 물방앗간 주인 거겠지."

그러자 프란츠 크로머가 내 어깨에 손을 두르며 나를 가까이 끌어당겼다. 그의 얼굴이 코앞에 있었다. 눈빛에서는 사악함이 묻어났고, 얼굴에는 음흉한 미소가 번졌다. 잔인함과 난폭함이 서린 모습이었다.

"그렇다면 말이야, 꼬마. 그 과수원이 누구 소유인지 내가 말해줄게. 그 집 과수원에서 사과를 훔쳐간 사람이 있다는 건 진작부터 알고 있었거든. 범인을 잡는 사람에게는 2마르크를 주기로 한 것도 말이야."

"말도 안 돼!" 내가 소리를 질렀다. "설마 그게 나라고 말하려는 건 아니지?"

프란츠 크로머에게 동정을 구하는 것은 아무래도 무의미한 행동 같았다. 크로머는 다른 세상에 속한 사람이다. 그러니까, 밀고 따위 크로머에게는 죄도 아닌 것이다. 이런 문제에 있어서 '다른' 세상 사람들은 우리와 다르게 행동한다는 걸 알고 있었다.

"말하지 말라고?" 프란츠 크로머가 웃음을 터뜨렸다.

"이봐, 친구. 내가 무슨 화폐 위조범도 아니고 말이야. 그 2마르크를 만들어낼 능력이 있다고 생각하는 건 아니겠지? 나는 가난한 놈이라고. 너처럼 부자 아버지가 있는 것도 아니야. 그러니 2마르크를 벌 수 있는 기회가 오면 잡아야 하지 않겠어? 어쩌면 2마르크 이상을 줄 수도 있는데 말이야."

크로머는 움켜쥐고 있던 내 팔을 놓았다. 현관 복도에는 더 이상 평화도, 안전도 없었다. 나를 둘러싼 세상이 힘없이 무너지고 있었다. 크로머는 분명 내가 범인이라고 떠들어

델 것이다. 그 이야기는 아버지의 귀에까지 들어가겠지. 최악의 경우 경찰을 부를지도 모른다. 이 모든 혼란이 야기하는 충격은 나를 위협했고, 흉악하고 위험한 모든 것이 나를 덮치려 들고 있었다. 사과를 훔친 범인이 내가 아니라는 사실은 문제의 본질이 아니었다. 더욱이 나는 맹세까지 하지 않았던가. 오, 하느님! 하느님 아버지!

눈물이 차오르고 있었다. 어떤 희생을 하더라도 이 일을 막아야 한다. 나는 필사적으로 주머니를 뒤지기 시작했다. 하지만 그 안에는 사과도, 주머니칼도, 아무것도 없었다. 그때 내 손목시계가 떠올랐다. 작동하지도 않았지만 '그냥' 차고 다니던 은시계였다. 할머니에게서 물려받은 그 낡은 시계를 풀며 내가 말했다.

"프란츠, 제발 말하지 말아줘. 너도 그러고 싶은 건 아니잖아. 내가 이 시계 줄게. 자, 여기. 미안하지만 내가 가진 건 이게 다야. 너 가져. 은으로 된 거야. 좋은 시계고. 고장이 조금 나긴 했지만 그건 고치면 될 거야."

프란츠 크로머가 미소 지으며 큼지막한 손으로 시계를 받았다. 나는 크로머의 손을 보았다. 그가 내민 그 손이 어찌나 거칠고, 적대적이던지 마치 내 인생과 평화를 쥐고 흔들려는 것 같았다.

"은으로 된 거야." 나는 조심스럽게 말했다.

"은이건 뭐건 이 고물 시계 따위는 너나 고쳐서 써!" 크로머가 경멸하는 듯한 말투로 소리를 질렀다.

"그러지 말고, 프란츠……." 나는 혹시라도 프란츠 크로머가 이대로 가버리지는 않을까 두려움에 떨며 황급히 소리쳤다. "잠깐만! 이 시계 가지래도! 정말로 은으로 된 시계야. 정말이야. 그리고 내가 가진 건 이게 다란 말이야."

하지만 프란츠 크로머의 시선은 여전히 냉정하고 경멸스러웠다. "그러니까, 내가 지금 누구한테 가려는지를 너도 안다는 거네? 아니, 경찰서에 가는 게 더 나으려나? 어차피 경찰서장도 잘 알고 하니 말이야."

프란츠 크로머는 정말로 갈 것처럼 몸을 돌렸다. 나는 크로머의 옷소매를 붙잡았다. 이대로 보낼 수는 없다. 이렇게 보내버리면, 앞으로 내게 닥칠 일들을 결코 감당할 수 없을 것이다. 차라리 죽는 편이 나을지도 모른다. 나는 흥분한 탓에 잔뜩 메인 목소리로 애걸하기 시작했다.

"프란츠, 어리석은 짓은 하지 않을 거지? 그냥 날 놀리고 싶은 거잖아, 그렇지?"

"그럼, 농담이고말고. 물론 그 농담의 값이 좀 비싸긴 하지만 말이야."

"내가 어떻게 하면 돼? 말만 해. 시키는 대로 할게!"

프란츠 크로머는 가느다랗게 눈을 뜨고 나를 관찰하더니 이내 다시 웃음을 터뜨렸다.

"멍청하기는!" 프란츠 크로머가 선심 쓰듯 말했다.

"분명 너도 나만큼 잘 알 거야. 나는 지금 2마르크를 벌 수 있어. 그리고 그 돈을 사양할 만큼 부자도 아니고. 하지만 너는 부자야. 시계도 있잖아? 그러니 2마르크를 줘. 그러면 모든 게 끝나."

프란츠 크로머의 말이 맞다는 것은 나도 알고 있었다. 하지만 2마르크라니. 내게 2마르크는 10마르크, 100마르크, 1,000마르크나 다름없었다. 그만큼 구경조차 쉽지 않은 큰 돈이었던 것이다. 나는 가진 돈이 없었다. 저금통은 하나 있었다. 어머니 방에 두고 친척들이 오거나 할 때마다 생긴 10페니히 혹은 5페니히 동전을 넣어두는 저금통이었다. 하지만 그뿐, 지금껏 나는 단 한 번도 용돈을 받은 일이 없었다.

"하지만 나는 돈이 없는걸." 슬픈 목소리로 내가 말했다. "하나도 없어. 하지만 다른 것들이라면 얼마든지 줄 수 있어. 인디언 책은 어때? 장난감 병정도 있고, 나침반도 있어! 가져다줄게!"

하지만 소용없었다. 프란츠 크로머는 그 뻔뻔하고 악의로 가득 찬 입술을 삐죽거리며 퉤, 하고 바닥에 침을 뱉었다.

"지금 장난해?" 프란츠 크로머가 명령하듯 소리를 질렀다. "그런 고물 따위는 너나 가지라고 했지! 나침반? 더 이상 나를 화나게 하지 말아줄래? 내가 분명히 말했어. 돈을 가져오라고."

"하지만 돈이 없는걸. 용돈을 받아본 적이 없다고. 나도 어쩔 수 없단 말이야!"

"그렇다면 좋아. 내일까지야. 2마르크를 가져와. 학교 끝나고 저기 아래 시장에서 기다리고 있을 거야. 마지막이야. 만약 내일 돈을 안 가져온다면, 단단히 각오해야 할 거야!"

"무슨 말인지는 알겠어. 하지만 대체 어디서 돈을 가져오란 말이야? 난 가진 돈이 없는데!"

"부잣집 도련님이 왜 이러셔. 그건 내 알 바 아니고. 자, 그럼 내일 학교 끝나고 보자. 다시 말하지만, 만약 돈을 가져오지 않으면……."

프란츠 크로머는 무서운 눈빛으로 나를 노려보며 위협하고는 다시 한번 바닥에 침을 뱉은 후 순식간에 사라졌다.

계단을 오를 힘이 없었다. 내 인생은 무너졌다. 다시는 돌아올 수 없는 곳으로 도망쳐버리거나 물에 빠져 죽어버릴까도 생각해보았다. 하지만 그런 상황이 구체적으로 그려지지 않았다. 나는 계단 맨 아래칸, 어둠 속에서 불행에 온몸을 맡긴 채 웅크리고 앉아 있었다. 광주리를 들고 땔감을 가지러 내려오던 리나가 울고 있는 내 모습을 발견했다.

가족들에게 아무 말도 하지 말아달라고, 리나에게 부탁한 후 위로 올라갔다. 유리문 옆 옷걸이에 걸려 있는 아버지의 모자가 보였다. 어머니가 쓰는 양산도 있었다. 고향의 따스함이 밀려왔다. 나는 마치 돌아온 탕자가 옛 고향의 방을 보고 그 냄새를 맡듯 간절하고 감사한 마음으로 그 물건들을 반겼다. 하지만 이것들은 아버지와 어머니가 사는 밝은 세상의 것일 뿐, 더 이상 나의 것이 아니었다. 나는 죄의식에 가득 차 낯선 홍수 속에서 허우적대고 있었다. 무모함과 죄악에 연루되어 적에게 위협을 당했으며, 나를 기다리고 있는 것은 위험과 불안, 수치였다. 모자와 양산, 오래된 사암 바닥, 거실장 위에 걸린 커다란 그림, 거실 안쪽에서 들려오는 누이들의 목소리……. 이 모든 것들은 어느 때보다도 사랑스러웠고, 다정했으며, 소중했다. 하지만 그뿐, 내게는 위로가 되지 않았으며 안전한 나의 소유도 아니었다. 그것들은 모두 나를 향한 비난에 불과했다. 이 모든 것들은 더이상 나의 것이 아니며 나는 이 밝음과 고요에 함께할 수가 없었다. 아무리 매트에 문질러 닦아내도 결코 닦이지 않는 오물이 신발에 묻어버렸다. 이곳에서는 결코 알 수 없을 그림자를 집으로 끌어들인 것이다. 비밀과 두려움은 이전에도 많았다. 하지만 오늘, 내가 이 집으로 끌어들인 것에 비하면 그것들은 그저 놀이이고 장난에 불과했다. 운명이 나를 뒤쫓고 있었다. 그 운명은 내게 손을 내밀었지만, 어머니는 나를 보호해줄 수 없었고 그것에 대해 알아서도 안 되었다. 내가 저지른 범죄가 사실인지 아닌지는 더 이상 중요하지 않았다. (나는 하느님과 영혼을 걸고 맹세까지 하지 않았던가!) 어느 쪽이건 결과에는 변함이 없었다. 내가 저지른 죄는 내가 악마에게 손을 내밀었다는 사실이지, 나의 죄목에 대한 문제가 아닌 것이다. 대체 나는 무슨 생각으로 그들과 함께했던 것일까. 아버지의 말도 그렇게 귀 기울여 들은 적이 없으면서, 대체 무슨 생각으로 프란츠 크로머의 말을 들었느냐 말이다. 도대체 무슨 생각으로 도둑질 이야기를 꾸며내면서 마치 영웅이라도 된 듯 의기양양했을까. 이제, 악마는 내 손을 잡았다. 적이 나를 뒤쫓고 있었다.

나는 이것이 당장 다가올 내일에 대한 두려움이 아니라는 사실을 깨달았다. 이 두려움은 나의 인생이 깊숙한 암흑의 길로 접어들었다는 확신에서 비롯된 공포였다. 나는 분명하게 알고 있었다. 이제 나의 죄는 또 다른 죄를 낳을 것이다. 내가 가진 운명과 비밀을 숨긴 채 누이들과 함께하는 것, 부모님께 인사하고 키스하는 것은 거짓이었다.

잠깐 동안, 나는 한 줄기 신뢰와 희망을 보았다고도 생각했다. 눈에 들어온 아버지의 모자 때문이었다. 아버지에게이 모든 사실을 털어놓으면, 그래서 아버지가 내리는 판결과 처벌을 받아들이고 나의 비밀을 아버지와 공유해 아버지의 구원을 받으면 되지 않을까. 그렇게만 된다면 내 참회는 다른 차원의 것이 될 것이다. 지금까지 내가 많이 경험해왔던, 잘 견뎌왔던 참회. 어렵고 가혹한 시간을 넘어 진지하고 후회에 가득 찬 태도로 용서를 구하기만 하면 끝나는 참회.

상상만으로도 너무나 달콤했다! 너무나도 아름다운 유혹! 하지만 그럴 일이 아니었다. 내가 그렇게 하지 않으리라는 사실을 알고 있었다. 이 비밀과 죄악은 나 혼자 오롯이 감내해야 하는 것이었다. 어쩌면 지금 나는 갈림길에 서 있는지도 모른다. 어쩌면 지금 이 시간부로 영원히 악에 속한 사람이 될지도 모른다. 악한 이들과 같은 비밀을 공유하고, 그들에게 종속되어 복종하는, 그들과 같은 유형의 사람. 잠깐 어른 행세를, 영웅 행세를 한 것뿐이었지만 이제 나는 그 행동의 결과를 책임져야 한다.

내가 들어온 것을 발견한 아버지의 시선이 젖어 있는 내 신발에 머물렀다. 오히려 다행이었다. 젖은 신발을 두고 혼내는 틈에 더 큰 문제를 알아차리지 못했기 때문이다. 나는 들키지 않게 다른 일을 꺼내어 변명했고, 그럭저럭 아버지의 질책을 넘어갈 수 있었다.

그 순간, 마치 불꽃이 터지듯 내 안에서 터져 나온 새로운 감정이 있었다. 반항심으로 가득한, 사악하고 날카로운 감정. 분명 나는 아버지보다 우월하다고 느끼고 있었다. 아무것도 눈치채지 못하는 아버지를 보며 순간적으로 경멸감 비슷한 것을 느낀 것이다. 젖은 신발을 이유로 듣는 잔소리 따위는 하찮기 그지없었다. 나는 행여 아버지가 프란츠 크로머와의 일을 알게 될까봐 전전긍긍하고 있었다. 그런데 신발 때문에 혼나는 순간, 마치 살인을 저질러놓고 빵 하나를 훔쳤다는 사소한 잘못으로 심문받고 있는 범죄자가 된 느낌이 들었다. 분명 추악하고도 불편한 감정이었다. 하지만 그것은 강렬했고 자극적이었다. 그 감정은 다른 무엇보다도 내 비밀과 죄악에 나를 더 강하게 옭아매고 있었다. 지금쯤 이면 프란츠 크로머가 경찰서에 가서 나를 고발했을 수도 있다. 여기서는 모두 나를 어린아이로만 여기고 있지만, 사실 지금 내 머리 위로 천둥번개가 몰려오고 있었던 것이다!

이 순간은 지금까지 내가 했던 모든 이야기들 가운데서도 가장 중요하고, 또 가장 오래 기억하고 있다. 아버지의 거룩함에 처음으로 균열이 생긴 사건이기 때문이다. 그것은 나의 어린 시절을 지탱하고 있던 기둥, 하지만 온전히 자기 자신으로 태어나기 위해서는 누구나 무너뜨려야만 하는 바로 그 기둥에 발생한 최초의 균열이었다. 우리 운명의 본질적인 내면에 가해지는 금은 이렇듯 아무도 보지 못하는 경험들에 의해 발생한다. 이러한 균열은 곧 아물고 잊힌다. 하지만 그 누구도 알지 못하는 마음속 비밀의 방에는 계속 남아 피를 흘린다.

갑자기 찾아온 낯선 감정에 나는 소름이 돋았다. 당장이라도 무릎을 꿇고 아버지의 발에 입맞추며 용서를 구하고 싶었다. 하지만 문제는, 용서를 구한다고 해서 해결되는 일이 아무것도 없다는 사실이었다. 이러한 사실은 제아무리 어린아이라도 현자 못지않게 깊이 느끼고 잘 아는 법이다.

나는 내게 일어난 일들에 대해 곰곰이 생각해보기 시작했다. 내일 일에 대비해야 한다는 생각도 들었다. 하지만 그럴 수 없었다. 저녁 내내 달라진 우리 집 거실 공기에 적응하는 데만 정신이 팔려 있었기 때문이다. 거실 벽에 걸린 시계와 탁자, 성경, 거울, 책꽂이와 그림들은 나에게 이별을 말하고 있었다. 나의 세상, 행복하고 아름다웠던 삶은 어느새 과거가 되어 멀어지고 있었다. 나는 얼어붙는 듯한 심정으로 그 모습을 바라보았다. 지금 엄청난 흡인력을 가진 새 뿌리를 어둡고 낯선 바깥 세상에 내렸으며, 거기에 붙들려 있다는 것을 느낄 수 있었다. 난생 처음 경험한 죽음의 맛이었고, 그 죽음의 맛은 쓰디썼다. 죽음은 일종의 탄생이며, 변화한 새 삶에 대한 두려움이자 공포였기 때문이다.

마침내 침대에 누울 수 있게 되자 나는 너무나도 기뻤다. 방금 전 있었던 저녁 기도 시간은 마치 최후의 죄를 씻는 연옥처럼 나를 괴롭게 했다. 설상가상 찬송가도 하필이면 내가 가장 좋아하는 것이었다. 아, 나는 함께 찬양할 수 없었다. 음정 하나하나가 쓰디쓴 독약 같기만 했다. 아버지가 "우리 모두와 함께하여 주시옵소서!"라는 축복의 말로 기도를 마무리할 때도 나는 함께 기도할 수 없었다. 경련이 일어나 나를 이 공동체에서 밀어내고 있었다. 하느님의 은총이 가족 모두와 함께했다. 하지만 나는 아니었다. 더 이상은 아니었다. 나는 싸늘하고 피곤해진 몸으로 자리에서 일어났다.

따뜻함과 안락함으로 나를 포근히 감싸 안아주는 침대에 누워서도 나는 여전히 지나간 일을 붙들고 불안해하고 있었다. 어머니는 평소처럼 내게 잘 자라는 인사를 건넸다. 하지만 어머니가 나간 후에도 어머니의 발소리는 여전히 방 안에 남아 있었고, 어머니가 들고 있던 촛불의 빛도 여전히 문틈으로 스며들고 있었다. 나는 어머니가 다시 돌아오는 모습을 상상해보았다. 무언가 낌새를 느끼고, 다정하고도 내게 힘이 되는 그 목소리로 무슨 일이냐고 묻는다면 나는 참았던 눈물을 터뜨릴 것이다. 내 목구멍에 걸려 있던 돌덩이가 녹으며, 나는 어머니를 껴안고 모든 것을 말하겠지. 그렇게만 된다면 모든 것은 다 해결될 것이다. 나는 구원을 얻게 되는 것이다. 문틈 사이로 들어오던 빛이 사라지고 어둠이 찾아온 뒤에도 한참을 귀 기울이며 생각했다. 그렇게 될 거라고, 반드시 그렇게 될 거라고.

이내 나는 다시 내 문제로 돌아왔다. 나는 적의 눈을 바라보았다. 가느스름하게 뜬 한쪽 눈과 입가에 야비한 미소를 띤 녀석의 모습이 또렷하게 보였다. 나는 녀석을 응시하며 더 이상 이 문제를 피할 수 없다는 사실을 되새기고, 또 되새겼다. 녀석은 더 크고, 흉악한 모습으로 변하고 있었다. 악마처럼 번득이는 녀석의 사악한 눈빛은 잠이 드는 그 순간까지도 나를 지켜보고 있었다. 하지만 잠든 이후에는 녀석의 모습도, 그날의 일도 더 이상 보이지 않았다. 나는 부모님, 누이들과 함께 배를 타고 바다를 가르는 꿈을 꾸었다. 휴일의 평화와 밝은 빛이 우리를 감싸고 있었다. 나는 한밤

중에 꿈에서 깨어났다. 행복했던 꿈의 느낌이 남아 있었다.
햇살 속에서 빛나던 누이들의 하얀 여름옷도 떠올랐다. 하
지만 나는 이내 천국에서 현실 세계로 추락했고, 또다시 사
악한 눈빛을 가진 적과 마주했다.

아침이 되었다. 어머니가 급히 달려와서 늦었는데 어쩌
자고 여태 누워 있느냐며 호통을 쳤다. 하지만 내 꼴은 말이
아니었다. 내 안색을 본 어머니는 어디가 아프냐고 물었고,
그 순간 나는 속에 있는 것을 게워내고 말았다.

토하고 나니 그나마 조금 나은 것 같았다. 나는 몸이 좋지
않을 때 오전 내내 침대에 누워 캐모마일 차를 마시며 집 안
곳곳에서 나는 소리에 귀 기울이는 것을 좋아했다. 어머니
가 옆방 청소하는 소리, 현관에서 리나가 정육점 주인과 대
화하는 소리. 학교에 가지 않는 오전은 왠지 마법에 걸린 것
같은, 동화 속에 들어와 있는 것처럼 느껴졌다. 그런 날이면
방안으로 스며드는 햇살도 달랐다. 학교에서 녹색 커튼을
내려 차단하곤 하는 햇살이 아닌 것이다. 하지만 오늘만큼
은 이 햇살조차 아름답지 않았다. 그저 가식적인 느낌일 뿐
이었다.

그렇다. 나는 차라리 죽고 싶었다! 하지만 종종 그랬듯,
오늘도 그냥 몸이 조금 불편할 뿐이었다. 이 정도로는 도움
이 되지 않는다. 학교에 가지 않을 수는 있어도, 11시에 시
장에서 나를 기다리고 있을 프란츠 크로머를 어떻게 해주지

는 못하는 것이다. 어머니의 다정함도 전혀 위로가 되지 않았고, 그저 귀찮고 괴로울 뿐이었다. 나는 다시 잠든 척하며 고민하기 시작했다. 소용없다. 11시가 되면 나는 시장에 가야 한다. 나는 10시에 침대에서 몸을 일으켜 이제 조금 괜찮아진 것 같다고 말했다. 이런 경우 보통 다시 침대에 누우라거나, 오후부터라도 학교에 가라는 말을 듣곤 했었다. 나는 학교에 가고 싶다고 했다. 계획해둔 일이 있었던 것이다.

크로머를 빈손으로 만날 수 없었으므로, 나는 작은 저금통을 깨기로 했다. 내가 필요한 만큼의 돈이 들어 있는 것은 아니었다. 어림도 없는 액수이기는 했지만, 조금이라도 들고 가는 편이 빈손보다야 나을 테니까. 최소한 이 정도 금액으로라도 일단 크로머를 달래야 한다는 사실을 직감적으로 알고 있었다.

나는 신발을 벗고 양말만 신은 상태로 어머니의 방에 몰래 숨어 들어갔다. 탁자에 놓여 있던 내 저금통을 집는 순간 기분이 그리 좋지 않았지만 어제만큼은 아니었다. 심장이 어찌나 세게 뛰는지 숨을 쉬기가 어려울 정도였다. 계단을 내려와서도 두근거림은 멈추지 않았다. 저금통은 자물쇠로 잠겨 있었는데, 얇은 양철로 되어 있어서 뚫는 일이 어렵지 않았다. 다만 저금통을 뚫어야 한다는 사실 자체가 가슴 아플 뿐이었다. 나는 도둑질을 하고 있었다. 지금까지는 사탕이나 과일을 슬쩍 집어먹는 정도가 전부였다. 하지만 이번에는 그 죄질이 달랐다. 아무리 내 돈이라고 해도 도둑질은 도둑질이었다. 이로써 나는 프란츠 크로머와 그가 속한 세상으로 한 걸음 더 들어간 것 같은 느낌이 들었다. 지금 이 순간부터 한 계단, 한 계단씩 타락의 길로 내려가게 될 것이다. 이 감정을 떨쳐버리려고도 했다. 하지만 악마가 나를 잡아간다 해도 더 이상 돌아갈 길이 없을 것 같았다. 나는 두려워하며 돈을 세어보았다. 짤랑거리던 소리와 달리 막상 뜯어보니 안에 들어 있는 금액은 65페니히밖에 되지 않았다. 나는 아래층 복도에 저금통을 숨긴 다음, 돈을 손에 꼭 쥐고 집을 나섰다. 이전에 집을 나설 때와는 전혀 다른 느낌이었다. 금방이라도 위에서 누군가가 나를 부를 것 같아 걸음을 서둘렀다.

시간은 아직 많이 남아 있었다. 나는 달라져버린 도시의 골목들을 이리저리 돌아갔다. 지금까지 한 번도 보지 못했던 구름 아래로, 나를 물끄러미 바라보고 있는 집들과 나를 수상쩍게 바라보는 사람들을 지나쳐 걸었다. 언젠가 가축시장에서 1탈러를 주웠다던 친구의 말이 떠올랐다. 하느님께서 내게도 그런 기적을 허락해주시길 기도하고 싶었다. 하지만 내게는 더 이상 기도할 권리가 없었다. 기도한다고 해서 저금통이 다시 원래의 모습으로 돌아가는 일은 없을 테니까.

프란츠 크로머는 멀리서도 나를 알아보았다. 하지만 서

두르지 않고 천천히 내가 있는 쪽으로 다가왔다. 나를 쳐다보지도 않는 것 같았다. 이윽고 내 곁에 다가온 크로머는 눈짓으로 따라오라는 명령을 보내고는 단 한 번도 뒤를 돌아보지 않고 느린 걸음으로 계속 걸어갔다. 우리는 슈트로가세를 따라 내려갔다. 작은 오솔길을 지나 주택가 끄트머리, 어느 공사 중인 건물 앞에 이르렀을 때 크로머는 걸음을 멈췄다. 인부들의 모습은 보이지 않았다. 문도, 창문도 없는 벽만이 휑하니 서 있을 뿐이었다. 크로머는 사방을 둘러보더니 이내 안으로 들어갔다. 나도 그 뒤를 따라 들어갔다. 크로머는 벽 뒤로 돌아가서는 따라오라고 손짓하더니, 손을 내밀며 물었다.

"가져왔겠지?" 크로머의 말투는 냉정했다.

나는 주머니 속에 움켜쥐고 있던 손을 꺼내, 크로머의 손바닥에 동전을 올려놓았다. 크로머는 마지막 5페니히짜리 동전이 떨어지는 소리가 채 끝나기도 전에 계산을 마친 듯, 나를 바라보며 말했다.

"65페니히네."

나는 기어들어가는 목소리로 대답했다. "내가 가진 건 그게 다야. 너무 적다는 건 알아. 하지만 난 더 가진 게 없어."

"네가 조금 더 영리한 놈일 거라 생각했는데 말이야." 프란츠 크로머는 온화하게 느껴질 법한 말투로 나를 비난했다. "명예를 아는 남자들 사이에는 말이야, 질서라는 게 있어야 해. 나는 부당하게 네게서 돈을 빼앗으려는 게 아니야.
너도 알겠지만. 이 동전들은 도로 가져가. 다른 사람은 너처
럼 에누리하려고 하지 않을 거거든. 그 사람이 누구인지는
너도 알겠지? 나는 그 사람한테 가서 받을게."

"하지만 더 이상은 없는걸! 내 저금통을 모두 털어온 거
라고."

"그건 내 알 바 아니지. 하지만 너를 불행하게 만들 것까
지야 있겠어? 자, 그럼 나머지 1마르크 35페니히는 언제 받
을 수 있는 거지?"

"꼭 줄게, 프란츠! 지금은 모르지만 조만간 구해올 수 있
을지도 몰라. 내일 아니면 모레쯤. 하지만 아버지께 말씀드
릴 수는 없어. 그건 너도 알지?"

"그딴 건 나랑 상관이 없고. 말했지만, 너를 해치려는 게
아니야. 나야 오늘 오전 중에라도 그 돈을 손에 넣을 수 있
어. 너도 알겠지만, 나는 가난하다고. 하지만 너는 좋은 옷
을 입고, 나보다는 더 좋은 음식을 먹지. 그래도 말하지는
않을 거야. 조금 더 기다려주겠다고. 모레야. 오후에 휘파람
을 불 테니까 그때까지는 제대로 처리하길 바라. 내 휘파람
소리, 알지?"

크로머가 휘파람을 불어 보였다. 이전에도 여러 번 들어
알고 있던 소리였다.

"응, 알아." 내가 대답했다.

크로머는 나와 아무 관계도 없다는 듯 순식간에 사라져 버렸다. 그러니까, 우리 두 사람 사이에 있는 것이라고는 거래뿐이었다.

지금 어디서 프란츠 크로머의 휘파람 소리가 갑자기 들려온다면, 나는 깜짝 놀랄 것이다. 그 이후로 나는 계속해서 크로머의 휘파람 소리를 들어야 했다. 지금도 그 소리가 귓가를 맴도는 것처럼 느껴진다. 휘파람 소리는 때와 장소를 가리지 않고 나를 구속하는 운명이 되었다. 놀고 있을 때도, 공부하고 있을 때도, 생각에 잠겨 있을 때도 그랬다. 단풍이 곱게 물든 가을날이면 나는 우리 집 작은 정원에 있는 것을 좋아했다. 그럴 때면 이상하게도 어릴 때 하던 놀이를 다시 하고 싶은 충동에 사로잡혔다. 그래서 착하고, 자유롭고, 죄가 없고, 보호를 받고 있는 어린아이처럼 굴었다. 하지만 그러는 동안에도 여지없이 크로머의 휘파람 소리가 들려왔다. 분명 예상하고 있었는데도 그때마다 나는 크게 영향을 받고 소스라치게 놀랐다. 맥을 끊어버리고, 온갖 상상을 무너뜨리는 소리였다. 그 소리가 들리면 나는 무조건 가야 했다. 나는 프란츠 크로머를 따라 추하고 더러운 장소로 가서 변명을 했고, 돈을 가져오라는 협박에 시달렸다. 사실 이것은 불과 몇 주 동안의 일이었다. 하지만 내게 그 몇 주는 몇 년, 아니 영원처럼 느껴졌다. 돈이 생기는 일은 거의 없었

다. 기껏 해야 리나가 식탁에 올려둔 장바구니에서 5페니
히, 10페니히 동전 하나를 훔치는 것이 전부였다. 나는 번번
이 프란츠 크로머에게 욕을 들었고, 경멸에 찬 비난을 받아
야 했다. 크로머는 내가 자신을 기만했으며, 정당한 권리를
빼앗았고, 자신의 돈을 훔쳤으며, 자신을 불행하게 만들었
다고 주장했다. 이처럼 가슴을 짓누르는 고난은 일평생 처
음이었고, 이보다 더 큰 절망과 굴종은 겪어본 적도 없었다.

　나는 저금통에 장난감 돈을 채워 제자리에 가져다놓았
다. 저금통에 대해 묻는 사람은 없었다. 하지만 들통이 나는
것은 시간 문제였다. 이따금 어머니가 살그머니 내게로 다
가올 때면, 혹시 저금통 때문인 건 아닌지 두려움에 시달려
야 했다. 어쩌면 프란츠 크로머의 휘파람 소리보다 더 큰 공
포였다.

　내가 빈손으로 나타나는 일이 많아지자, 프란츠 크로머
는 다른 방법으로 나를 괴롭히고 이용하기 시작했다. 나는
크로머가 시키는 일을 해야 했다. 크로머는 자신의 아버지
가 시킨 심부름을 내게 떠넘기거나, 예컨대 10분간 한 다리
로 뜀뛰기, 지나가는 사람의 재킷에 쪽지 붙이기 등 힘든 일
을 시키곤 했다. 한동안은 잠도 제대로 잘 수 없었다. 나는
꿈속에서까지 괴롭힘을 당하며 악몽으로 온몸이 땀에 젖어
깨어나곤 했다.

　한동안 나는 아팠다. 토하고, 오한을 느끼고, 밤마다 땀

흘리고 열 오르는 일이 잦아지자 어머니는 무언가 문제가 있다는 사실을 눈치채고 더욱 세심하게 보살펴주었다. 하지만 그것이 나를 더 괴롭게 만들었다. 어머니에게 신뢰로 보답할 수 없었기 때문이다.

일찍 잠자리에 든 어느 날이었다. 어머니가 초콜릿 한 조각을 들고 왔다. 착한 일을 하면 잠자리에 들기 전 상으로 받곤 하는 간식이었다. 나의 어린 시절을 떠올리게 하는 일이었다. 어머니는 지금, 침대 곁에 서서 초콜릿 한 조각을 내밀고 있었다. 하지만 나는 고통스러워 고개만 절레절레 흔들 뿐이었다. 어머니는 어디가 아픈지를 물으며 내 머리를 쓰다듬어주었다. 하지만 달리 내가 할 수 있는 말은 없었다. "싫어! 싫어! 아무것도 먹기 싫다고!" 어머니는 침대 옆 탁자에 초콜릿을 놓고는 방을 나갔다. 다음 날, 어머니가 전날 밤의 일에 대해 물을 때도 나는 모른 척했다. 어머니가 의사를 부른 일도 있었다. 나를 진찰한 의사는 아침에 찬물로 씻으라는 처방을 내렸다.

그 시절, 나는 일종의 정신착란 상태에 빠져 있었다. 우리 집의 질서정연한 평화 속에서 나는 마치 유령처럼, 두려움과 고통 속에 살고 있었던 것이다. 한순간도 무언가에 열중할 수 없었고, 다른 가족의 삶에 동참하지 못했다. 내게 말을 걸기 위해 노력하던 아버지에게도 나는 냉정하게 마음의 문을 닫아버렸다.

# 카인

구원은 전혀 예상하지 못한 곳에서 찾아왔다. 그리고 그 구원과 함께, 오늘날까지 내 인생에 영향을 끼치고 있는 새로운 무언가도 나를 찾아왔다.

얼마 전, 라틴어 학교에 전학 온 학생이 있었다. 우리 도시로 이사 온 부유한 미망인의 아들로, 소매에 상을 당했다는 표시를 하고 있었다. 나보다 학년도 높고 나이도 더 많았는데, 다른 아이들과 마찬가지로 나도 곧 이 학생에게 관심을 갖게 되었다. 전학생은 뭔가 조금 특이했다. 실제보다 훨씬 더 나이가 들어 보였고, 누가 봐도 소년으로 보이지 않을 만큼 어른스러웠다. 사내아이들 사이에 섞인 전학생의 모습은 어른, 아니 꼭 신사 같았다. 인기가 많은 편은 아니었다. 놀이에도 끼지 않았고, 싸움에는 더더욱 가담하지 않았다. 다만 선생님들 앞에서 보여주는 자신감 넘치고 단호한 말투만큼은 아이들의 마음을 사로잡기에 충분했다. 전학생의 이름은 막스 데미안이었다.

어느 날이었다. 이유는 모르겠지만, 넓은 우리 교실에서 두 학급이 함께 수업을 받게 된 날이었다. 그런 일이 이따금 있었다. 우리 교실을 함께 쓰게 된 학급은 바로 데미안이 속해 있는 반이었다. 저학년인 우리가 성경 수업을 듣는 사이, 고학년들은 작문을 했다. 이날의 수업 내용은 카인과 아벨의 이야기였다. 나는 선생님의 일방적인 설명을 들으면서도 가끔씩 데미안을 바라보았다. 영리하면서도 밝고, 너무나도 단호해 보이는 데미안의 얼굴에 이상하게 마음이 끌린 탓이었다. 데미안은 총명하고 주의 깊은 모습으로 고개를 숙인 채 작문에 집중하고 있었고, 나는 그 모습을 관찰했다. 그는 과제를 하고 있는 학생이라기보다는 자신의 문제를 놓고 연구하는 학자 같았다. 그렇다고 데미안이 마음에 드는 것은 아니었다. 오히려 너무 우월하고 차가워 보이는 모습이 왠지 모를 거부감을 갖게 했고, 자신의 본질에 대한 넘치는 자신감도 반발심을 불러일으켰다. 어른스러운 이미지를 자아내는 특유의 눈빛에서는 — 친구들이 그리 좋아하지 않는 부분이었다. — 약간의 조소와 왠지 모를 슬픔도 묻어났다. 호감이든 반감이든, 문제는 내가 데미안에게서 도통 눈을 뗄 수가 없다는 사실이었다. 그러다 한순간, 나를 쳐다보지도 않던 데미안이 고개를 들어 나를 바라보았고, 나는 깜짝 놀라 시선을 피했다. 지금 와서 생각해보면, 당시 데미안은 모든 측면에서 다른 아이들과 다른 학생이었다고 말할 수 있을 것 같다. 데미안에게는 분명 그만이 갖고 있는 특별한 개성이 있었다. 데미안이 다른 사람들의 이목을 끈 이유도 거기에 있었다. 하지만 데미안 자신은 다른 사람들의 눈에 띄지 않기 위해 노력했다. 시골 아이들 사이에서 튀지 않기 위해 애쓰는 변장한 왕자처럼 행동했던 것이다.

학교를 마치고 집으로 돌아가는 길이었다. 데미안이 내 뒤에서 걸어오고 있었다. 다른 아이들이 모두 흩어지고 난 후, 데미안은 내게 다가와 인사를 건넸다. 또래 아이들의 말투를 흉내내고 있었는데도, 여전히 어른스럽고 정중한 인사였다.

"조금만 같이 갈까?" 데미안이 다정한 말투로 물었다. 나는 괜히 우쭐해져서는 고개를 끄덕이며 내가 어디 사는지를 알려주었다.

"아, 거기?" 데미안이 미소를 지으며 말했다. "어느 집인지 알아. 현관문 위에 특이한 게 붙어 있던데? 흥미로웠어."

처음에는 데미안이 무슨 이야기를 하는지 알아들을 수가 없었다. 나보다 우리 집을 잘 알고 있다는 사실이 놀라울 뿐이었다. 아마도 현관 아치 꼭대기에 있는 쐐기돌을 말하는 것 같았다. 일종의 문장 같은 것이었는데, 세월이 흐르면서 조금씩 마모되고 여러 번 색을 덧입힌 것이었다. 더욱이 ─ 내가 아는 바에 따르면 ─ 우리 가족과도 아무런 상관이 없는 물건이었다.

"그게 뭔지는 나도 몰라." 내가 민망해하며 대답했다. "새 같은 거였는데. 오래됐을 거야, 아마. 우리 집이 옛날에는 수도원 건물이었다고 하니까."

"그럴 수도 있겠다." 데미안이 고개를 끄덕였다. "한번 자세히 봐! 그런 게 의외로 흥미로울 때가 있거든. 내가 보기에는 새매 같던데."

우리는 계속 같이 걸었고, 나는 온통 마음을 빼앗긴 상태였다. 그때였다. 데미안이 갑자기 웃음을 터뜨렸다. 무언가 재미있는 일이라도 떠오른 것 같았다.

"맞다. 아까 나도 너희 수업을 같이 들었잖아." 데미안이 유쾌한 목소리로 말했다. "이마에 표식이 있었다는 카인 이야기 말이야. 너는 그 이야기, 어땠어?"

사실 마음에 들지는 않았다. 우리가 배우는 내용 가운데 내 마음에 드는 것은 극히 드물었다. 하지만 그렇게 말할 용기가 나지 않았다. 마치 어른과 이야기하는 듯한 느낌이 들었기 때문이다. 나는 아주 마음에 드는 이야기였다고 대답했다.

데미안이 내 어깨를 툭툭 치며 말했다.

"나한테는 거짓말하지 않아도 돼. 하지만 정말로 특이한 이야기이기는 해. 수업 시간에 배우는 다른 내용들에 비하면 훨씬 들을 가치가 있는 이야기거든. 물론 선생님은 누구나 알고 있는 하느님, 죄 뭐 그런 것들만 언급하고, 여기에 대해서 많은 이야기를 하지 않았지만 말이야. 내 생각은 이래." 데미안이 말을 멈추더니 미소를 지으며 물었다. "그런데, 내 말 듣고 싶은 거 맞지?" 데미안이 계속해서 말을 이어갔다.

"그러니까, 내 생각에는 말이야. 이 카인에 대한 이야기 자체를 전혀 다르게 해석할 수도 있을 것 같아. 물론 우리가 배우는 대부분의 내용은 참되고 올바른 것들이야. 하지만 그 모든 것을 선생님들과는 또 다른 관점에서 볼 수도 있어. 그렇게 하면 대부분의 이야기들이 훨씬 더 심오한 의미를 갖게 되거든. 예를 들어 카인의 이마에 찍힌 표식만 하더라도 그래. 선생님의 해석이 전적으로 맞다고는 할 수 없어. 너도 그렇게 생각하지 않아? 어떤 사람이 싸움을 하다 동생을 때려 죽였다고 하자. 충분히 있을 수 있는 일이야. 그러고 나서 두려운 마음에 무릎을 꿇은 것도 가능한 일이지. 하지만 그 두려움으로 인해 자신의 안전을 보장하고 다른 사람들을 위협할 수 있는 표식을 받았다는 건, 너무 이상하지 않아?"

"그건 그렇지." 어느새 흥미를 느끼게 된 내가 대답했다. 데미안의 이야기가 내 마음을 사로잡고 있었다. "하지만 그렇다고 달리 설명할 방법이 있어?"

데미안이 내 어깨를 토닥였다.

"아주 간단하지! 이 이야기의 핵심이자 시작점은 바로 표식이야. 한 사람이 있었는데, 그 사람의 이마에 표식이 붙어 있어서 다른 사람들로 하여금 겁을 먹게 만들었다는 거지. 사람들은 감히 그 사람을 건드릴 엄두조차 내지 못했어. 그 사람과 그의 후손들이 가진 그 표식이 사람들의 마음에 깊은 인상을 주었으니까. 어쩌면, 아니 분명히 그들의 이마에 찍힌 표식은 우표에 찍는 소인 같은 건 아니었을 거야. 우리 인생에서 그렇게 단순한 일은 많지 않으니까. 오히려 정체를 알 수 없지만 사람들을 섬뜩하게 하는 무언가가 있었겠지. 카인의 눈빛에서는 사람들에게 익숙하지 않은 정신력과 대범함이 묻어났을 거야. 힘이 있었던 거지. 그 힘이 사람들을 두렵게 만든 거고. 카인에게는 '표식'이 있었어. 그 표식은 어떻게 설명해도 상관없어. '사람'이란 언제나 자신에게 편한 것만 원하고 그것을 정당하다고 여기거든. 카인의 후손들을 두려워한 것도 바로 그 표식 때문이었어. 그러니까, 그 표식이라는 것을 있는 그대로, 다시 말해 훈장으로 해석한 게 아니라 그 반대의 개념으로 받아들인 거야. 그래서 사람들은 이런 표식이 있는 사람들이 무섭다고 말을 한 거고. 실제로도 그런 건 사실이야. 용기와 자아를 지닌 사람들은 언제나 다른 사람들에게 두려운 존재로 여겨지는 법이거든. 두려움이라고는 없는 존재들이 돌아다닌다는 건 매우 불편한 일이니까. 그래서 이 족속에게 별명을 붙이고, 이야기를 붙인 거야. 복수해야 하니까. 자신들이 너무나도 힘겹게 견뎌내야만 했던 두려움에 대한 복수. 이해가 되니?"

"그러니까, 그 말은 카인이 나쁜 사람이 아니라는 거야? 성경에 나온 이야기가 사실이 아니라고?"

"그렇기도 하지만, 그렇지 않기도 해. 그 정도로 오래된 이야기들은 대부분 사실에 가까워. 하지만 그렇다고 매번 사실 그대로 기록되는 것도 아니고, 제대로 해석되지도 않지. 쉽게 말하자면, 카인이 멋진 사람이었다는 게 내 생각이야. 카인에게 그런 이야기가 붙은 건, 사람들이 카인을 두려워했기 때문인 거지. 그 이야기는 그냥 소문일 뿐이야. 사람들이 아무데서나 떠들고 다니는 허무맹랑한 이야기들 있잖아. 여기서 진짜는 카인과 카인의 후손들이 일종의 '표식'을 가지고 있었고, 대부분의 사람들과는 달랐다는 것이지."

나는 매우 놀랐다. "그럼 카인이 동생을 때려죽였다는 것도 사실이 아니라는 거야?" 나는 충격에 사로잡힌 채 물었다.

"아니, 죽인 건 분명 사실이야. 강자가 약자를 때려죽인 거야. 하지만 그게 정말 카인의 동생이었는지에 대해서는 의심의 여지가 있어. 그건 그렇게 중요한 게 아니야. 결국 인간은 모두 형제니까. 여기서 중요한 건, 강자가 약자를 때려죽였다는 거야. 영웅적인 행위였을 수도 있고, 아니었을 수도 있지만 사람들은 그 사건으로 인해 두려워하기 시작했어. 그러면서 한탄을 했지. 누군가가 와서 '그럼 너희가 그 사람을 그냥 죽여버리지 그래?'라고 물었을 때 '우린 겁쟁이니까'라고 대답할 수는 없는 노릇이었거든. 그래서 나온 대답이 '그럴 수는 없어. 그에게는 하느님이 주신 표식이 있으니까'라는 거였고. 대충 이런 식으로 이야기가 날조되었을 거야. 이런, 내가 널 너무 오래 붙잡고 있었던 것 같다. 그럼 안녕!"

데미안은 알트가세로 방향을 꺾더니 이내 사라졌다. 나는 혼자 남겨진 채 전에 없던 혼란을 경험하고 있었다. 데미안이 떠나자, 그가 했던 모든 말이 터무니없다는 생각이 들었다. 카인이 고귀한 사람이고, 아벨은 겁쟁이라고? 카인이 가지고 있던 표식이 우월함을 증명하는 훈장이었다고? 말도 안 돼! 그것은 하느님에 대한 모독이자 죄악이었다. 그렇다면 사랑의 하느님은 대체 어디에 계셨던 것일까. 하느님은 분명 아벨의 재물을 기쁘게 받으셨다. 그런 하느님이 아벨을 사랑하지 않으셨다고? 아니, 그건 말도 안 된다. 나는 데미안이 나를 놀리고 골탕 먹인 것이라고 생각했다. 데미안은 영리한 데다 말도 잘하는 놈이니까. 하지만…… 아니, 아니다.

어쨌든 성경 속 어떤 이야기 혹은 그게 아니더라도 다른 이야기에 대해 이 정도로 고민해본 적은 단 한 번도 없었다.

그리고 그렇게 오랫동안 프란츠 크로머를 떠올리지 않았던 것도 처음이었다. 나는 무려 몇 시간 동안이나, 아니 저녁 내내 프란츠 크로머를 까맣게 잊고 있었다. 나는 집에 돌아와 카인과 아벨에 대한 성경 말씀을 한번 더 읽어보았다. 이야기는 간단명료했다. 이 이야기에서 특별히 비밀스러운 해석을 찾는다는 건 말 그대로 정신 나간 짓이었다. 데미안의 말대로라면, 사람을 때려죽여놓고도 자신이 하느님의 사랑을 받는 인간이라고 주장할 수 있다는 것 아닌가! 아니, 그건 말도 안 된다. 인정할 만한 것은 데미안의 그 눈빛과 말투밖에 없었다. 어쨌거나, 그런 이야기를 그렇게 당연하게, 쉽고 멋지게 설명하다니.

물론 나 또한 온전한 상태는 아니었다. 오히려 그때 나는 매우 비정상이었다. 그야말로 밝고 깨끗한 세상에서 살아온, 아벨과 같은 부류의 사람이었던 내가 '다른' 세상에 깊숙이 빠져 있었기 때문이다. 나는 손을 쓸 새도 없이 깊은 나락으로 떨어져 침몰한 상태였다. 그 순간, 불현듯 떠오른 기억 하나가 내 숨통을 조여오기 시작했다. 지금의 불행이 시작되었던 그 불쾌한 저녁, 나는 잠깐 아버지를, 아버지가 속해 있는 밝은 세상과 그 지혜를 마치 다 안다는 듯 경멸했었다. 그 순간 나는 카인이 되어 그 표식을 붙이고 있었고, 그것을 수치가 아니라 우월함의 표시로 여겼었다. 나의 사악함과 불행이 아버지보다, 선하고 경건한 모든 사람들보다 더 높은 자리에 서 있게 만들었던 것이다.

당시에는 그것이 지금처럼 이렇게 명료한 사고의 형태를 갖고 있지는 않았다. 하지만 이 모든 것이 그 속에 포함되어 있었다. 그것은 고통스러우면서도 나의 자부심을 불러일으켰던 감정의 불길이었고, 이상한 흥분이었다.

생각해보면 용감한 사람과 겁이 많은 사람에 대한 데미안의 이야기는 매우 이상했다. 카인의 이마에 있던 표식을 해석하는 방식도 이상했다. 그 이야기를 할 때 데미안의 눈은 놀라울 정도로 빛이 났다. 순간, 내 머릿속을 막연히 스쳐 지나가는 생각 하나가 있었다. 혹시, 데미안이야말로 카인과 같은 부류의 사람인 것은 아닐까. 자신이 카인과 닮았다고 생각해서 카인을 변호한 것은 아니었을까. 어떻게 데미안의 눈빛은 그와 같은 힘을 가지고 있는 것일까. 어째서 데미안은 '다른' 사람들, 그러니까 두려워하는 사람들, 하느님의 마음에 합한 사람들에 대해 그토록 비웃듯이 이야기했을까.

나의 생각은 끝날 기미를 보이지 않았다. 나의 어린 영혼이라는 우물에 돌멩이가 던져진 것이다. 그리고 이후로 한동안, 아니 아주 오랫동안 카인과 살인, 표식과 같은 주제는 내 생각의 중심이 되어 깨달음과 의심, 비판을 위한 노력의 출발점 역할을 했다.

나는 다른 아이들도 데미안에게 관심이 있다는 사실을 알아차렸다. 내가 카인의 이야기를 아무에게도 하지 않았는데도, 데미안은 다른 아이들의 관심을 끈 것 같았다. 적어도 '전학생'에 대한 소문만큼은 무성했다. 만일 그 소문들의 내용을 모두 알았더라면, 그것을 토대로 데미안을 판단했을 것이다. 내가 처음 알았던 사실은 데미안의 어머니가 매우 부자라는 소문 정도였다. 데미안의 어머니가 단 한 번도 교회에 간 적이 없다는 것과 그 아들도 마찬가지라는 이야기들도 있었다. 심지어 데미안 모자가 유대인일 거라고 주장하는 사람도 있었고, 비밀스러운 무슬림일 거라는 소문도 돌았다.

막스 데미안의 체력에 대해서도 마치 전설과 같은 이야기가 퍼졌다. 분명한 사실 한 가지는 데미안과 같은 학년의 학생 중에서 가장 힘이 센 아이가 데미안에게 싸움을 걸었고, 이를 거부하는 데미안에게 겁쟁이라고 욕을 했다가 제대로 굴욕을 맛보았다는 것이었다. 당시 현장에 있던 아이들 말에 의하면, 데미안이 한 손으로 그 녀석의 목덜미를 움켜쥐고 짓누르자 녀석은 새파랗게 질린 얼굴로 줄행랑을 쳤다고 한다. 그 후로도 며칠 동안은 팔을 쓰지 못했다고 했다. 그 때문에 저녁 내내 녀석이 죽었다는 소문이 돌기도 했다. 이런 소문들은 한동안 계속되었고, 사실로 여겨졌다. 하나같이 자극적이고 놀라운 소문들이었다. 그러다 한동안은 또 잠잠했다. 하지만 얼마 지나지 않아 새로운 소문이 돌기 시작했다. 데미안이 여자를 사귀고 있으며, 이미 '알 건 다 안다'는 거였다.

그때까지도 나는 프란츠 크로머라는 길에서 벗어나지 못하고 있었다. 크로머에게서 벗어날 수 있는 방법은 없었다. 이따금 며칠씩 나를 건드리지 않고 내버려둘 때도 있었다. 하지만 나는 여전히 프란츠 크로머에게 묶여 있었다. 크로머는 꿈속에서도 마치 그림자처럼 나를 따라다녔고, 실제로 일어난 적도 없는 일까지 상상하곤 했다. 꿈속에서 나는 크로머의 노예였다. 원래도 꿈을 잘 꾸는 편이기는 했지만, 이 시기 나는 현실보다 꿈속에서 시간을 보내는 일이 더 많았다. 내 꿈에 드리운 어두운 그림자는 나의 힘과 생기를 앗아가고 있었다. 대부분은 크로머가 나타나 나를 괴롭히는 꿈이었다. 크로머는 내게 침을 뱉고 무릎으로 나를 깔아뭉갰다. 하지만 그보다 더 무서운 것은 크로머가 나를 끔찍한 범죄에 가담시키는 것이었다. 가담시킨다기보다는 무력으로 강요했다는 말이 더 맞을 것이다. 가장 끔찍했던 것은 아버지를 살해하려는 꿈이었다. 그때 나는 반쯤 정신이 나간 상태로 꿈에서 깨어났다. 크로머는 잘 갈아둔 칼을 내 손에 쥐어주었다. 나는 큰 길가의 가로수 뒤에 숨어 누군가를 기다리고 있었다. 누군지는 알지 못했다. 그 누군가가 나타났을 때 크로머는 내 팔을 쿡 찌르며 내가 칼로 찔러야 할 사람이 바로 저 사람임을 알려주었다. 아버지였다. 그 순간, 나는 잠에서 깨어났다.

이런 일들을 통해 나는 카인과 아벨의 이야기를 떠올리곤 했다. 하지만 데미안에 대해 생각한 적은 없었다. 신기하게도 데미안이 다시 모습을 드러낸 것은 꿈속에서였다. 이번에도 나는 학대와 폭력으로 괴롭힘을 당하고 있었는데, 놀랍게도 내 위에 올라타 나를 무릎으로 짓누르고 있는 사람이 프란츠 크로머가 아니라 데미안이었던 것이다. ─ 이것은 매우 새롭게 다가왔고 내게 깊은 인상을 남겼다. ─ 나는 고통스럽게 저항하며 크로머를 견뎌야만 했다. 하지만 데미안의 경우는 달랐다. 같은 일을 당하면서도 두려움과 기쁨이 뒤섞인 마음으로 그 상황을 기꺼이 견뎌낸 것이다. 데미안은 두 번에 걸쳐 내 꿈에 나타났고, 이후부터는 다시 크로머가 등장하기 시작했다.

사실 어느 쪽이 꿈이고, 어느 쪽이 현실이었는지를 명확하게 구분하기는 어렵다. 분명한 것은 내가 좀도둑질을 해서 훔친 돈으로 빚진 돈을 다 갚고 나서도 프란츠 크로머와의 악연이 끝나지 않고 계속되었다는 사실이다. 끝날 수도 없었다. 매번 어디서 돈이 났는지를 물어보며 내가 다시 도둑질했다는 사실로 전보다 더 단단하게 나를 손아귀에 쥐고 흔들었기 때문이다. 심지어 나를 만날 때마다 우리 아버지에게 이 모든 것을 불어버리겠다며 협박까지 했다. 두려운 건 사실이었다. 하지만 처음부터 내가 아버지에게 사실대로 털어놓았어야 했다는 후회가 더 컸다. 비참했다. 하지만 후회만 한 것은 아니었다. 적어도, 매일같이 후회하지는 않았다. 가끔은 모든 일이 처음부터 이렇게 될 운명이었을 것이라는 생각이 들기도 했다. 불운이 이미 내 머리 위에 드리워 있으므로, 벗어나려 한다 해서 해결될 일이 아니라는 예감이 든 것이다.

이러한 상황이 계속되자 부모님도 적잖이 힘들어했던 것 같다. 낯선 악령에 사로잡힌 후로 나는 너무나도 친밀하던 우리 집 생활과 어울리지 않는 존재가 되어버렸다. 가끔은 마치 잃어버린 낙원을 그리워하듯, 그 시절에 대한 그리움으로 괴롭기도 했다. 어머니는 나를 문제아라기보다는 환자처럼 여겼다. 하지만 당시 상황이 어땠는지는 누이들의 태도에서 가장 잘 알 수 있었다. 너그러운 것 같으면서도 나를 비참하게 만들었던 누이들의 태도는 내 상태가 야단을 치기보다는 동정을 해야 할 정도로 악이 씌운, 일종의 정신병자와도 같았다는 사실을 말해주고 있었다. 나를 위한 가족들의 기도가 이전과는 달라졌다는 것도 알고 있었다. 그런 기도가 아무런 소용이 없다는 것도 알았다. 때때로 지금의 상태에서 벗어나고 싶은 간절한 바람과 솔직하게 고백하고 싶은 마음이 몰아칠 때도 있었다. 하지만 아버지에게도, 어머니에게도 모든 것을 털어놓을 수 없으리라는 사실을 나는 잘 알고 있었다. 물론 두 분은 따뜻하게 나를 받아주고 보호해줄 것이고, 안타까운 마음으로 보듬어줄 것이다. 하지만 나를 완전히 이해하지는 못하리라. 내게는 운명인 이 모든 것이 가족들에게는 일종의 탈선으로만 여겨질 것이기 때문이다.

열한 살도 되지 않은 어린 소년이 이런 감정을 느낄 수 있다는 사실을 믿지 못하는 사람들도 있을 것이다. 하지만 지금 나는 그런 사람들의 이해를 얻기 위해 이 이야기를 하는 것이 아니다. 나는 인간에 대해 보다 깊이 이해하고 있는 사람들에게 이 이야기를 하고 있다. 자신이 가진 감정의 일부를 생각으로 바꾸는 법을 배운 어른들은, 아이들에게는 이런 생각이 없으며 그렇기 때문에 이런 경험도 할 수 없을 것이라고 여길 것이 분명하다. 하지만 인생을 살면서 이때만큼 깊은 경험을 하고 고뇌했던 적은 없었다.

비가 내리는 어느 날이었다. 나를 괴롭히는 녀석은 이날도 어김없이 성 앞 광장으로 나오라고 했다. 나는 흠뻑 젖은 밤나무에서 떨어진 나뭇잎을 발로 헤집으며 프란츠 크로머를 기다리고 있었다. 돈은 없었지만 뭐라도 줘야 했으므로 케이크 두 조각을 챙겨 나온 상태였다. 어느새 나는 이렇게 한구석에 서서, 때로는 오랫동안 크로머를 기다리는 일에 익숙해져 있었다. 마치 피할 수 없는 일을 받아들이듯, 그렇게 이 일을 받아들이고 있었다.

마침내 프란츠 크로머가 도착했다. 오래 있지는 않았다. 크로머는 내 가슴을 몇 번 가볍게 치더니 웃으면서 케이크를 받았다. 나에게 눅눅해진 담배를 권하기까지 했다. 물론 나는 받지 않았다. 평소와 다르게 친절한 모습이었다.

"근데 말이야." 크로머가 헤어지기 전에 말을 꺼냈다. "잊어버릴까봐 미리 말해두는 건데, 다음에는 누나를 데려와. 이름이 뭐였더라?"

크로머가 하는 말을 전혀 이해할 수 없었던 나는 아무런 대답도 못 한 채 그를 물끄러미 바라볼 뿐이었다.

"못 알아들었어? 네 누나 데려오라고."

"알아는 들었어, 프란츠. 하지만 그건 안 돼. 할 수 없어. 누나도 분명 따라오려고 하지 않을 거야."

나는 이 또한 평소처럼 크로머가 괜한 트집을 잡으며 구실을 만들어내는 것이라고 생각했다. 그런 일은 자주 있었다. 도무지 불가능한 일을 요구하며 나를 두렵게 만들고, 굴욕을 준 다음 서서히 흥정을 시작하는 방식이었다. 그러면 나로서는 돈이나 다른 선물을 주어서 벗어나는 수밖에 없었다.

하지만 이번에는 이야기가 달랐다. 거절하는데도 크게 화를 내지 않았다.

"그렇다면 뭐." 크로머가 얼버무리듯 대답했다. "생각은 한번 해봐. 누나와 친하게 지내고 싶어서 그런 거니까. 어떻게든 기회는 있겠지. 그냥 산책을 가자면서 누나랑 나오면 내가 낄 수도 있고. 내일 휘파람을 불 테니까, 이 문제에 대해서 다시 얘기해보자고."

프란츠 크로머가 사라지고 나서야 나는 크로머가 가진 욕망이 무엇을 의미하는지 짐작할 수 있었다. 나는 아직 어린아이였다. 하지만 소년, 소녀들이 조금씩 나이를 먹으면서 비밀스럽고 상스러운, 금지된 일들을 함께하기도 한다는 이야기를 들은 적이 있었다. 그제야 크로머의 계획이 얼마나 끔찍한 것인지를 분명하게 깨달았다. 결코 그런 짓을 하지 않겠다고, 나는 그 자리에서 결심했다. 하지만 앞으로 어떻게 될지, 크로머가 어떻게 복수할지에 대해서는 생각조차 할 수가 없었다. 또 다른 고문이 시작된 것이다. 그러니까 크로머는 아직도 충분하지 않았던 것이다.

나는 절망적인 마음으로 두 손을 주머니에 넣고 텅 빈 광장을 가로지르고 있었다. 새로운 고통이 찾아왔고, 나는 노예가 되었다!

나지막하면서도 산뜻한 목소리가 내 이름을 부른 것은 그때였다. 깜짝 놀란 나는 뛰기 시작했다. 누군가가 내 뒤를 쫓아오더니 한 손으로 부드럽게 나를 붙잡았다. 막스 데미안이었다.

나는 데미안에게 팔을 붙잡힌 채로 말했다. "아, 너였구나." 나는 불안한 목소리로 말했다. "깜짝 놀랐잖아!"

데미안은 천천히 나를 바라보았다. 그 어느 때보다도 어른스럽고, 우월하고, 모든 것을 꿰뚫어보는 듯한 눈빛이었다. 데미안과의 대화는 오랜만이었다.

"미안해." 데미안이 정중하면서도 단호한 태도로 말했다. "하지만 말이야. 이 정도로 놀랄 필요는 없는 것 같은데."

"맞아. 하지만 그럴 때도 있는 거지."

"내 생각에는 이런데? 네게 아무 짓도 안 한 사람을 보고 그 정도로 소스라치게 놀라버리면 당연히 이상하게 생각하고, 호기심을 갖게 되지 않을까? 네가 이상하게 잘 놀라는 걸 보면서 이렇게 생각할 거야. 원래 사람은 뭔가 두려움에 떨고 있을 때 잘 놀라는데, 라고 말이야. 겁쟁이들은 늘 두려워하잖아. 하지만 너는 원래 겁쟁이가 아니야. 그렇지? 아, 물론 그렇다고 네가 영웅인 건 아니겠지만. 그렇다면 너는 지금 무언가를 무서워하고 있다는 거야. 누군가가 무서운 거지. 하지만 그런 게 있어서는 안 돼. 절대로 사람을 무서워하는 일이 있어서는 안 되는 거야. 나를 무서워하는 건 아니지? 아니면, 정말 내가 무서운 거야?"

"아니, 전혀 무섭지 않아."

"거 봐. 하지만 무서워하는 사람이 있는 건 맞지?"

"모르겠어……. 날 좀 그냥 내버려둬. 뭘 원하는 거야?"

데미안은 나와 함께 걷기 시작했다. 나는 데미안에게서

도망치기 위해 더 빨리 걷고 있었다. 옆에서 나를 바라보는 데미안의 시선이 느껴졌다.

"이렇게 생각해봐." 데미안이 말을 이어갔다.

"내가 너한테 호감을 갖고 있다고 말이야. 어쨌거나 나를 무서워할 필요는 없어. 난 너를 대상으로 한 가지 실험 해보고 싶은 게 있어. 재미도 있을 거고, 아주 가치 있는 것을 배울 수도 있을 거야. 잘 봐! 나는 있잖아, 사람들이 독심술이라고 하는 기술을 시험해볼 때가 있거든. 마법을 부리는 건 아니야. 하지만 방법을 모르면 무척 이상하게 보일 수 있는 기술이지. 사람들을 아주 깜짝 놀라게 만들 수 있거든. 자, 한번 해보자. 나는 네가 좋아. 적어도 네가 궁금해. 그래서 네가 숨기고 있는 것 같은 무언가를 밖으로 꺼내보고 싶어. 나는 그걸 알아내기 위해 벌써 첫발을 뗐어. 너를 깜짝 놀라게 만들었으니까. 너는 잘 놀라. 그건, 네가 두려워하는 일이나 사람이 있다는 뜻이지. 그런데 그 두려움은 어디에서 비롯된 걸까? 사람은 그 누구도 두려워할 필요가 없는데 말이야. 누군가를 두려워한다는 건, 그 사람에게 자신을 지배할 힘을 주었다는 뜻이야. 예를 들어 못된 짓을 했다고 치자. 그런데 누군가가 그 사실을 알아. 그러면 그 사람은 너를 지배하는 힘을 갖게 되겠지. 무슨 말인지 알아듣겠어? 네 생각도 그렇지?"

나는 어찌할 바를 모른 채 데미안의 얼굴을 빤히 쳐다보고 있었다. 늘 그렇듯 진지하고, 영리하고, 선한 얼굴이었지만, 이번에는 다정하다기보다는 오히려 엄격해 보였다. 정의감 같은 것이 묻어났기 때문이다. 지금 무슨 일이 일어나고 있는지 도무지 알 수가 없었다. 데미안은 마치 마법사처럼 내 앞에 서 있었다.

"알아들었어?" 데미안이 다시 물었다.

나는 고개를 끄덕였다. 하지만 아무 말도 할 수가 없었다.

"그래. 물론 독심술이란 게 무척 이상하게 보일 수 있다고 말을 하긴 했지만, 사실 이건 아주 자연스러운 능력이야. 예를 들면, 예전에 내가 카인과 아벨의 이야기를 했을 때 말이야. 나는 네가 나를 어떻게 생각했을지 꽤 정확하게 알아맞힐 수 있어. 물론 지금과는 상관없는 이야기이긴 하지만. 난 네가 내 꿈을 꿨을 가능성도 있다고 생각해. 하지만 일단 그건 그냥 두고! 너는 말이야, 영리한 아이야. 멍청하기 짝이 없는 대부분의 아이들과는 달라! 나는 내가 신뢰할 수 있고, 영리한 소년과 이야기 나누는 걸 좋아해. 괜찮겠어?"

"물론이야. 하지만 네가 무슨 말을 하고 있는 건지 전혀 모르겠어."

"그냥 이 재미있는 실험을 계속해보자. 그러니까, 우리가 알아낸 사실은 이거야. S라는 소년은 잘 놀란다. 그 소년은 누군가를 두려워하고 있다. 소년은 분명 그 누군가와 매우 불편한 비밀을 공유하고 있다. 여기까지는, 대충 맞지?"

꿈속에서와 마찬가지로 나는 데미안의 목소리와 영향력에 압도당한 채 그저 고개를 끄덕일 뿐이었다. 저 목소리는 나만이 할 수 있는 이야기를 하고 있었다. 어떻게 모든 것을 알고 있는 것일까? 어떻게 그 모든 것을 나보다 더 잘 알고 있는 것일까?

데미안이 내 어깨를 힘차게 두드리며 말했다.

"맞구나. 그럴 것 같았어. 그럼 마지막으로 질문 하나만 더 할게. 조금 전에 간 그 녀석 말이야. 이름이 뭔지 알아?"

나는 소스라칠 정도로 놀랐다. 외부와의 접촉으로 인해 나의 비밀이 고통스러워하며 움츠러들었다. 그 비밀은 밝은 곳으로 나오기를 원치 않았다.

"누구 말하는 거야? 나 혼자였는데."

데미안이 웃음을 터뜨렸다. "그러지 말고 말해봐. 걔 이름이 뭐니?"

나는 낮은 목소리로 되물었다. "프란츠 크로머 말이야?"

데미안이 만족스러운 듯 고개를 끄덕였다.

"좋았어! 넌 영리한 아이야. 우리는 친구가 될 거야. 이제 네게 해줄 말이 있는데 말이야. 그 크로머라는, 아니 이름이 뭐든지 간에 그 녀석은 나쁜 놈이야. 그놈 얼굴이 악당이라고 말해주고 있거든. 너는 그렇게 생각하지 않니?"

"맞아." 나는 한숨을 내쉬었다. "나쁜 애야. 악마 같은 놈이지! 하지만 그 아이가 이 일을 알면 안 돼! 세상에, 걔가 알면 안 돼. 걔를 아는 거야? 걔는 너를 알고?"

"안심해. 이미 갔잖아. 그리고 그 애는 나를 몰라. 아직은. 하지만 나는 그 녀석을 알고 싶어. 공립학교에 다니는 애니?"

"응."

"몇 학년이야?"

"5학년. 하지만 걔한테는 아무 말도 하지 말아줘. 부탁이 야, 제발. 절대 말하면 안 돼!"

"걱정하지 마. 너한테는 아무 일도 안 생길 테니까. 혹시 그 크로머란 아이에 대해서 조금 더 얘기해줄 수 있어?"

"아니. 난 못해. 나 좀 그냥 내버려둬."

데미안이 한동안 침묵했다.

"아쉽다." 데미안이 이윽고 말을 꺼냈다. "우리 실험을 조 금 더 해보려고 했는데. 하지만 너를 괴롭히고 싶지는 않아. 그 녀석을 두려워하는 게 옳지 않다는 건 분명 너도 알 거 야. 그렇지? 그런 두려움은 우리를 망가뜨려. 그런 두려움 은 없애버려야 해. 진짜 남자가 되려면 그 따위 두려움에서 벗어나야 한다고. 알아듣겠어?"

"물론, 네 말은 맞아……. 하지만 그럴 수가 없어. 너는 몰 라……."

"생각보다 내가 더 많은 걸 알고 있다는 거, 너도 봤지? 혹 시 걔한테 돈을 빌린 거야?"

"그래, 그렇다고 할 수 있어. 하지만 중요한 건 그게 아니야. 말 못해. 말을 할 수가 없다고!"

"그럼 내가 그 돈을 갚아주면? 그래도 아무런 소용이 없어? 그 돈, 내가 줄 수도 있어."

"아니, 아니야! 그런 건 아냐. 제발 부탁이야, 이 이야기를 아무한테도 하지 말아줘. 단 한마디도 해서는 안 돼! 그건 나를 불행하게 만드는 거야!"

"날 믿어, 싱클레어. 언젠가는 너희 둘 사이에 있는 비밀이 뭔지 내게 말하게 되는 날이 올 거야."

"절대로 그럴 일은 없어! 절대로!" 나는 격하게 소리를 질렀다.

"네 마음대로 해. 그저 나중에라도 내게 말해줄 날이 올지도 모른다는 거야. 물론 자발적으로. 설마 내가 크로머처럼 굴까봐 그러는 건 아니지?"

"물론 그런 건 아니야. 하지만 너는 아무것도 모르잖아."

"맞아. 난 아무것도 몰라. 그냥 그 문제에 대해 생각하고 있을 뿐이지. 그리고 난 크로머처럼 그런 짓은 절대로 하지 않아. 그건 믿어줬으면 해. 너는 나한테 빚진 것도 없잖아."

한동안 우리는 침묵했다. 나는 조금씩 안정을 되찾기 시작했다. 하지만 데미안이 그 일을 알고 있다는 것은 생각할수록 의아한 일이었다.

"이제 집에 가봐야겠다." 데미안이 빗속에서 모직 코트를 단단히 여미며 말했다. "어차피 여기까지 왔으니까, 하나만 더 말하자면 말이야. 너는 그 녀석에게서 벗어나야 해! 정 방법이 없으면 때려죽이기라도 해야지. 그렇게만 한다면, 나는 너를 존경하고 또 좋아하게 될 거야. 물론 나도 널 도울 거고."

다시 두려워지기 시작했다. 갑자기 카인의 이야기가 떠올랐다. 왠지 섬뜩한 기분이 드는가 싶더니 나는 이내 울음을 터뜨리고 말았다. 너무나도 소름끼치는 일들이 내 주변을 가득 채우고 있었다.

"알았어." 데미안이 미소를 지으며 말했다. "집에 가자! 어떻게든 해결할 수 있을 거야. 때려죽이는 게 가장 쉬운 방법이긴 하겠지만 말이야. 이런 일은 최대한 단순하게 해결해야 하는 법이거든. 크로머라는 녀석이 곁에 있어봐야 좋을 건 하나도 없을걸?"

나는 집으로 돌아왔다. 그사이 못 해도 일 년은 지난 것 같았다. 모든 것이 달라 보였다. 미래, 희망과도 같은 무언가가 나와 프란츠 크로머 사이에 들어온 것이다. 더 이상 나는 혼자가 아니다. 그제야 나는 지난 몇 주간 혼자 그 비밀을 끌어안고 있었던 것이 얼마나 끔찍한 일이었는지를 깨달았다. 여러 번 고민했었다. 부모님에게 사실 그대로를 털어놓으면 어떨까. 분명 후련하기는 하겠지만, 완전히 구원받을 수는 없을 것이다. 그런데 지금 나는 사실을 털어놓았다. 다른 사람, 낯선 사람에게. 그리고 구원받을 수 있으리라는 예감이

짙은 향기처럼 코끝을 스치고 있었다.

물론 나의 두려움은 여전했다. 장기전이 될 것 같은 적과의 두려운 싸움도 어느 정도 각오를 하고 있었다. 그럴수록 모든 것이 이처럼 고요하고, 비밀스럽고, 평온하게 지나가는 것이 이상하기만 했다.

집 앞에서 들려오던 프란츠 크로머의 휘파람 소리가 사라졌다. 하루, 이틀, 사흘, 일주일이 지나도록 그 소리는 들리지 않았다. 도무지 믿을 수가 없는 일이었다. 전혀 예상하지 못한 순간에 크로머가 나타나지는 않을까 내심 기다리기도 했다. 하지만 프란츠 크로머는 모습을 보이지 않았다. 나를 찾아온 이 자유가 도무지 믿기지 않았다. 마침내 프란츠 크로머와 마주치기 전까지만 해도. 크로머는 반대편에서 자일러가세를 따라 걸어 내려오고 있었다. 그런데, 놀랍게도 나를 보고 흠칫 놀라더니 얼굴을 잔뜩 찌푸리고는 나를 피해 돌아서 가버리는 것이 아닌가!

정말로 믿을 수 없는 순간이었다. 나의 원수가 나를 피해 달아나다니! 나의 악마가 나를 두려워하다니! 기쁨과 놀라움이 나를 사로잡았다.

그즈음이었다. 데미안이 또 한번 모습을 드러냈다. 학교에서 나를 기다리고 있었다.

"안녕." 내가 말했다.

"안녕, 싱클레어. 그냥 어떻게 지내는지 궁금해서. 크로머란 녀석, 이제는 널 괴롭히지 않지?"

"네가 그랬어? 대체 어떻게 한 거야? 뭐가 뭔지 도통 모르겠어. 이제는 코빼기도 안 보여."

"잘됐네. 만약 또 나타나면, 뭐 그럴 리는 없을 것 같지만 워낙 뻔뻔한 녀석이라서 말이야. 데미안을 잊지 말라고 해."

"그게 무슨 소리야? 크로머랑 싸우기라도 한 거야? 네가 때렸어?"

"아니, 난 그런 짓을 별로 좋아하지 않아. 그냥 너랑 했던 것처럼 이야기를 좀 했을 뿐이야. 너를 가만히 내버려두는 게 자신에게도 좋을 거라는 걸 분명하게 알려준 게 다야."

"돈을 준 것도 아니라는 거야?"

"그래, 이 친구야. 그 방법은 네가 이미 써봤잖아."

더 묻고 싶었지만 데미안은 자리를 떠나버렸다. 나는 이전부터 데미안에게 느꼈던 고마움과 수줍음, 경탄과 두려움, 애착과 거부감 등의 감정이 기묘하게 뒤섞인 채로 혼자 남겨졌다.

곧 데미안을 다시 만나야겠다고, 나는 생각했다. 다시 만나 이 모든 일에 대해 데미안과 이야기를 나눌 것이다. 카인의 이야기에 대해서도.

하지만 그렇게 할 수 없었다.

사실 고마움을 표현하는 것은 나에게 익숙한 미덕이 아니었다. 어린아이에게 그런 것을 요구하는 것 자체가 잘못

되었다고 생각한다. 그렇기 때문에 그 시절, 데미안에게 고마워하지 않았던 나의 배은망덕함에 대해서도 그리 놀랄 필요는 없다고 생각한다. 그러나 지금도 내가 확신하고 있는 것은, 만일 그 당시 데미안이 나를 프란츠 크로머에게서 구해주지 않았더라면, 평생 병들고 망가진 사람으로 살았으리란 사실이다. 당시에도 나는 그 구원이 내 어린 시절의 가장 큰 경험이었다는 것을 알고 있었다. 하지만 나는 구원의 기적을 경험하자마자 그 구원자를 무시해버렸다.

이미 말했듯, 그러한 배은망덕함이 이상하게 생각되지는 않는다. 오히려 더 이상한 것은, 당시 데미안이 알려준 비밀에 대해 더 자세히 알아보지도 않고 그 어떤 호기심도 없이 매일을 편안하게 지낼 수 있었다는 사실이다. 대체 나는 어떻게 카인과 크로머, 독심술에 대해서 더 알고 싶다는 욕망을 누를 수 있었던 것일까.

이해하기는 어렵지만 나는 정말로 그랬다. 나는 순식간에 악마의 그물에서 벗어났고, 내 앞에는 밝고 즐거운 세상이 다시 모습을 드러냈다. 두려움으로 인한 발작과 숨통을 조이는 것 같은 두근거림도 사라졌다. 나는 속박에서 벗어났고, 더 이상 고문을 당하는 죄수도 아니었다. 다시 평범한 학생이 되었다. 나의 천성은 최대한 빨리 균형과 평온을 되찾기 위해 노력했다. 추하고, 위협적인 모든 것들을 떨쳐내고 잊어버리기 위해 애를 썼다. 죄악과 두려움으로 얼룩졌던 나의 긴 이야기는 놀랄 만큼 빠른 속도로 기억 속에서 사라졌다. 눈에 보일 만한 흉터 하나, 흔적 하나 남기지 않은 채로 말이다.

나는 나를 도와준 구원자에 대해서도 최대한 빨리 잊으려 노력했던 것 같다. 이제는 그것을 이해할 수 있다. 그러니까 나는 내 저주의 골짜기에서, 너무나도 두려웠던 프란츠 크로머의 압제에서 도망치기 위해, 이전의 행복하고 만족감으로 가득했던 상태로 돌아가기 위해 내 영혼의 모든 추진력과 힘을 쏟아부었던 것이다. 잃어버렸던 낙원의 문이 열린 순간, 아버지와 어머니가 있는 밝은 세상으로, 누이들의 곁으로, 순수함의 향기가 가득한 곳으로, 하느님의 마음에 합당한 아벨로 돌아가기 위해 말이다.

데미안과 짧은 대화를 나누던 그날부터 나는 자유를 되찾았다는 것과 이제 더는 악몽이 되돌아오지 않으리란 사실을 확신했다. 그리고 즉시 내가 그토록 바라왔던 일을 실행에 옮겼다. 나는 어머니에게 가서 자물쇠가 깨진 저금통을 보여주며 잘못을 고백했다. 저금통 안에 진짜 돈이 아닌, 장난감 돈이 채워져 있는 것도 보여주었다. 그리고 이 잘못 때문에 오랫동안 악당에게 시달렸다는 사실을 털어놓았다. 어머니가 완전히 이해한 것 같지는 않았다. 하지만 저금통과 달라진 나의 눈빛, 내 목소리를 통해 내가 다 나았다고, 다시 어머니에게로 돌아왔다고 느끼는 것 같았다.

고백하고 난 후, 나는 잔뜩 격앙이 되어 탕자 같던 내가 돌아온 것과 다시 받아들여진 것을 축하했다. 어머니는 나를 아버지에게로 데리고 가 같은 이야기를 전달했다. 질문과 놀라움의 탄성이 쏟아져 나오더니, 이윽고 두 분은 내 머리를 쓰다듬으며 안도의 한숨을 내쉬었고, 오랫동안 이어졌던 답답함을 털어버렸다. 모든 것이 훌륭했다. 모든 것이 마치 동화 속 이야기와 같았다. 하나하나가 놀라울 정도로 조화롭게 해결되었다.

나는 진심으로 최선을 다해 이 조화 속으로 도망을 쳤다. 평화와 부모님의 신뢰를 되찾았다는 사실은 아무리 누리고 누려도 싫증이 나지 않았다. 나는 다시 모범적인 아들이 되어 이전보다 더 누이들과 잘 어울렸고, 예배 시간이 되면 구원받고 회개한 자의 기쁨을 가득 담아 내가 좋아하는 찬송가들을 함께 불렀다. 그것은 진심이었고, 일말의 거짓도 없었다.

하지만 정말로 괜찮은 것은 아니었다. 내가 데미안을 잊게 된 진짜 이유도 바로 여기에 있었다. 나는 데미안에게 고백을 했어야 했다. 물론 데미안에게 하는 고백이 더 화려하거나, 더 감동적이지는 않았을 것이다. 하지만 그렇게 했더라면 나는 보다 큰 결실을 얻었을 것이다. 나는 내가 가진 모든 뿌리를 낙원 같았던 과거의 세상에 내렸다. 나는 집으로 돌아왔고, 관용으로 받아들여졌다. 하지만 데미안은 이 세상 사람이 아니었고, 여기에 어울리지도 않았다. 프란츠 크로머와 다른 존재라는 것은 분명했다. 하지만 나에게는 데미안도 또 한 명의 유혹자였고, 악하고 나쁜 두 번째 세상과 나를 연결하는 연결고리였다. 이제 더 이상은 그 두 번째 세상에 대해 조금도 알고 싶지 않았다. 영원히 말이다. 이제 막 아벨로 돌아온 마당에 더 이상 아벨을 내려놓을 수도, 내려놓고 싶지도 않았으며, 카인을 찬양하는 일 따위 도울 생각이 없었다.

겉으로 드러난 맥락은 여기까지다. 하지만 그 뒤에 숨어 있는 내용은 이러했다. 프란츠 크로머라는 악마의 손아귀에서 벗어난 것은 사실이었다. 하지만 그것은 나의 힘과 노력으로 얻어낸 결과가 아니었다. 나는 이 세상의 오솔길을 오롯이 나의 힘으로 걸어보고 싶었다. 하지만 그러기에는 길이 너무 미끄러웠다. 그때, 친절한 손 하나가 나타나 나를 붙잡아 구원했다. 나는 그 즉시 뒤도 돌아보지 않고 곧장 어머니의 품으로, 잘 보존되어 있는 어린 시절의 안전함을 찾아 돌아갔다. 그렇게 나는 내 나이보다 더 어리고, 의존적이고, 철이 없는 아이처럼 굴었던 것이다. 크로머에게 종속되지 않는 대가로, 또 다른 것에 종속되었다. 혼자는 걸어갈 수 없기 때문이었다. 그렇게 나는 맹목적으로 아버지, 어머니에게 의존했다. 그것이 유일한 세상이 아니라는 것을 잘 알면서도 내가 사랑했던 과거의 '밝은 세상'에 종속되기를 스스로 선택한 것이다. 그러지 않았더라면, 나는 분명 데미안에게 의지하고 모든 것을 털어놓았을 것이다. 하지만 나는 그렇게 하지 않았다. 데미안의 이상한 생각에 대한 불신 때문이었다. 하지만 사실 그것은 두려움 그 이상도 이하도 아니었다. 부모님에 비해 내게 더 많은 것, 훨씬 많은 것을 요구하리라는 두려움. 나를 보다 독립적인 존재로 만들기 위해 자극하고, 경고하고, 조롱과 풍자를 동원했을 테니까. 나는 오늘에야 비로소 깨달았다. 이 세상에서 자기 자신이 되는 길을 가는 것보다 더 어려운 일은 없다는 것을!

그럼에도 약 반년 후, 나는 아버지와 산책하던 중 결국 유혹을 뿌리치지 못하고 질문을 던지고 말았다. 아벨보다 카인이 더 훌륭한 사람이라고 주장하는 사람이 있는데, 여기에 대해서 아버지는 어떻게 생각하느냐는 질문이었다.

아버지는 놀라움을 감추지 못했다. 하지만 이내 그것이 그리 새로운 견해는 아니라고 대답했다. 심지어 초기 기독교 시대 때부터 있었던 견해이며, 예를 들어 '카인파'와 같은 여러 종파들을 통해 전파되기도 했다는 설명이었다. 하지만 이는 정신 나간 교리이며, 우리의 신앙을 무너뜨리기 위한 악마의 계략(간계)일 뿐이라고 덧붙였다. 만일 카인이 옳고 아벨이 틀리다면 이는 곧 하느님이 틀렸다는 것을 의미하고, 결과적으로 성경 속 하느님이 유일하고 올바른 신이 아니라는 결론에 이르게 되지 않느냐는 설명이었다. 실제로 카인파들은 이와 유사한 내용으로 성도들을 가르치고 설교했다고는 하는데, 결국 이 같은 이단은 현재 사라지고 없다고, 그런데 그 학교 친구라는 녀석은 어떻게 그 사실을 알게 되었는지 신기할 따름이라고 아버지는 말했다. 어쨌거나 그런 생각은 하루 빨리 관두는 것이 좋을 것이라고 엄하게 경고하면서 말이다.

# 예수 옆에 매달린 강도

나의 어린 시절, 아버지와 어머니 곁에서 누렸던 안전한 삶과 부모님을 향한 사랑, 밝고 좋은 환경에서 충분한 즐거움을 누리며 살았던 그때에 대해서도 이야기할 수는 있다. 그렇다면 내 이야기는 멋지고, 다정하며, 사랑스러운 이야기가 될 것이다. 하지만 그런 이야기들이라면 다른 사람들도 충분히 했다. 나의 관심은 오직 나 자신에게 이르기 위해 내가 내디뎠던 삶의 발걸음뿐이다. 아름다운 휴식처, 행복의 섬과 낙원이 매력적이라는 것을 모르는 바는 아니다. 하지만 그것들은 저 멀리 광명 속에 남겨두려 한다. 이제는 단한 걸음일지라도 그곳에 들어갈 마음이 없기에.

그렇기에 앞으로 하게 될 나의 유년 시절 이야기는 나에게 일어난 새로운 일, 나를 앞으로 몰아가고 또 멀리 떼어낸 일에만 국한하려고 한다.

그러한 자극들은 언제나 '다른 세상'에서 왔다. 그리고 하나같이 두려움과 압력, 양심의 가책을 동반했다. 언제나 혁명적으로, 내가 기꺼이 머물고 싶었던 나의 평화를 위협했던 것이다.

그러다 내 안에도 원초적인 본능이 살아 있다는 것을 깨닫게 되는 시절이 찾아왔다. 그것은 허락된 밝은 세상에 슬그머니 기어 들어와 숨어 살고 있었다. 사람이라면 모두가 경험하기 마련인 성의 감정이 깨어나기 시작한 것이다. 나에게 금지된 것이자, 유혹이며 죄악인 그 감정은 마치 원수이자 파괴자처럼 찾아왔다. 내가 호기심을 가지고 탐색하는 것, 꿈과 쾌감, 두려움이 만들어내는 것, 사춘기의 거대한 비밀은 어린 시절 내가 경험했던 평화로운 행복과는 전혀 어울리지 않는 것들이었다.

나는 다른 사람들과 똑같이 행동했다. 이미 어린아이가 아니면서도 어린아이인 척 이중생활을 이어갔다. 나의 의식은 허락된 친근함 속에서 살면서 솟아오르는 새로운 세상을 애써 부정하고 있었다. 하지만 동시에 꿈과 충동, 지하 세상의 욕망 속에서도 살았다. 나의 의식이 이어가고 있는 인생의 다리는 이런 욕망 속에서 갈수록 위태로워지고 있었다. 내 속에 있던 어린아이의 세상이 무너졌기 때문이다. 대부분의 부모님들이 그렇듯, 나의 부모님도 이런 삶의 충동에는 도움을 주지 못했고, 별다른 이야기도 하지 않았다. 오히려 갈수록 비현실적이고 거짓으로 변해가는, 어린아이의 세상에 머물려고 하는 나의 헛된 노력을 한없이 도와줄 뿐이었다. 이런 문제에 있어 부모라는 존재가 어느 정도까지 역할을 할 수 있는지 가늠할 수 없는 나로서는 결코 우리 부모님을 비난하고 싶지 않다. 결국 문제를 처리하고, 내 길을 찾는 것은 스스로 해야 할 일이었기 때문이다. 하지만 잘 키운 집 자식들이 대부분 그러하듯, 나 또한 내 문제를 제대로 해결하지 못했다.

사람들은 누구나 이런 어려움을 경험한다. 평범한 사람들에게 이것은 자신의 삶이 요구하는 바와 주변 세상이 갈등을 일으키는 지점이자 혹독하게 싸워 앞으로 나아가야 하는 인생의 분기점이다. 바로 이 지점에서 많은 사람들이 인간의 숙명이라 할 수 있는 죽음과 재탄생을 경험한다. 그동안 익숙했던 것들이 모두 곁을 떠나고, 어느 순간 주변을 채운 고독과 죽음과도 같은 세상의 냉기를 느끼며, 일평생 단 한 번 자신의 유년 시절이 녹슬면서 차츰 무너져내리는 것을 목도하는 것이다. 영원히 이 절벽에 매달려 살아가는 사람들도 많다. 돌이킬 수 없는 과거와 잃어버린 낙원의 꿈, 그러니까 모든 꿈 중에서도 가장 나쁘고 고통스러운 꿈에 평생을 매달려 사는 것이다.

다시 나의 이야기로 돌아가보겠다. 유년 시절의 종말을

알린 예감이나 꿈의 영상에 대해서는 더 이상 이야기하지 않아도 될 것 같다. 보다 중요한 것은 '어두운 세상', 즉 '다른 세상'이 다시 나타났다는 사실이기 때문이다. 한때 프란츠 크로머로 대표되었던 그 세상은 어느새 내 일부가 되었다. 그렇게 외부에 있던 '다른 세상'도 다시금 나를 지배할 힘을 얻었다.

프란츠 크로머 사건이 있은 후 몇 년 후의 일이었다. 죄악으로 가득했던 그 극적인 시절이 드디어 저 멀리, 잠시 악몽을 꾸었던 듯 흔적도 없이 사라진 것 같은 때였다. 이따금 크로머를 마주치는 일이 있기는 했지만, 그의 존재가 내 인생에서 사라진 지 오래된 터라 거의 신경을 쓰지 않았다. 반면 막스 데미안은 완전히 사라지지 않았고, 오랫동안 내 주변에 머물렀다. 그러던 어느 날, 나에게 아무런 영향을 끼치지 않던 데미안이 서서히 다가오기 시작했다. 힘과 영향력을 다시금 발휘하기 시작한 것이다.

그 시절 나는 데미안에 대해 무엇을 알고 있었을까. 이제 그것을 돌아보고자 한다. 데미안과 대화를 나누지 않은지도 어느덧 일 년 남짓이었다. 나는 데미안을 피했고, 데미안도 억지로 나와 접촉하려 하지 않았다. 가끔씩 우연히 마주칠 때에도 데미안은 고개만 끄덕일 뿐이었다. 가끔 데미안의 친절한 미소 속에 조소나 풍자 같은 약간의 비난이 섞인 것처럼 느껴지기도 했지만 그것은 나만의 착각이었을지도 모른다. 데미안과 나는 우리가 함께 경험했던 사건과 그 당시 데미안이 나에게 끼쳤던 영향력에 대해 잊은 것 같았다.

데미안의 모습을 되짚어본다. 데미안을 떠올리는 지금에서야 나는 그럼에도 당시 데미안이 그곳에 있었으며, 나 또한 그의 존재를 의식하고 있었다는 사실을 깨닫는다. 데미안이 혼자, 혹은 덩치가 큰 학생들 사이에 섞여 학교에 가는 모습이 보인다. 특유의 공기에 둘러싸인 채, 자신만의 법칙에 따라 낯설고도 고독하며 조용하게, 마치 별처럼 걷고 있다. 데미안을 사랑하는 사람은 없었다. 가까이 지내는 사람도 없었다. 데미안이 가깝게 지내는 상대는 그의 어머니뿐이었는데, 그 어머니와도 어린아이가 아니라 마치 어른처럼 지내는 것 같았다. 선생님들도 가급적이면 데미안을 건드리지 않았다. 좋은 학생인 것은 분명했지만, 그 누구의 마음에 들려고도 하지 않았다. 가끔씩 데미안이 비꼬는 말이나 말대꾸로 선생님에게 낯선 도전이나 조롱을 했다는 소문이 들려오기도 했다.

두 눈을 감고 떠올려본다. 데미안의 모습이 보인다. 그곳은 어디였던가. 그렇다. 다시 그곳, 우리 집 앞 골목길이다. 데미안은 손에 노트를 들고 서서 우리 집 현관문 위에 있는 오래된 새의 문장을 그리고 있었다. 나는 창가에 서서 그 모습을 지켜보았다. 문장을 바라보는 데미안의 얼굴은 세심하면서도 차갑고 밝았다. 놀라웠다. 그것은 분명 어른의 얼굴이었으며, 연구자 혹은 예술가의 얼굴이었다. 우월한 얼굴, 의지로 가득 차 있는, 이상하리만치 밝고도 냉담한, 무언가를 아는 듯한 눈을 가진 얼굴이었던 것이다.

저기, 또다시 데미안의 모습이 보인다. 그로부터 얼마 후, 거리에서 마주친 데미안의 모습이었다. 학교에서 돌아오는 길에 우리는 쓰러진 말 한 마리를 둘러싸고 서 있었다. 말은 농부의 수레에 연결된 끌채에 매인 채 무언가를 간절히 찾는 것처럼 허공을 향해 벌어진 콧구멍을 헐떡거리고 있었다. 어딘가에 상처가 났는지 피를 흘리고 있었다. 말의 옆구리 쪽을 타고 흐르는 피는 길에 쌓인 먼지를 검은색으로 적셨다. 메스꺼움을 느끼며 시선을 돌리던 그때, 데미안의 얼굴이 보였다.

데미안은 앞으로 나오지 않고, 언제나 그렇듯 멀찍이 뒤에서 편안하고 매우 우아한 모습으로 서 있었다. 데미안의 시선은 말의 머리 부근을 향해 있는 것 같았다. 깊고도 고요한, 광적이면서도 결코 흥분하는 법이 없는, 집중하고 있는 데미안의 얼굴이 다시 모습을 드러냈다. 한참을 지켜볼 수밖에 없는 모습이었다. 당시에도 분명하지는 않았지만 데미안에게서 독특한 면모가 있음을 느꼈다. 데미안의 얼굴을 볼 때마다 소년의 얼굴을 보는 것 같지 않았다. 데미안의 얼굴은 어른의 형태를 가지고 있었다. 아니, 단순한 성인 남자 그 이상의 얼굴이었다. ─ 나는 그것을 보았다고, 혹은 느졌다고 믿었다. ― 데미안에게서는 얼핏 여자처럼 느껴지는 얼굴도 보였는데, 순간적으로 남자나 소년도 아니고, 늙거나 젊지도 않은, 어딘지 모르게 천 살쯤 된, 시간을 초월해 우리와 다른 단위의 시간 속에 사는 사람처럼 보이기도 했다. 짐승 혹은 나무, 별들이나 가질 법한 얼굴이었다고 할까. 어른이 된 지금 내가 설명하고 있는 그 감정을 그때는 정확히 알 수 없었다. 하지만 무언가 비슷한 감정을 느낀 것만은 분명하다. 데미안이 아름답게 느껴졌을 수도 있다. 내 마음에 들었을 수도 있고, 어쩌면 역겨운 존재로 느껴지기도 했을 것이다. 하지만 당시에는 그 또한 구분하기가 어려웠다. 그저 내가 느낀 것은 데미안이 우리와 다르다는 것, 한 마리 짐승이나 어쩌면 유령, 형상 같다는 사실뿐이었다. 당시 데미안의 모습이 어땠는지는 설명하기가 어렵다. 하지만 우리와는 다른 존재였다. 상상하기 힘들 정도로 달랐다.

그 이상은 기억이 나지 않는다. 어쩌면 이것도 그 후의 인상들을 재구성해 만들어낸 기억일지도 모른다.

데미안과 다시 가까워진 것은 그로부터 몇 년이 더 지나고 나서였다. 데미안은 전통에 따라 동갑내기 아이들이 받는 견진성사를 받지 않았다. 물론 그 사실에 대해서도 곧장 소문이 돌았다. 학교에서는 데미안이 사실 유대인이다, 이교도다 등 말들이 많았다. 데미안이 그 어머니와 마찬가지로 모교라는 등, 질이 좋지 않은 허황된 종교를 믿는다는 등

황당한 이야기를 하는 친구들도 있었다. 심지어 데미안이 자신의 어머니와 연인처럼 지낸다는 소문도 있었던 것으로 기억한다. 짐작컨대, 데미안은 신앙 없이 키워진 것 같았다. 그 부분이 데미안의 장래에 불이익을 야기할 수 있다는 우려 때문이었는지, 어쨌거나 데미안의 어머니는 동갑내기 친구들에 비해 2년 정도 늦게 견진성사를 받게 했다. 데미안이 몇 달간 우리 반에서 함께 견진성사 수업을 들었던 것도 그 때문이었다.

한동안 나는 데미안을 완전히 멀리했다. 너무나도 많은 소문과 비밀에 둘러싸여 있어 엮이고 싶지가 않았다. 프란츠 크로머와의 사건 이후 내게 남아 있던 책임감 같은 것도 분명 걸림돌이 되었을 것이다. 하지만 무엇보다도 그 당시 나는 내 비밀에 온 정신이 팔려 있었다. 견진성사 수업을 받던 시기가 내가 성에 눈을 뜬 시기와 일치했기 때문이다. 그 때문에 당시 나는 나쁜 의도가 없었음에도 거룩한 가르침에 도통 집중하기가 어려웠다.

종교 선생님이 가르쳐주는 내용들은 나와는 거리가 먼, 고요하고 성스러운 비현실 속 이야기들이었다. 분명 아름답고 가치가 있기는 했지만 지금 당장의 문제도, 흥분시키는 일도 아니었다. 반면 성적인 문제들은 바로 눈앞에 펼쳐진 현실의 문제이자 극도로 자극적인 것이었다.

이러한 상태는 수업에 대한 관심도를 떨어뜨렸고, 오히

려 데미안에게로 관심을 향하게 하는 계기가 되었다. 무언가가 우리를 연결하고 있었다. 나는 최대한 정확하게 이 연결고리를 따라가보려 한다.

내 기억이 맞다면, 그것은 어느 이른 아침 수업 시간에 벌어진 일이었다. 교실에는 불이 켜 있었고, 종교 선생님은 카인과 아벨의 이야기를 하고 있었다. 졸린 탓에 나는 선생님의 이야기에 거의 집중하지 않은 채, 듣는 둥 마는 둥 앉아 있었다. 그때, 선생님이 목소리를 높여 카인의 표식을 강조하기 시작했다. 그 순간, 무언가가 나를 건드리는 듯한 혹은 경고하는 듯한 느낌을 받은 나는 시선을 들었다. 책상 앞 줄에서 나를 돌아보고 있는 데미안의 얼굴이 보였다. 데미안은 무언가를 말하는 것 같은 눈빛으로 잠시 나를 바라보았는데, 그것은 비웃음인 것 같기도, 진지함인 것 같기도 했다. 순간적으로 긴장한 나는 선생님의 말에 귀를 기울였다. 카인과 카인의 이마에 있는 표식에 대한 선생님의 설명을 듣고 있을 때였다. 불현듯 나의 내면 깊숙한 곳에서 떠오른 생각이 있었다. 어쩌면, 목사님이 가르쳐주는 내용이 다가 아닐지도 모른다! 카인의 이야기는 다르게 볼 수도 있다! 그 해석에는 비판의 여지가 있을 수 있다!

데미안과 내가 다시 연결되는 순간이었다. 그리고 데미안과 나의 영혼이 서로에게 속해 있다는 것을 느낀 순간, 그 느낌은 마치 마법처럼 공간으로 옮겨져 며칠 후, 데미안이 갑자기 자리를 바꿔 내 앞으로 오는 놀라운 일이 일어났다. 데미안이 직접 계획한 일인지, 단순한 우연의 일치였는지는 ─당시에는 우연일 것이라고 굳게 믿었다. ─ 알 수 없다. (터질 만큼 학생들로 가득 차 있어 비참한 난민 구호 시설처럼 느껴지던 교실의 대기 속에서도 데미안의 목덜미에서는 신선한 비누냄새가 났다. 그 냄새가 얼마나 좋았는지 아직도 기억이 생생하다.) 어쨌든 또다시 며칠 뒤, 데미안은 다시 자리를 바꾸어 마침내 내 옆에 앉았다. 그리고 겨우내, 봄이 다 가도록 그 자리에 머물렀다.

아침 수업 시간이 달라졌다. 더 이상 졸리지도, 지루하지도 않았고, 나는 즐거운 마음으로 수업을 기다렸다. 가끔은 목사님 말에 귀를 기울이고 집중할 때도 있었다. 옆자리에서 데미안이 눈빛을 보내면 나는 특이한 이야기, 이상한 격언에 주목했다. 그리고 데미안이 또 한번 다른 눈길, 아주 특이한 눈길을 통해 경고를 보내면 내 마음속에는 비판과 의구심이 솟아올랐다.

우리는 수업을 듣지 않는 불량학생일 때가 많았다. 데미안은 선생님이나 다른 학생들에게 언제나 예의 바른 태도를 유지했다. 사내 녀석들이 흔히 저지를 법한 어리석은 짓도 하지 않았다. 큰소리로 웃거나 떠드는 것도 보지 못했다. 단 한 번도 선생님의 질책을 받지 않았다. 그러면서도 데미안은 아주 조용히, 낮은 귓속말이 아닌 신호나 눈길로 자신이 집중하고 있는 일에 나를 끌어들였다. 그중에는 이상한 방식도 있었다.

예컨대 데미안은 자신이 누구에게 관심을 갖고 있는지, 어떤 방법으로 그 사람을 연구하고 있는지에 대해 이야기를 해주곤 했다. 몇몇 학생들에 대해서는 매우 정확히 알고 있었다. 수업이 시작되기 전, 데미안이 말했다. "내가 엄지손가락으로 신호를 보낼게. 그러면 쟤가 우리 쪽을 돌아보거나 목을 긁던지 그럴 거야." 그리고 수업이 시작되어 데미안이 한 말을 잊어버렸을 즈음이었다. 갑자기 데미안이 눈에 띄는 몸짓으로 나를 향해 엄지손가락을 돌렸다. 나는 재빨리 데미안이 가리킨 학생을 바라보았다. 그때마다 그 아이는 마치 철사로 당겨지기라도 하듯, 데미안이 말한 지정된 행동을 했다.

선생님에게도 한번 해보라고, 나는 데미안을 졸랐지만 데미안은 그렇게 하지 않았다. 하지만 한 번, 수업이 시작되기 전 오늘은 예습을 해오지 않아서 목사님이 내게 질문하지 않았으면 좋겠다는 이야기를 했던 날이었다. 때마침 목사님은 교리문답의 일부를 암송하게 할 학생을 찾고 있었다. 목사님의 시선이 죄책감에 찬 내 얼굴 앞에서 멈추더니 천천히 다가와 나를 향해 손가락을 뻗었다. 마침내 내 이름을 입에 올리려던 순간이었다. 데미안이 나를 도왔다. 별안간 목사님이 산만하고 불안해져서는 옷깃을 매만지며 자신의 얼굴을 뚫어져라 응시하고 있는 데미안에게 향한 것이다. 그는 데미안에게 질문을 하려다 말고 놀란 듯 몸을 돌려 자리를 떠났고, 한동안 기침을 하더니 이내 다른 학생에게 질문을 던졌다.

이 재미있는 장난에 푹 빠져 있는 사이, 나는 데미안이 나에게도 여러 번 같은 장난을 치고 있었음을 조금씩 알게 되었다. 학교에 갈 때면 불현듯 데미안이 바로 뒤에서 따라오고 있다는 느낌이 들 때가 있었는데, 돌아보면 여지없이 데미안이 있었던 것이다.

"대체 어떻게 다른 사람이 네가 원하는 대로 생각하게 만드는 거야?" 내가 물었다.

데미안은 특유의 어른스러운 태도로 침착하게 알려주었다.

"아니야." 데미안이 말했다.

"그렇게는 못해. 목사님이 말한 것과 달리, 인간에게는 자유의지가 있는 게 아니거든. 자신의 생각조차 자신이 원하는 대로 할 수 없는 게 사람인데, 내가 원하는 걸 생각하게 만드는 건 말도 안 되는 일이지. 하지만 사람을 잘 관찰하다 보면 그 사람이 어떤 생각을 하는지, 어떤 감정을 느끼고 있는지를 꽤 정확하게 알아낼 수 있어. 그러면 그다음으로 어떤 행동을 하게 될지도 예측할 수 있게 되는 거지. 사람들이 잘 모를 뿐이지, 사실 굉장히 쉬워. 물론 연습은 좀 필요하지만. 예를 들자면 말이야, 나방 중에는 암컷의 개체 수가 수컷보다 훨씬 적은 종이 있어. 나방도 다른 동물처럼 번식을 해. 수컷이 암컷을 수정시키면 암컷이 알을 낳는 거야. ─ 연구자들이 여러 차례 실험한 건데 ─ 네가 이 암컷 나방 한 마리를 가지고 있으면 늦은 밤, 수컷 나방들이 이 암컷을 찾아 날아와. 그것도 몇 시간이나 떨어진 곳에서 말이야. 생각해봐! 무려 몇 킬로미터나 떨어진 곳에서 이 한 마리의 암컷을 감지해낸다는 거지! 이 현상을 설명하기란 쉽지 않아. 분명 후각이나 그런 기관을 사용하는 걸 거야. 훌륭한 사냥개가 눈에 보이지 않는 흔적을 찾아내 추적하는 것처럼 말이야. 이해하겠니? 이것도 마찬가지야. 자연에는 이런 일들이 비일비재해. 하지만 이러한 현상들을 설명할 방법은 없어. 만일 암컷 나방의 개체 수가 수컷 나방과 비슷하다면 수컷 나방의 후각이 이 정도로까지 예민해지지는 않았으리라는 설명 정도는 가능하겠지. 수컷들이 이 정도로 섬세한 후각을 갖게 된 건, 훈련이 되어서 그런 거야. 동물이든 사람이든 모든 주의력과 의지를 특정한 곳에 쏟아부으면 원하는 것에 도달할 수 있어. 그게 다야. 네가 궁금해하던 것도 마찬가지고. 한 사람을 자세히 관찰해봐. 그러면 그 사람에 대해서 네가 더 잘 알게 될걸? 그 사람이 자기 자신에 대해 아는 것보다 말이야.”

순간적으로 ‘독심술’이라는 단어가 혀끝까지 올라와 자칫 프란츠 크로머와의 오래전 일을 떠올리게 할 뻔했다. 이 또한 우리 둘 사이에 있었던 이상한 일들 중 하나였다. 몇 년 전, 데미안이 아주 진지하게 내 인생에 개입했던 사실에 대해서만큼은 데미안도 나도, 결코 언급하는 일이 없었다. 마치 이전에 우리 두 사람 사이에 아무 일도 없었던 것처럼 말이다. 아니면, 우리 둘 다 상대가 그때 일을 잊어버렸다고 굳게 믿고 있는 것 같기도 했다. 심지어 같이 길을 가다가 한두 번 프란츠 크로머를 마주쳤을 때에도 그랬다. 우리는 눈길 한 번 교환하지 않았고, 크로머에 대해서는 단 한마디도 꺼내지 않았다.

내가 물었다. "하지만 의지는? 인간에게는 자유의지가 없다고, 네가 그랬잖아. 그런데 확고한 의지를 가지고 집중하면 원하는 것에 도달할 수 있다? 그건 앞뒤가 맞지 않아. 내 의지의 주인이 내가 아닌데, 어떻게 내 마음대로 조정할 수 있다는 거야?"

데미안이 내 어깨를 토닥이며 말했다. 내가 데미안을 흡족하게 할 때마다 데미안이 하는 행동이었다.

"그런 질문을 하다니, 아주 좋아!" 데미안이 흡족한 듯 웃으며 말했다.

"사람은 늘 질문을 해야 해. 언제나 의심을 해야 하지. 하지만 그 문제는 아주 간단해. 예를 들어 그 나방이 어떤 별을 찾아간다거나 하는 일에 의지를 쏟았다면, 그 목표는 이룰 수 없었을 거야. 하지만 나방은 절대로 그렇게 하지 않겠지. 자신에게 의미가 있고 가치가 있는 것, 자기에게 필요한 것, 꼭 가져야 하는 것만을 찾으니까. 믿을 수 없는 일을 해내는 것도 그 때문인 거야. 나방은 자신이 아니면 그 어떤 동물도 갖지 못하는 육감을 발전시킨 거야, 마치 마법처럼! 반면 우리 인간의 활동 영역은 동물보다 넓고, 관심 분야도 더 많아. 하지만 비교적 좁은 테두리 안에 갇힌 채 벗어나지 못하는 건 우리도 마찬가지야. 물론 이런저런 상상을 해볼 수는 있지. 북극에 가보고 싶다든지, 뭐 그런 공상들 말이야. 하지만 그것을 강력하게 원하고 이루기 위해서는 그 사람의 마음에 그 소원이 온전히 들어 있어야만 해. 나의 존재 자체가 그것으로 가득 채워져 있어야 하는 거야. 그렇게만 된다면, 너의 내면에서부터 샘솟아 오르는 그 의지를 시도하는 일만 남았어. 네 의지를 마치 순한 말 부리듯 부려서 이룰 수 있는 거지. 만일 우리 선생님이 앞으로 안경을 쓰지 못하게 해야겠다고 생각한다고 쳐. 그건 이루어지지 않아. 그건 그냥 장난이거든. 하지만 지난가을에 나는 확고한 의지를 가지고 자리를 바꾸는 데 성공했어. 알파벳 순서상 나보다 앞에 있는 아이가 아파서 못 나오다가 학교에 다시 나왔거든. 누군가가 자리를 내줘야 하는 상황이기에 내가 그렇게 했지. 내 의지는 기회가 오면 곧바로 그것을 잡을 준비가 되어 있었거든."

"맞아." 내가 말했다. "그때도 정말 신기했어. 우리가 서로에게 관심을 가진 순간부터 조금씩 나랑 가까운 자리로 이동을 했잖아. 그럼 그건? 처음부터 아예 내 옆으로 온 게 아니라 내 앞줄에 앉았잖아. 그건 어떻게 된 거야?"

"그건 이래. 처음에 자리를 옮기고 싶다는 마음이 들었을 때만 해도 어디로 가고 싶은지가 명확하지 않았어. 단지 뒤쪽에 앉고 싶다는 정도였거든. 네 옆자리로 가는 것이 내 의지였지만 그때만 해도 내가 그 의지를 제대로 의식하지 못했던 거야. 그때 네 의지가 함께 작용하면서 나를 도왔어. 그리고 네 앞줄에 앉게 되었을 때야 비로소 나는 내 바람이 절반밖에 이루어지지 않았다는 걸 깨닫게 된 거고. 내가 네 옆자리에 앉기를 원한다는 걸 알게 된 거지."

"하지만 그때는 새로운 학생이 오기도 전이었잖아."

"그랬지. 하지만 난 그냥 내가 원하는 대로 행동한 거야. 재빨리 네 옆자리에 앉아버렸거든. 나하고 자리를 바꾼 아이가 조금 의아해하기는 했지만, 그냥 내버려뒀어. 한번은 목사님도 뭔가 변화가 있다는 걸 알아차렸는지 나를 대할 때마다 은연중에 신경을 썼어. 내 이름이 데미안인데, 알파벳 'D'로 시작하는 이름을 가진 학생이 'S'로 시작하는 아이들과 나란히 제일 뒤쪽에 앉아 있다는 게 이상했던 거지. 하지만 분명히 의식하지는 못했어. 내 의지가 계속해서 그것을 가로막으면서 방해하고 있었거든. 이상하다는 느낌이 들 때마다 목사님은 나를 보며 궁리했지. 그 선량한 목사님이 말이야. 하지만 나는 그럴 때 아주 단순한 방법을 써. 아주 똑바로 상대방의 눈을 바라보는 거야. 대부분의 사람들은 그런 시선을 잘 견디지 못하거든. 불안해지니까. 만일 누군가에게서 원하는 게 있으면, 눈에 힘을 주고 단호하게 그 사람의 눈을 바라봐. 그랬는데도 그 사람이 동요하지 않는다면 포기해야 해. 그 사람에게서는 절대로 원하는 걸 얻지 못한다는 뜻이니까. 절대로! 하지만 그런 일은 거의 없어. 내가 아는 사람 중에서도 한 명밖에 없었거든."

"그게 누군데?" 내가 얼른 물었다.

데미안이 가늘게 눈을 뜨고 생각에 잠겨 나를 바라보았다. 하지만 이내 시선을 돌리고는 대답하지 않았다. 매우 궁금했지만, 다시 물어볼 수는 없었다.

하지만 그때, 데미안이 이야기한 사람이 데미안의 어머니였을 거라고 나는 생각한다. 데미안은 어머니와 매우 가까운 관계인 것 같으면서도 결코 어머니에 대해 이야기를 하지도, 나를 집에 데려가지도 않았다. 데미안의 어머니가 어떻게 생겼는지도 나는 잘 몰랐다.

가끔은 나도 데미안처럼 목표를 이루기 위해 내 의지를 집중해보았다. 나에게도 나름 절실했던 소망들이 있었기 때문이다. 하지만 아무런 소용이 없었고, 아무것도 이루어지지 않았다. 이에 대해 데미안과 이야기를 해보고 싶었다.

하지만 용기가 나지 않았다. 아마도 내가 소망하는 것이 무엇인지를 데미안에게 고백하기가 어려웠으리라. 데미안도 그에 대해서는 묻지 않았다.

그사이 종교에 대한 나의 믿음에 틈이 생기고 있었다. 하지만 그것은 철저하게 데미안의 영향을 받은 것으로, 종교에 대해 불신을 보이는 다른 친구들의 태도와는 분명 차이가 있었다. 그런 친구들 중에는 유일신을 믿는다는 것 자체가 우스꽝스럽고 인간의 품위를 떨어뜨리는 일이며, 삼위일체나 예수가 동정녀 마리아에게서 태어났다는 등의 이야기도 우습기 짝이 없으며, 아직까지도 그런 쓸데없는 이야기들로 전도를 하고 다닌다는 것이 수치스럽다고 주장하는 아이들도 있었다. 하지만 내 생각은 전혀 그렇지 않았다. 이따금 의심을 품을 때도 있었지만, 부모님의 삶과 같은 경건한 삶이 존재한다는 사실은 내 유년 시절을 통해 충분히 경험했기 때문이다. 그런 삶은 결코 품위가 없거나 위선적이지 않았다. 나의 종교에 대한 경외심은 전과 다를 바 없었다. 다만, 데미안을 통해 성경 속 이야기들과 교리를 보다 자유롭고, 개인적으로 더 재미있고 상상력 있게 바라보고 해석하게 된 것뿐이었다.

데미안이 암시하는 해석들을 언제나 기꺼이 즐겨 듣곤 했다. 물론 매우 갑작스러운 것들도 많았다. 예컨대 카인에 대한 이야기가 그랬다. 그리고 언젠가 견진성사 수업 중 데미안이 언급한 관점도 그랬다. 오히려 카인에 대한 이야기보다 더 대담한 견해였다. 골고다 언덕에 대한 선생님의 설명이 막 끝났을 때였다. 구세주의 수난과 죽음에 대한 이야기는 어릴 때부터 내게 깊은 인상을 남긴 것이기도 했다. 성금요일 같은 날이 되면 아버지는 예수 수난의 이야기를 낭독하곤 했는데, 그때마다 나는 매우 감동해 이 비통하도록 아름답고 창백한, 유령처럼 섬뜩하고 생생한 세상, 겟세마네와 골고다 언덕에 살았다. 바흐의 〈마태수난곡〉을 들을 때도 비밀스러운 세계가 지닌 그 우울하고도 강렬한 수난의 광채 속에 빠져 신비로운 전율을 느끼곤 했다. 오늘날에도 이 음악과 〈죽음의 칸타타〉가 모든 시와 예술적 표현의 정수라고 생각하는 데에는 변함이 없다.

어쨌든 수업이 끝날 무렵이었다. 데미안이 생각에 잠겨 내게 말을 꺼냈다.

"싱클레어, 분명 여기에는 뭔가가 있어. 뭔가가 내 마음에 들지 않아. 한 문장, 한 문장을 음미하면서 이 이야기를 자세히 읽어봐. 왠지 모르게 김빠지는 데가 있지 않아? 예수와 함께 십자가에 매달렸다던 두 강도의 이야기 말이야. 골고다 언덕 위에 세 개의 십자가가 나란히 서 있는 모습이라! 정말 대단해! 하지만 이건 우직한 강도가 등장하는 감상적인 설교 말씀일 뿐이야! 애초에 이 강도는 범죄자였어. 뭔지는 모르겠지만 어쨌든 범죄를 저질렀지. 그래놓고 이제 와서 마음이 누그러져서 눈물겨운 개선과 참회의 축제를 벌였다? 무덤을 고작 두 걸음 앞에 두고 회개를 한다고? 그게 소용이 있다고 생각해? 언제? 이거야말로 목사님들이나 할 법한 이야기 아냐? 달콤한 감동에다 지극히 교화적인 배경을 앞세워서 버무려놓은 정직하지 못한 이야기야. 만일 이 두 강도 중 한 사람을 친구로 선택해야 한다고 쳐. 아니면 둘 중 어느 쪽을 더 신뢰할 수 있을지 생각해봐. 이 울보 개종자는 분명 아닐 거야. 다른 쪽이 낫지 않겠어? 회개하지 않은 그 강도야말로 진짜 사나이잖아! 자신의 색깔도 분명해. 분명 그 강도의 입장에서는 달콤하게 들렸을 거야. 하지만 개종 따위에는 관심을 두지 않고 끝까지 자기의 길을 갔지. 지금까지 자신을 이끌어준 악마에게 비겁하게 마지막 순간에 등을 돌리거나 하지 않은 거야. 그 강도에게는 개성이 있었어. 그리고 성경에서는 바로 그 개성을 가진 사람들이 무시를 당하지. 혹시 이 강도도 카인의 후예이지 않을까? 너는 어떻게 생각해?"

나는 매우 당황했다. 예수 그리스도가 십자가에 못 박혀 돌아가셨던 십자가 수난의 이야기를 훤히 알고 있다고 믿었다. 하지만 그 순간 나는, 내가 지금껏 그 이야기를 얼마나 생각 없이, 상상력 없이, 환상 없이 듣고 읽었는지를 깨달았다. 데미안의 새로운 생각은 치명적이었다. 내가 반드시 지켜야 한다고 믿고 있었던 내 안의 생각들을 뒤집어

엎을 듯 위협적이었다. 아니, 그럴 수 없다. 아무리 그래도 모든 것을, 모든 존재를, 심지어 가장 거룩한 존재의 이야기까지도 이렇게 전부 다 뒤집어엎어서는 안 되는 법이다.

늘 그랬듯, 데미안은 내가 말을 꺼내기도 전에 나의 거부감을 눈치챘다.

"나도 알아." 데미안이 체념한 듯 말했다.

"이건 오래된 이야기야. 그러니까 그렇게 심각할 필요는 없어. 단지 너에게 말하고 싶은 게 있었던 것뿐이야. 기독교라는 종교가 가진 결함을 분명하게 보여주는 것 중 하나가 여기에 있어. 구약과 신약을 통틀어서 성경에 나타나는 하느님은 특별한 형상을 가지고 있어. 하지만 원래 나타나야 할 모습 그대로가 아니야. 하느님은 선하고, 거룩하시며, 아버지이시고, 아름다우시며, 가장 높으시고, 다정하신 분이지. 그래, 맞아! 하지만 세상에는 다른 것들도 있어. 그 다른 것을 전부 다 악마의 것으로 돌려버리지. 세상을 이루고 있는 또 다른 부분, 무려 세상의 절반을 통째로 숨기고 묵살해버리는 거야. 사람들은 하느님이 모든 생명의 아버지라고 고백해. 하지만 생명의 근거가 되는 성생활에 대해서는 아예 침묵해버리거나, 아예 악마의 일 혹은 죄악이라고 치부해버려! 나는 사람들이 이런 여호와 하느님을 경외하는 데에는 반대하지 않아. 조금도. 하지만 난 우리가 모든 것을 존중하고 거룩하게 여겨야 한다고 생각해. 인위적으로 반으로 나눈 다음, 공식적으로 인정한 절반만 존경하는 게 아니라, 세상 전체를 말이야. 그렇기 때문에 하느님에 대한 예배와 함께 악마에 대한 예배도 드려야 한다고 생각해. 아니면 악마도 포함하는 하느님을 만들어야 하겠지. 그렇게 되면 너무나도 자연스러운 세상의 일들이 일어날 때 그 하느님 앞에서 두 눈을 감지 않아도 될 테니까."

데미안은 평소답지 않게 흥분해서 말을 이어갔다. 하지만 이내 곧 미소를 되찾고는 더 이상 나를 몰아붙이지 않았다.

하지만 데미안의 말은 어린 시절 내가 마음에 품고 있으면서도 결코 그 누구에게도 말할 수 없었던 의심들을 정확하게 표현한 것이었다. 신과 악마, 공식적으로 인정된 신의 세상과 완전히 묵살해버리는 악마의 세상에 대한 데미안의 말은 두 세상 또는 두 개의 절반 — 곧 밝은 세상과 어두운 세상에 대한 나의 생각이었던 것이다. 나의 문제가 곧 모든 인간의 문제이며, 모든 인생과 사유의 문제라는 깨달음이 갑자기 거룩한 그림자처럼 나를 엄습했다. 지극히 개인적인 나의 삶과 생각이 위대한 사유의 영원한 흐름에 매우 깊숙이 관여하고 있다는 사실을 깨달은 순간, 나는 경외감에 사로잡혔다. 왠지 인정받는 것 같은 행복한 깨달음인 것은 분명했지만 결코 즐겁지만은 않았다. 오히려 가혹했고, 떫은 뒷맛을 남겼다. 그 안에는 내가 이제 더 이상 어린아이가 아니며, 홀로 서야 한다는 울림이 담겨 있기 때문이었다.

나는 태어나서 처음으로 감추고 있던 나의 깊은 비밀을 드러냈다. 내가 어릴 때부터 품어왔던 '두 세상'에 대한 생각을 털어놓자, 데미안은 나의 깊은 내면에서 자신의 말에 동의하고 있으며, 자신의 말이 옳다고 인정하고 있음을 즉시 알아차렸다. 하지만 그런 비밀을 이용하는 것은 데미안의 방식이 아니었다. 데미안은 그 어느 때보다도 주의 깊게 내 말에 귀를 기울였고, 내 눈을 바라보았다. 나는 끝내 시선을 돌리고 말았다. 데미안의 눈에서 또다시 그 동물 같은, 시간을 초월한 것 같은, 나이를 헤아릴 수 없는 것 같은 이상한 모습이 보였기 때문이다.

　"나중에 한번 더 얘기해보자." 데미안이 조심스럽게 말했다.

　"너는 다른 사람들에게 말할 수 있는 것보다 훨씬 더 많은 생각을 하고 있는 거야. 그렇다면, 네가 생각한 그대로 살아보지 못했다는 것도 알고 있겠지. 그건 좋은 게 아니야. 생각이 가치를 가지려면, 그 생각에 따라 살아야 해. 너는 '허락된 세상'이 이 세상의 절반에 불과하다는 걸 알아. 그러면서도 목사님과 선생님처럼 그 두 번째 세상을 숨기고 싶어했지. 하지만 더는 그럴 수 없을 거야. 그런 생각을 하기 시작한 사람이라면 그 누구도 그렇게 할 수 없거든."

　가슴 깊이 와닿는 말이었다.

　"하지만!" 나는 거의 소리를 지르다시피 말했다. "분명 금지되고, 추악한 일들이 있는 건 사실이야. 그건 너도 부인하지 못할 거야! 그것들이 금지되어 있는 한, 우리는 그것들을 포기해야 해. 세상에는 살인을 비롯한 온갖 악덕들이 존재하지. 하지만 그래서? 그것들이 존재하니까, 나더러 가서 범죄자라도 되라는 거야?"

"오늘은 이야기를 다 끝낼 수 없겠다." 막스 데미안이 나를 진정시키듯 말했다.

"너에게 누구를 때려죽이라고 하는 것도, 여자를 강간하고 살인하라고 하는 것도 아니야. 당연하지. 하지만 너는 '허용되었다'는 것과 '금지되었다'는 게 정말로 어떤 의미인지를 통찰하는 데까지는 이르지 못했어. 이제야 진실의 한 조각을 알게 된 것뿐이야. 다른 것들이 또 올 거야. 한번 기다려봐! 예를 들어볼까? 일 년쯤 전부터 너는 아마 네 마음속에서 그 어떤 것보다 강력한 충동을 느끼고 있었을 거야. 그리고 그 충동은 '금지된' 것일 테고. 하지만 그리스인들을 비롯한 여러 민족들은 그 충동을 신성한 것으로 여겼어. 큰 축제를 벌이면서 그 충동을 숭배했지. 다시 말해, 영원히 '금지된' 건 없어. 바뀔 수 있는 거야. 오늘날에도 누구든 목사님 앞에서 여자와 결혼만 하면 그 여자와 밤을 보낼수 있어. 하지만 다른 민족들의 경우에는 오늘날에도 그 방식이 또 달라. 그렇기 때문에 각자 무엇이 허용된 것이고 무엇이 금지된 것인지를, 자기 자신에게 무엇이 금지된 것인지를 우리 모두가 직접 찾아내야 하는 거야. 금지된 일을 하지 않고도 악인이 될 수도 있어. 그 반대도 가능하고. 사실 그건 본래 편안함의 문제이기도 하거든. 너무 편안해서 스스로 생각하고 스스로 판단하지 못하는 사람은 금지된 그대로에 순응하기 마련이야. 그게 편하거든. 하지만 자기 안에서 계율을 발견하는 사람들도 있어. 그런 사람들에게는 명망 있는 사람이 매일같이 하는 일들이 금지되어 있기도 하고, 또 통상적으로 금지되어 있는 일들이 허용되기도 해. 사람은 누구나 홀로 서야 하는 거야.”

데미안은 자신이 너무 말을 많이 한 것에 대해서 후회하기라도 하듯, 갑자기 말을 멈췄다. 나는 지금 데미안이 어떤 감정을 느끼고 있는지를 어느 정도 이해하고 있었다. 데미안은 자신의 생각들을 매우 편안하게, 겉으로 보기에는 경솔하게 털어놓고는 했다. 하지만 언젠가 내게 말했던 것처럼, 데미안은 '그냥 말하기 위한 대화'를 매우 견디기 힘들어 했다. 그러니까 데미안은 진정한 관심을 보이면서도 동시에 세련된 수다에 대한 즐거움이나 지나친 유희를 원하는 나의 태도, 그러니까 완벽한 진지함이 결여된 나의 태도를 느꼈던 것이다.

앞에서 언급한 말을 — '완벽한 진지함' — 다시 읽으니 떠오르는 장면이 하나 있다. 내가 아직 절반은 어린아이였던 시절, 막스 데미안과 함께 경험했던 가장 강렬한 장면이다.

견신성사의 날이 다가오고 있었다. 종교 수업 마지막 시간, 우리는 최후의 만찬에 대해 배웠다. 목사님에게는 중요한 주제였기에 더욱 신경을 썼다. 어쩐지 성스러운 분위기마저 감도는 수업이었다. 하지만 마지막 교리 수업이 진행되던 이 몇 시간 동안 나는 전혀 다른 생각, 그러니까 내 친구 데미안에 대한 생각에 빠져 있었다. 교회 공동체에 받아들여졌음을 선포하는 견진성사의 날이 다가오는 것을 보며, 나는 약 반년간 이어졌던 이 종교 수업의 가치가 교실 안에서 배운 내용이 아니라 데미안의 곁에서, 데미안에게서 받은 영향에 있다는 생각을 떨쳐버릴 수가 없었다. 그러니까 나는 교회 공동체에 받아들여질 준비가 된 것이 아니라, 전혀 다른 것, 그러니까 사색과 개성의 교단에 받아들여질 준비가 된 것이었다. 지상 어딘가에는 그 교단이 분명 존재할 것이라고, 나는 생각했다. 그리고 그 교단의 대표 혹은 사절은 내 친구일 것 같았다.

나는 이 생각을 떨쳐버리기 위해 노력했다. 견진성사를 품위 있게 치르는 것이 중요하다고 생각했기 때문이다. 하지만 그 품위란 것이 나의 새로운 생각과는 그리 어울리지 않아 보이는 게 문제였다. 나는 원하는 일을 하고 싶었다. 나는 이미 생각하기를 시작했다. 그리고 이 생각은 다가오는 교회 축제에 대한 생각과 결합되었다. 이 축제를 나는 다른 아이들과 다르게 치를 생각이었다. 나에게 이 행사는 데미안을 통해 알게 된 사색의 세상에 받아들여진다는 의미를 가진 의식이었다.

그 무렵, 우리는 또 한번 뜨거운 논쟁을 벌였다. 교리문답 수업이 있기 직전이었다. 데미안은 마음을 닫은 것처럼 내 이야기에 좀처럼 흥미를 보이지 않았다. 아마도 내 이야기는 꽤나 노숙하고 거드름을 피우는 것이었으리라.

"우리는 말을 너무 많이 하는 것 같아." 평소와 달리 진지한 태도로 데미안이 말했다. "그렇게 똑똑한 척하는 이야기는 해봐야 아무런 의미가 없어. 전혀. 자기 자신에게서 멀어지게 할 뿐이야. 사람은 거북이처럼 자기 안으로 완전히 들어갈 수 있어야 해."

그 후, 우리는 교실로 들어갔고 이내 수업이 시작되었다. 나는 수업에 집중하려고 애를 썼고, 데미안도 그런 나를 방해하지 않았다. 한참 뒤, 데미안이 앉아 있는 옆쪽에서부터 이상한 느낌이 밀려왔다. 그 자리가 마치 비어 있는 것 같은 느낌, 서늘함 뭐 그런 것이었다. 그 느낌이 나를 조여오기 시작하자 나는 옆을 바라보았다.

옆에는 내 친구 데미안이 언제나처럼 반듯하고 올곧은 자세로 앉아 있었다. 하지만 평소와는 사뭇 다른 모습이었다. 무언가가 나가버린 듯한, 내가 모르는 무언가가 데미안을 둘러싸고 있는 듯한 느낌이 들었다. 처음에는 데미안이 눈을 감고 있다고 생각했다. 그런데 아니었다. 데미안은 눈을 뜨고 있었다. 하지만 무언가를 응시하는 것도, 응시할 수 있는 상태도 아니었다. 데미안은 그저 멍하니 미동도 없이 앉아 있을 뿐이었다. 숨조차 쉬지 않는 것 같았다. 입은 목재나 돌로 깎아놓은 듯 보였으며, 얼굴은 전체적으로 창백한 것이 마치 돌과 같아서 살아 있는 것이라고는 갈색 머리카락밖에 없는 것 같았다. 두 손 역시 아무런 미동도 없고 핏기도 없이 돌이나 과일 같은 물건처럼 앞에 있는 긴 의자 위에 놓여 있었다. 하지만 힘없이 늘어뜨린 상태는 아니었다. 오히려 감춰진 강인한 생명을 감싸고 있는 단단하고 좋은 껍질 같아 보였다.

그 모습에 나는 몸을 떨었다. 데미안이 죽었다는 생각이 들었다! 자칫 그 생각을 입 밖으로 크게 소리 내어 말할 뻔했다. 하지만 데미안이 죽지 않았다는 것을, 나는 알고 있었다. 나는 마치 마법에 걸린 듯 데미안의 얼굴, 마치 돌처럼 핏기라고는 하나 없는 그 가면에 시선을 고정했다. 그리고 나는 느꼈다. 이게 바로 데미안이다! 과거, 나와 함께 걸으며 대화를 나눴던 데미안의 모습은 반쪽짜리였다. 일시적으로 어떤 역할을 하면서, 그 역할에 순응하고 좋은 마음으로 함께했을 뿐인 반쪽짜리 데미안. 하지만 진짜 데미안의 모습은 지금 여기에 있었다. 이렇게 돌로 된 사람, 태고를 간직하고 있으며, 짐승 같고, 돌과 같으며, 아름다우면서도 차가운, 죽어 있었으나 동시에 들어본 적 없는 생명력으로 가득 차 있는 사람 말이다. 데미안을 둘러싼 이 고요한 공허와 이 에테르, 별의 공간, 이 고독한 죽음이란!

데미안이 완전히 자기 속으로 들어가버렸다는 사실을 깨달은 순간, 전율이 느껴졌다. 나로서는 단 한 번도 경험해보지 못한 고독이었다. 데미안과 공감할 수도, 닿을 수도 없었다. 데미안은 이 세상에서 가장 먼 섬인 것처럼 내게서 멀리 떨어져 있었다.

이 장면을 본 사람이 나밖에 없다는 사실이 도무지 믿기지 않았다. 모두가 이 장면을 보아야 한다! 모두가 전율을 느껴야 한다! 하지만 데미안을 주시하는 사람은 하나도 없었다. 데미안은 마치 그림처럼 앉아 있었다. 마치 우상처럼 굳어 있다는 생각이 들 수밖에 없었다. 파리 한 마리가 날아와 데미안의 이마에 앉았다. 파리가 코와 입술 위를 천천히 기어가는데도 데미안은 표정 한 번 찌푸리지 않았다.

데미안은 지금 어디에, 어디에 가 있을까. 무슨 생각을 하고 있을까. 또 무엇을 느끼고 있을까. 천국에 가 있는 걸까, 아니면 지옥에?

하지만 데미안에게 물어볼 수는 없었다. 수업이 끝나고 나서야 데미안은 다시 살아나 숨을 쉬었다. 시선이 마주쳤을 때, 데미안은 다시 전의 모습으로 돌아와 있었다. 데미안은 어디에서 돌아온 것일까. 어디를 다녀온 것일까. 데미안은 피곤해 보였다. 혈색이 돌아왔고, 두 손은 다시 움직이기 시작했지만 갈색 머리카락은 빛을 잃은 채 지쳐 있었다.

이어진 며칠 동안 나는 침실에 누워 몇 번이고 새로운 연습을 해보았다. 의자에 반듯하게 몸을 세우고 앉아 눈을 고정시킨 다음, 아무런 미동도 없이 내가 얼마나 오래 견딜 수 있을지, 무언가를 느낄 수 있을지를 알아보기 위해 기다리고 또 기다렸다. 하지만 피곤하고 눈꺼풀에 심한 경련만 일 뿐이었다.

이후 얼마 지나지 않아 견진성사가 있었다. 하지만 여기에 대해서는 별 다른 기억이 없다.

이제 모든 것이 달라졌다. 나를 둘러싸고 있던 유년 시절은 무너져 폐허가 되었다. 부모님은 다소 당황한 듯 나를 바라보았다. 누이들도 완전히 낯선 존재가 되었다. 나의 깨달음과 함께 익숙한 감정과 기쁨들은 변질되고, 퇴색되었다. 정원에서는 향기가 사라졌고, 숲은 내 마음을 감동시키지 못했으며, 내 주변의 세상은 마치 낡은 상품들을 떨이로 판매하듯 힘도 자극도 없었다. 책들은 종이 쪼가리가 되었고, 음악은 소음이 되어버렸다. 그렇게 어느 가을, 나무 주변으로 잎사귀가 떨어지기 시작했다. 나무는 그것을 느끼지 못한다. 비가 내리고, 햇살이 내리쬐고, 서리가 내렸지만, 나무는 서서히 가장 내밀하고 깊은 곳으로 들어갈 뿐이었다. 하지만 나무는 죽은 것이 아니다. 그저 기다릴 뿐이다.

방학이 끝나면 나는 전학을 갈 예정이었다. 처음으로 집을 떠나게 된 것이다. 어머니는 이따금 특별한 애정을 담아 미리 작별 인사를 하며, 사랑과 향수 그리고 잊지 못할 추억들을 내 마음에 담아주려고 했다. 데미안은 여행을 떠났다. 나는 혼자였다.

# 베아트리체

나는 데미안을 다시 만나지 못한 채, 방학이 끝날 무렵 성
○○시로 갔다. 부모님이 함께 와서 온갖 일을 세심하게 배
려해 나를 어느 김나지움 교사가 관리하는 남학생 기숙사
에 넣어주었다. 이것이 어떤 결과를 초래할지를 알았더라
면, 부모님은 아마도 깜짝 놀라 그 자리에서 굳어버리고 말
았을 것이다.

시간이 흘러도 나는 여전히 의문을 품고 있었다. 나는 과
연 좋은 아들, 쓸모 있는 시민이 될 것인가, 아니면 본성이
다른 길로 나아가게 할 것인가. 아버지의 집 그리고 그 정신
의 그늘 아래서 마지막으로 오랫동안 행복을 찾으려고 시
도해보았다. 하지만 그것은 너무나도 오랜 시간이 걸렸고,
이따금 성공하는 것처럼 보이기도 했지만 결국에는 완전한

실패로 끝이 나고 말았다.

견진성사 이후 방학을 보내며 처음으로 느꼈던 공허와 고독은 쉬이 사라지지 않았다. (훗날 나는 이러한 느낌을 얼마나 많이 맛보았던가. 이 공허, 이 희박한 공기를!) 고향과의 이별은 이상할 정도로 쉬웠다. 별로 슬프지 않다는 사실이 오히려 부끄러울 따름이었다. 누이들은 계속해서 우는데, 나는 도통 울 수가 없었다. 나 스스로도 놀랄 정도였다. 나는 분명 감수성이 풍부한 아이였고, 천성이 선한 아이였다. 그런 내가 이제는 완전히 딴 사람이 되어 있었다. 바깥세상에는 모든 신경을 끈 채 오로지 몇 날 며칠을 나의 내면에만, 내 마음의 지하에서 흐르고 있는 어두운 강물에만 귀를 기울였다. 반년 새 훌쩍 자란 나는 키만 크고 마른 풋내기가 되어 세상을 보고 있었다. 소년의 사랑스러움이 사라진 지도 오래였다. 사람들이 이런 나의 모습을 사랑할 리 없다는 사실을 느끼며, 나 자신조차도 나를 사랑하지 않았다. 막스 데미안을 향한 크나큰 그리움도 자주 찾아왔다. 하지만 데미안을 미워할 때도 많았으며, 마치 몹쓸 병에 걸린 사람처럼 짊어진 삶의 결핍도 데미안 탓으로 돌리곤 했다.

기숙사에서는 사랑받지도, 주목받지도 못했다. 처음에는 나를 놀리던 아이들도 말수가 적고 불쾌한 괴짜로 여기며 이내 내게서 떨어져 나갔다. 그것이 마음에 들었던 나는 오히려 그 역할을 더 과장해 고독 속으로 깊이 파고 들어갔다.

겉으로 보기에는 세상을 경멸하는 한 남자의 고독이었지만 실상은 아무도 모르게 마음을 갉아먹는 비애와 절망의 발작에 시달리고 있었다. 학교에서는 고향에서 쌓은 지식을 소모하기만 했다. 이전에 다니던 학교에 비해 수업 진도가 조금 느린 탓에 나는 동갑내기 친구들을 어린아이들로 여기며 다소 경멸하면서 바라보는 데 익숙해졌다.

그렇게 한 해가 흘렀다. 첫 방학을 맞아 집에 돌아왔을 때도 새로울 것은 없었다. 나는 기꺼이 다시 집을 떠났다.

11월이 시작될 무렵이었다. 날씨와 상관없이 짧게 산책하며 생각에 잠기는 것을 즐기던 때였다. 산책할 때면 일종의 희열 같은 것을 경험하는 일이 많았다. 우수, 세상에 대한 경멸, 나 자신에 대한 경멸로 가득 찬 희열. 그러던 어느 날 습한 안개가 낀 저녁 어스름에 나는 도시 주변을 이리저리 배회하고 있었다. 인적 하나 없는 공원의 드넓은 가로수 길이 내게 오라 손짓하는 것 같았다. 길에는 낙엽이 두툼하게 쌓여 있었고, 나는 울적한 쾌락을 느끼며 발로 낙엽을 헤집었다. 낙엽에서 축축하고 쓰디쓴 냄새가 올라왔다. 저 멀리 안개 속에서 나무들이 커다란 유령처럼 희미하게 모습을 드러내고 있었다.

나는 우물쭈물 가로수 길 끝에 멈춰 서서 검은 나뭇잎을 바라보았다. 축축하게 젖어 있는 부패와 사멸의 냄새를 탐닉하듯 들이마셨다. 내 안의 무언가가 응답이라도 하듯 그

냄새를 갈구하고 있었다. 아, 삶의 맛이란 이리도 허무한 것
인가!

옆길에서 외투를 입은 누군가가 내게 다가오고 있었다.
바람에 깃이 흩날리고 있었다. 발걸음을 옮기려던 찰나, 그
사람이 내 이름을 불렀다.

"싱클레어, 안녕!"

내게로 다가온 사람은 기숙사에서 가장 나이 많은 알폰
스 베크였다. 알폰스 베크를 만나는 것은 늘 반가운 일이었
다. 나를 포함한 모든 아이들에게 빈정거리며 아저씨처럼
군다는 것만 제외하면 알폰스 베크에 대해 나쁜 감정은 전
혀 없었다. 알폰스 베크는 곰처럼 힘이 세다고 알려져 있었
다. 심지어 우리 기숙사 선생님까지도 마음대로 휘두를 정
도라고 했다. 김나지움 내에서도 알폰스 베크에 대해 수많
은 소문이 떠돌아다니고 있었다.

"여기서 뭐하고 있는 거니?" 알폰스 베크는 마치 어른들
이 우리 같은 아이들에게 말을 걸 때처럼 상냥한 말투로 내
게 물었다. "어디, 내가 한번 맞춰볼까? 시를 짓고 있었지?"

"그런 생각은 하지도 않았는데." 나는 퉁명스럽게 알폰스
베크에게 반박했다.

알폰스 베크가 갑자기 웃음을 터뜨리더니 나와 나란히
걸으며 대화를 시작했다. 내게는 낯선 방식의 대화였다.

"내가 이해 못할까봐 그러니? 그럴 필요 없어, 싱클레어.

이 가을에, 생각에 잠긴 채 안개 속을 거닐다 보면 시를 짓게 마련이지. 나도 알아. 죽어가는 자연에 대해서, 또 그 자연을 닮은 잃어버린 청춘에 대해서. 하인리히 하이네도 그랬잖아?"

"나는 그렇게 감상적인 사람이 아니야." 나는 알폰스 베크의 말을 잘랐다.

"그렇다고 치지, 뭐! 하지만 이런 날씨에는 와인 한잔이나 뭐 그와 비슷한 걸 즐길 수 있는 조용한 장소를 찾아보는 게 더 좋아. 같이 가지 않을래? 마침 내가 혼자거든. 싫어하려나? 뭐, 애써 너를 꼬일 생각은 없어. 네가 굳이 모범생이 되겠다면 말이야."

얼마 지나지 않아 우리는 교외의 작은 술집에 앉아 있었다. 우리는 수상쩍은 와인이 담긴 두툼한 잔을 부딪쳤다. 처음에는 별로 내키지 않았다. 하지만 어쨌거나 새로운 경험이었다. 술을 잘 마시지 못했던 나는 술을 마시자 어느 순간부터 말이 많아지기 시작했다. 내 안의 창문 하나가 열려 세상이 내 안으로 들어오는 듯한 느낌이었다. 얼마나 오랫동안, 끔찍히도 오랫동안 나는 영혼에 대해 아무런 말도 하지 못하고 참아야만 했던가! 나는 별의별 말을 다 지껄이다가 마침내 카인과 아벨의 이야기를 꺼내기에 이르렀다.

베크는 내 이야기에 흥미를 가지고 귀를 기울였다. 드디어 내 이야기를 들어줄 수 있는 누군가가 나타난 것이다!

베크는 내 어깨를 두드리며 굉장한 녀석이라 불렀다. 나는 환희에 젖었다. 이야기를 하고, 무언가를 털어놓고, 오랫동안 막혀 있던 욕구를 분출하는 기쁨, 나보다 나이가 많은 사람에게 인정받는 기쁨이었다. 심지어 베크가 나를 두고 천재적인 녀석이라 말했을 때에는 마치 달콤하고 강렬한 와인이 내 영혼으로 흘러 들어오는 느낌이 들었다. 세상이 새로운 색으로 불타오르기 시작했다. 수백 가지의 샘에서 생각들이 봇물 터지듯 쏟아져 나왔고, 정신과 불꽃이 내 안에서 활활 타오르고 있었다. 선생님이나 친구들에 대한 이야기도 나눴다. 우리는 기가 막힐 정도로 서로를 이해하고 있다고, 나는 생각했다. 그리스 사람들과 이단에 대한 이야기도 했다. 베크는 계속해서 나의 사랑 이야기를 캐내어 물었지만 내게는 경험이 없었으므로, 할 말도 없었다. 그동안 내가 느끼고, 꾸며내고, 상상했던 것들이 안에서부터 불타오르고 있었지만 그것은 술을 통해서도 밖으로 나오지 못했고, 전달할 수도 없었다. 여자에 대해서는 베크가 아는 것이 훨씬 더 많았으므로, 나는 열정적으로 베크의 말에 귀를 기울였다. 믿을 수 없는 이야기들이었다. 불가능하리라고 여겼던 것들이 실은 평범한 현실이었고, 자명한 일이었다는 생각이 들었다. 이제 겨우 열여덟 살 정도밖에 되지 않았는데도 알폰스 베크는 벌써 여러 가지 경험을 한 것 같았다. 그중에는 소녀들과 관련된 것도 있었다. 소녀들은 정중한 태도와 아첨만을 바라는데, 물론 좋은 일이기는 하지만 진짜는 그게 아니라고 베크는 말했다. 오히려 성숙한 여자들이 더 똑똑하고 그들에게서 얻을 것이 더 많다는 것이었다. 그러면서 베크는 문구점을 운영하는 야겔트 부인의 이야기를 꺼냈다. 야겔트 부인과는 대화도 잘 통하지만, 문방구 계산대 뒤에서 별의별 일이 다 일어난다고, 그런 건 책에도 나오지 않는다고 말이다.

나는 베크의 말에 완전히 빠져든 채 멍하니 앉아 있었다. 물론 나라면 야겔트 부인을 사랑할 수는 없을 것 같았다. 그러나 어쨌든 그것은 난생 처음 들어보는 이야기였다. 적어도 나보다 조금 더 나이가 많은 아이들에게는 내가 지금껏 단 한 번도 꿈꿔본 적 없었던 샘물이 흐르고 있는 것 같았다. 물론 그 이야기에는 거짓말 같은 내용도 있었고, 내가 생각해왔던 사랑의 맛보다 훨씬 보잘것없고 평범해 보였다. 하지만 그것은 현실이었고, 삶이었으며, 모험이었다. 그리고 그 모든 것을 경험하고, 당연하게 여기는 사람이 지금 바로 내 앞에 앉아 있었다.

곧 우리의 대화는 약간 맥이 빠지고 무엇인가를 잃어버렸다. 나는 더 이상 천재적인 어린 사나이가 아니라, 그저 어른의 말을 경청하는 소년일 뿐이었다. 그래도 지난 몇 달간의 내 인생에 비하면 훨씬 근사하고 낙원과도 같은 대화였다. 더욱이 나는 우리가 술집에 앉아 있다는 것에서부터 우리가 나누는 이야기까지, 이 모든 것이 실은 엄격하게 금지되어 있다는 사실을 알았고, 그 안에서 정신과 혁명의 맛을 느끼고 있었다.

나는 아직도 그날 저녁을 생생하게 기억한다. 이후 우리 두 사람이 희미하게 빛나는 가스등을 지나, 서늘하고 축축한 밤길을 따라 집으로 가는 동안 나는 처음으로 술에 취해 있었다. 기분이 좋지는 않았다. 아니, 오히려 고통스러웠다. 하지만 거기에는 분명 무언가가 있었다. 어떤 매력, 달콤함, 반란이자 도취, 인생이자 정신인 무언가였다. 베크는 새파란 애송이라고 욕설을 퍼부으면서도 의연하게 나를 챙겼고, 거의 반쯤 업다시피 해서 집으로 데리고 왔다. 베크는 열려 있는 복도 창문 너머로 나를 밀어넣은 다음, 이어 자신도 같은 방법으로 들어왔다.

아주 잠깐, 죽은 듯 잠을 자던 나는 고통을 느끼며 깨어났다. 술기운은 사라졌지만 엄청난 괴로움과 통증이 찾아온 탓이었다. 나는 어제 낮에 입었던 셔츠 차림으로 침대에서 일어나 앉았다. 바닥에는 옷가지와 신발이 널려 있었고, 담배와 토사물의 냄새가 났다. 두통과 메스꺼움, 극심한 갈증 속에서 떠오르는 장면들이 있었다. 내 고향과 부모님의 집. 아버지와 어머니. 누이들과 정원. 조용하고 아늑했던 내 침실과 학교 그리고 시장. 데미안의 모습도 보였다. 견진성사 수업 시간도 있었다. 모든 것이 밝았고, 모든 것이 광채로 둘러싸였으며, 하나같이 훌륭하고 신성하며 순수했다. 어제만 해도, 몇 시간 전까지만 해도 ― 나는 이제야 그 사실을 깨달았다. ― 이 모든 것들은 나를 기다리고 있었다. 하지만 지금 이 순간, 나는 이토록 타락하고 저주받은 존재가 되어 있었다. 그것들은 이제 더 이상 내 것이 될 수 없다. 그것들은 나를 밀어내고, 나를 바라보며 구역질하고 있었다. 내 기억 속 가장 먼 유년 시절로 거슬러 올라가도 그랬다. 아름다운 정원에서, 부모님 곁에서 경험했던 모든 것들, 어머니의 입맞춤 하나하나, 성탄절의 모든 기억, 고향에서 맞이했던 경건하고 밝은 일요일 아침, 정원을 수놓은 꽃 하나하나가 황폐해지고 말았다. 내가 나의 두 발로 직접 이 모든 것을 짓밟아버린 것이다. 만일 지금 당장 재판관이 나타나 나를 결박하며 인간쓰레기이자 신성 모독자의 혐의를 들어 교수대로 끌고 간다 해도 나는 동의할 것이다. 기꺼이 따라갈 것이다. 그렇게 하는 것이 올바르고 훌륭한 일이라고 여길 것이다.

그러니까, 이것이 나의 내면의 모습이었던 것이다! 이리저리 돌아다니며 세상을 경멸했던 나! 오만한 정신으로 데미안의 생각을 나누던 나! 이것이 내 모습이었다. 나는 인간쓰레기였고, 더러운 놈이었다. 취하고 더러운, 구역질나고 비열한, 끔찍한 충동에 사로잡힌 상스러운 짐승! 정결함과 광채, 사랑스러운 애정으로 가득했던 그 정원에서 자란 내가, 바흐의 음악과 아름다운 시들을 사랑했던 내가 실은 이런 모습이었다. 역겨움과 분노로 가득 찬 내 귓가에 웃음소리가 들렸다. 술에 취해 자제력을 잃고 이따금씩 멍청하게 터져 나오는 웃음소리였다. 그게, 바로 나였다.

하지만 이러한 고통의 경험은 오히려 쾌락에 가까웠다. 그동안 나는 너무나도 오랜 시간을 눈이 먼 채로 무감각하게 기어왔고, 내 마음은 침묵한 채 빈곤하게 웅크린 채로 구석에 틀어박혀 있었다. 지금의 이런 자책과 두려움, 영혼의 끔찍한 감정들조차 반가운 것도 바로 그 때문이었다. 이것은 분명 감정이었으며, 불꽃이었고, 움찔거리는 심장이었다. 나는 이러한 비참함 속에 혼란스러워하면서도 봄이나 해방 같은 무언가를 느끼고 있었다.

남들이 보는 나는 착실하게 내리막길을 걷고 있었다. 술에 취하는 일도 한 번으로 끝나지 않았다. 우리 학교에는 술집을 찾아다니며 때로 행패를 부리는 아이들이 꽤 있었는데, 나는 그들과 어울리는 학생들 중에서도 가장 어린 편에 속했다. 친구들이 마지못해 끼워준 어린아이가 아니라 주동자였으며, 스타였다. 그야말로 유명하고 대담한 술꾼이 되었던 것이다. 그렇게 나는 또다시 어두운 세상, 악마에게 속한 존재가 되었고, 그 세상의 유명 인사가 되었다.

하지만 나는 참담한 심정이었다. 나는 나 자신을 망가뜨리는 방탕 속에 살고 있었다. 친구들 사이에서 주동자이자 굉장한 녀석으로, 과감하고 재치 있는 놈으로 통했지만, 내 마음속 깊은 곳에서는 두려움에 가득 찬 영혼이 불안에 허덕이고 있었다.

그러던 어느 일요일 오전이었다. 술집을 나서던 내 눈에 길거리에서 노는 아이들의 모습이 들어왔다. 나는 왈칵 눈물을 쏟고 말았다. 아이들은 말끔하게 빗어내린 머리에 일요일 옷차림을 한 채로 밝고 즐겁게 놀고 있었다. 나는 허름한 술집의 더러운 테이블 앞에서 맥주통에 빠져 허우적대고 있었다. 더할 나위 없이 냉소적인 태도로 친구들을 즐겁게 하고 놀라게 만들었다. 하지만 그러면서도 마음속 깊은 곳에서는 내가 비웃는 모든 것들을 향한 경외심을 품고 있었다. 나의 영혼, 내 과거, 어머니, 신 앞에 무릎을 꿇은 채 나는 울고 있었다.

함께 다니던 친구들과 단 한 번도 하나가 되지 않았고, 그 사이에서 언제나 고독했고, 그리하여 그토록 괴로웠던 데에는 그만한 이유가 있었다. 나는 술집의 영웅이었고, 거친 사람들이 좋아하는 조롱꾼이었다. 선생님들이나 학교, 부모님, 교회에 대한 나의 생각이나 말은 대담했다. 음담패설도 견뎌냈고, 이따금은 몇 마디씩 거들기도 했다. 하지만 친구들이 여자들을 찾아갈 때는 따라간 적이 한 번도 없었다. 나는 사랑에 대한 그리움, 성취될 희망도 없는 그리움을 품은 채 홀로 남았다. 내가 하는 말대로라면 나는 분명 부끄러움이라고는 모르는 뻔뻔한 향락자여야 했다. 하지만 나만큼 쉽게 상처받고 부끄러움을 타는 사람도 없었다. 여자아이들이 밝고 단아한 모습으로 내 앞을 지나갈 때에도 그들은 내게 경이롭고도 순수한 꿈이었다. 나보다 천 배는 더 선하고 순수한 사람들이다. 그래서 내가 결코 닿을 수 없는 존재. 한동안은 야겔트 부인의 문구점에도 갈 수가 없었다. 야겔트 부인을 볼 때마다 알폰스 베크가 들려준 이야기가 떠올라 얼굴이 빨개진 탓이었다.

나는 새로운 친구들 사이에서 내내 외로움을 느꼈고, 그들과 다르다는 것을 알았다. 하지만 그럴수록 그들에게서 벗어날 수가 없었다. 그렇게 술을 마셔대고 허풍을 치던 일이 과연 내게 기쁨이었을까. 그것은 지금도 모르겠다. 하지만 매번 후유증을 느끼면서 술을 마셔야 했다. 이 모든 것이 내게는 일종의 강압 같았다. 그렇게 하지 않고는 어떻게 해야 할지를 몰라 그저 그렇게 할 수밖에 없었다. 오랜 시간을 혼자 있는 것이 두려웠다. 부끄럽고 수치스러운 내적 변화가 수없이 밀려올 때마다 그 마음의 움직임이 두려웠다. 달콤한 사랑에 대한 생각이 너무나도 자주 나를 찾아오는 것이 두려웠다.

내게 가장 부족했던 것은 친구였다. 내가 사귀고 싶은 두세 명의 친구들이 있기는 했다. 하지만 그들은 선량한 친구들이었고, 이제 나의 방탕함을 모르는 사람은 아무도 없는 상황이었다. 그 친구들은 나를 피했다. 하나같이 나를 발밑의 바닥이 흔들리는, 아무런 희망도 갖지 못한 채 놀기만 하는 놈으로 여겼다. 선생님들도 나에 대해 많은 것을 알고 있었고, 나는 몇 번이나 심한 벌을 받았다. 이제 내게 남은 것이라고는 퇴학당하는 일밖에 없다는 것이 모두의 생각이었다. 내가 좋은 학생이 아니라는 사실은, 그렇게 된 지도 이미 오래라는 사실은 나도 잘 알고 있었다. 나는 그저 이 상태가 오래 지속되지 않으리라 여기며 힘겹게 학교생활을 견디고 있을 뿐이었다.

신이 우리를 고독하게 만들어 자신에게로 이끌어가는 길은 많이 있다. 그때, 신은 나와 함께 그 길을 걸었다. 그것은 악몽과도 같았다. 더러움과 끈적임, 깨진 맥주잔과 조롱하듯 떠들어댄 말들로 지새운 밤 너머에 추방당한 몽상가, 내가 보인다. 나는 추하고 더러운 길을 끊임없는 고통 속에서 기어간다. 공주를 찾아가는 길에 진흙탕과 악취, 쓰레기가 넘치는 뒷골목에 처박히는 꿈 이야기가 있다. 당시 내 상황이 그랬다. 그렇게 나는, 세련되지 못한 방식으로 고독의 길을 걸어야만 했고, 나와 나의 유년 시절 사이에는 자비라고는 없어 보이는 문지기들이 낙원의 문을 막고 서 있었다. 그것은 나 자신을 향한 그리움의 시작이자 깨달음이었다.

그러던 어느 날, 아버지가 성 ○○시를 찾아왔다. 기숙사 선생님이 보낸 경고 편지 때문이었다. 아버지를 마주치던 순간에만 해도 나는 깜짝 놀라 움찔했다. 하지만 그해 겨울이 끝날 즈음, 아버지가 두 번째로 왔을 때는 달랐다. 아버지는 야단을 치다 못해 어머니 생각 좀 하라며 애원을 했지만 나는 냉혹하고 무관심한 태도로 일관했다. 아버지는 끝내 격분했고, 내가 변하지 않는다면 온갖 모욕과 창피를 당하며 학교에서 끌려 나오게 할 것이고, 감화원에 가둬버리겠다고 경고했다. 그러시든지! 아버지가 돌아가고 난 후, 나는 아버지가 불쌍하기도 했다. 아버지는 원하는 것을 아무것도 얻지 못했고, 내게로 오는 그 어떤 길도 찾아내지 못했다. 한동안은 그것이 당연하다고 생각하기도 했다.

내가 앞으로 어떻게 되든 상관이 없었다. 나는 이상하고 곱지 못한 방식으로 세상과 싸웠다. 그래서 술집에 앉아 의기양양하게 굴었고, 그것은 세상에 저항하는 내 나름의 방식이었다. 나는 그렇게 망가졌다. 가끔은 이런 생각이 들기도 했다. 만일 세상이 나 같은 사람을 필요로 하지 않는 한, 나 같은 사람에게 더 나은 장소, 더 나은 과제를 제시하지 못하는 한, 나 같은 사람은 망가지는 법이라고. 손해 보는 쪽은 세상이라고.

그해, 크리스마스 방학은 하나도 즐겁지 않았다. 나를 다시 만난 어머니는 기겁했다. 그사이 나는 키가 더 컸고, 얼굴은 잔뜩 야윈 채로 어둡고 까칠했으며, 피곤한 표정에 눈가에는 염증까지 생긴 상태였다. 여기에 이제 막 나기 시작한 콧수염과 얼마 전 맞춘 안경까지 더해지면서 내 인상을 더욱더 낯설게 만들었다. 누이들은 뒤로 물러나 키득키득 웃었다. 편한 것이라고는 하나도 없었다. 서재에서 아버지와 대화를 나누는 시간이 불편하고 괴로웠으며, 몇몇 친척들과의 인사도 불편했고, 무엇보다도 크리스마스이브가 불편했다. 크리스마스는 내가 태어났을 때부터 우리 집에서 가장 성대하게 여는 축제의 날이었다. 축제의 분위기와 사랑, 감사가 넘치는 저녁이었고, 부모님과의 유대를 새롭게 하는 저녁이었다. 하지만 이번에는 달랐다. 모든 것이 내 마음을 짓누르고 당황스럽게 할 뿐이었다. 아버지는 늘 그랬던 것처럼 들판의 목자들에 대한 복음서 말씀을 읽었다. "그 지역에 목자들이 밤에 밖에서 자기 양 떼를 지키더니……." 누이들도 언제나처럼 밝은 모습으로 선물이 놓인 테이블 앞에 서 있었다. 하지만 아버지의 목소리는 즐겁게 들리지 않았다. 얼굴도 늙고 답답해 보였다. 어머니는 슬퍼했다. 선물과 축복, 복음서와 크리스마스 트리, 내게는 이 모든 것이 그저 고통스럽고 불편할 뿐이었다. 레브쿠헨 쿠키에서 풍기는 달콤한 냄새가 달콤한 추억들을 떠올리게 했다. 전나무의 향기는 이제 더 이상 존재하지 않는 것들을 이야기했다. 나는 이 저녁이 지나가기를, 이 축제 기간이 지나가기만을 바라고 있었다.

그해의 겨울이 그렇게 지나갔다. 나는 얼마 전, 교사위원

회의 경고를 받고 퇴학을 당할지도 모르는 위기 상황에 처해 있었다. 퇴학은 시간문제인 듯 보였지만 나로서는 아무래도 상관없었다.

무엇보다도 나는 막스 데미안을 원망하고 있었다. 이 기간, 나는 막스 데미안을 만나지 못했다. 성 ○○시에서 학교에 다니면서 두 번이나 데미안에게 편지를 보냈지만 답장은 오지 않았다. 그래서 방학이 되어서도 나는 데미안을 만나러 가지 않았다.

가시나무 울타리에 파릇파릇한 초록이 돋던 이른 봄날이었다. 한 소녀가 눈에 들어왔다. 지난가을, 알폰스 베크를 만났던 바로 그 공원에서였다. 나는 온갖 못된 생각과 근심에 잠겨 혼자 산책을 하고 있었다. 그사이 건강은 더 나빠졌고, 돈 문제까지 겹친 상태였다. 친구들에게 빌린 돈을 갚기 위해 어떻게 해서든 구실을 만들어 용돈을 받아야 했다. 더욱이 담배며 여러 가지 물건들을 사면서 상점마다 걸어둔 외상값도 늘고 있었다. 하지만 그런 근심들이 심각할 정도로 큰 것은 아니었다. 어차피 물에 뛰어든다거나 갑자기 감화원에 보내진다면 이 따위 사소한 것들은 문제도 아닐 테니까 말이다. 하지만 나는 이처럼 불쾌한 일들을 마주하고 살면서 여전히 괴로워하고 있었다.

그해 봄, 나는 공원에서 마주친 한 젊은 여자에게 마음을 빼앗겼다. 키가 크고 날씬한 데다 우아한 옷차림을 한 것이 마치 영리한 소년 같은 인상을 주는 여자였다. 덕분에 여자에 대한 상상력도 활발해지기 시작했다. 여자는 나보다 나이가 그렇게 많아 보이지 않았음에도 훨씬 성숙해 보였고, 우아한 데다 고운 윤곽에 완연한 숙녀의 모습을 하고 있었다. 그러면서도 얼굴에서 느껴지는 무모함과 소년 같은 느낌이 아주 매력적이었다.

나는 마음에 드는 여자에게 다가가본 적이 단 한 번도 없었다. 물론 이번에도 그렇게 하지 못했다. 하지만 이 여자는 어느 때보다도 더 깊은 인상을 남겼고, 사랑의 감정이 내 삶에 미친 영향도 컸다.

갑자기 고귀한 영상이 나타난 것이다. 고상하면서도 존경스러운 모습. 존경과 숭배를 향한 소망! 내 안의 그 어떤 욕구나 충동도 그 소망만큼 깊고 절실한 적은 없었다! 나는 여자에게 베아트리체라는 이름을 붙였다. 단테의 작품에 등장하는 이름인데, 사실 읽어본 적은 없었지만 내가 가지고 있던 어느 그림 사본을 통해 알게 된 것이었다. 영국의 라파엘전파(前派) 화가가 그린 그 그림 속에는 팔다리 길고 가는 데다 두 손과 윤곽에 신성함을 지닌 여자가 있었다. 내가 만난 젊고 아름다운 여자가 그림 속 여자와 완전히 똑같은 것은 아니었지만, 날씬하고 소년 같은 인상에 영성 또는 영혼이 깃든 것 같은 느낌은 동일했다.

베아트리체와는 단 한 마디 말도 나누지 못했지만 내게 깊은 영향력을 발휘했다. 내 앞에 모습을 드러낸 베아트리체는 거룩한 성전의 문을 열어주었고, 나를 기도하게 만들었다. 불과 하루 만에 나는 술 마시고 밤새 쏘다니는 짓을 그만두었고, 다시 혼자 보내는 시간을 견딜 수 있게 되었으며, 책을 가까이 하며 산책을 즐겼다.

나의 갑작스러운 변화는 온갖 조롱으로 이어졌다. 하지만 내게는 사랑하고 숭배할 대상이 있었다. 다시금 이상을 갖게 된 것이다. 내 삶에는 다시 예감과 다채로운 비밀을 품은 여명이 흘러넘쳤다. 그렇기에 그 어떤 조롱도 신경 쓰지 않았다. 숭배하는 대상에 봉사하는 노예가 되었을지언정, 다시 나 자신 속으로 들어갈 수 있게 되었다.

특별한 감동 없이 이 시기를 떠올리기는 어렵다. 나는 황폐했던 시절의 잔해 위에 '밝은 세상'을 다시 세우기 위해 가장 내밀한 노력을 기울였다. 내 소망은 오직 내 안에 있는 어둠과 악을 몰아내고 빛 가운데 머물며, 신 앞에서 무릎을 꿇겠다는 것뿐이었다. 어쨌든 지금의 이 밝은 세상은 어느 정도 내가 만들어낸 것이었다. 그것은 더 이상 툭하면 안전을 찾아 어머니의 품으로 도망치는 것이 아니었고, 내가 만들고 요구한 새로운 세상, 책임과 자기 규율이 있는 세상이었다. 나를 괴롭혔던, 언제나 회피하고 싶었던 성적 욕구도 바로 이 성스러운 불길 속에서 정신과 경건함으로 승화

되고 있었다. 더 이상은 어두운 것, 추악한 것, 신음으로 지새우던 밤들, 음란한 장면들 앞에서 느꼈던 흥분, 금지된 문 앞에서의 귀 기울임과 음탕함을 허락하지 않았다. 이 모든 것 대신 나만의 제단을 세우고, 베아트리체의 모습을 건 다음 그 앞에 모든 것을 바침으로써 정신과 신들을 숭배했다. 어둠의 신에게서 되찾아온 삶을 빛의 신에게 바친 것이다. 나의 목표는 쾌락이 아니라 순결함이었고, 행복이 아니라 아름다움과 숭고함이었다.

베아트리체를 숭배하면서 내 삶도 완전히 바뀌었다. 어제까지만 해도 냉소를 퍼붓던 내가 성인이 되겠다는 목표를 지닌 신전의 근무자가 된 것이다. 나는 그동안의 익숙했던 일상을 끊어버렸고, 모든 것을 순결함과 고귀함, 품위 있는 것으로 바꾸기 위해 노력했다. 먹을 때에도, 마실 때에도, 옷을 입을 때에도 이 생각을 멈추지 않았다. 이를 위해 찬물 목욕으로 아침을 시작하기도 했다. 처음에는 힘들게 나 자신을 채찍질해야 하는 일이었다. 나는 진지하고 품위 있게 행동했고, 자세를 바로 세웠으며, 더 느리고 우아하게 걸었다. 다른 사람들이 보기에는 우스워 보였을지도 모르지만 내게 있어서는 신을 향한 예배였다.

나의 새로운 신념을 표현하기 위한 것들 중 무엇보다 중요해진 것이 하나 있었다. 나는 그림을 그리기 시작했다. 내가 가지고 있던 영국의 베아트리체 그림이 내가 사랑하는 여자의 모습과 닮지 않았다는 이유로 시작한 그림이었다. 나는 나만을 위한 베아트리체를 그려보기로 하고, 새로운 기쁨과 희망이 가득한 채 — 얼마 전부터 혼자 쓰기 시작한 방에 — 깨끗한 종이와 물감, 붓을 모으고, 팔레트와 유리잔, 도자기 접시, 연필도 마련했다. 내가 산 작은 튜브 형태의 템퍼라 물감에는 강렬한 크롬옥시드 초록색이 있었는데, 얼마나 매혹적이었던지 작고 흰 접시에서 빛을 발하던 그 색채가 아직도 눈앞에 선명하다.

시작은 조심스러웠다. 얼굴 그리는 것은 어려운 일이었으므로, 일단 시험 삼아 다른 것을 그려보기로 했다. 나는 장식품, 꽃, 상상 속의 풍경, 교회당 옆 나무 한 그루, 사이프러스 나무가 있는 로마의 다리 등을 표현했다. 가끔은 이 장난스러운 행위에 완전히 몰입한 나머지, 크레파스 상자를 든 어린아이처럼 행복해하기도 했다. 그리고 마침내 나는 베아트리체를 그리기 시작했다.

망쳐서 버린 종이만 해도 여러 장이었다. 가끔 마주치곤 하던 베아트리체의 얼굴을 떠올리려 노력해보았지만, 그럴수록 잘 되지 않았다. 결국 나는 베아트리체의 모습을 그리겠다는 계획을 포기하고, 나의 상상에 따라 물감과 붓이 이끄는 대로, 흘러가는 대로 얼굴 하나를 그려 나갔다. 비록 상상 속의 얼굴이었지만, 만족스럽지 않은 것도 아니었다. 그렇게 계속 시도를 해나갔고, 그 결과 한 장 한 장 그릴 때마다 그림이 또렷해지면서 현실의 모습과는 달라도 내가 원하는 모습에 가까워지고 있었다.

나는 꿈꾸는 듯한 붓질로 선을 그리고 대상도 없이 마치 장난치듯 무의식적으로 빈 공간을 채워나가는 데 익숙해지고 있었다. 그러던 어느 날, 나도 모르는 사이에 완성된 얼굴 하나가 있었다. 이전에 그렸던 것들보다 훨씬 더 강렬한 인상을 주는 얼굴이었다. 베아트리체의 얼굴은 분명 아니었다. 그것은 어차피 오래전부터 포기한 일이었다. 오히려 무언가 다른 비현실적인 얼굴이었다. 하지만 그렇다고 가치가 덜한 것도 아니었다. 숙녀의 얼굴이라기보다는 청년의 얼굴에 가까웠고, 머리카락도 베아트리체와 같은 밝은 금발이 아닌 붉은 기가 도는 갈색이었으며, 턱은 강하고 단단한 데다 입술은 붉은 꽃잎과 같았고, 전체적으로는 다소 굳어 있는 가면처럼 보였다. 하지만 그 얼굴은 분명 인상적이었고 신비로운 생명으로 가득했다.

완성된 그림 앞에 앉아 있자니 묘한 느낌이 들었다. 신의 모습 혹은 거룩한 가면 같은 얼굴이었다. 절반은 남자, 절반은 여자 같기도 했다. 나이도 없는 것 같았다. 강한 의지력을 가진 것 같으면서도 꿈꾸는 듯했고, 경직된 것 같으면서도 활기가 있었다. 내게 할 말이 있는 것 같았다. 그것은 나에게 속한 얼굴이었고, 무언가를 요구하고 있었다. 그리고 분명 누군가를 닮은 얼굴이었다. 하지만 그게 누구인지 도통 떠오르질 않았다.

그 후로도 이 초상화는 한동안 내 모든 생각을 따라다니며 내 삶을 공유했다. 나는 그림을 서랍 안에 숨겨두었다. 혹시라도 누군가가 그림을 훔쳐보고 나를 놀리는 일이 없도록 하기 위해서였다. 하지만 내 작은 방에 혼자 있을 때면 곧바로 그림을 꺼내 교감을 했다. 저녁이면 침대 맞은편 벽에 핀으로 그림을 고정시킨 다음 잠이 들 때까지 바라보았고, 아침이 되면 눈을 뜨자마자 가장 먼저 그 그림에 시선을 고정했다.

어린 시절에 그랬던 것처럼 꿈을 자주 꾸게 된 것도 그때부터였다. 꿈을 꾸지 않은 것이 벌써 몇 년이었다. 다시 돌아온 꿈은 매우 새로운 모습이었다. 가끔은 내가 그린 초상화가 꿈에 나타나 말을 하기도 했고, 친구가 되기도, 적이 되기도 했다. 그러다가도 때로는 인상을 찌푸렸고, 이따금은 한없이 아름답고 조화로우며 고귀한 모습으로 나타났다.

그날 아침에도 나는 같은 꿈을 꾸다 잠에서 깨어났다. 그리고 그제서야 그 그림 속 얼굴이 누구인지를 알아차렸다. 믿을 수 없을 정도로 친근하게 나를 바라보고 있는 그 얼굴. 마치 내 이름을 부르는 것 같은 그 얼굴. 어머니처럼 나를 잘 알고 있고, 언제나 나를 바라보고 있었던 것 같은 얼굴. 나는 두근거리는 가슴으로 그림을 바라보았다. 숱이 많은 갈색 머리카락, 절반은 여자 같은 입술, 유난히도 빛이 나는 (그림이 마르면서 자연스럽게 그렇게 된 듯하다) 단단한 이마. 조금씩 내 마음에도 깨달음과 발견, 인식이 찾아오고 있었다.

나는 침대에서 벌떡 일어나 그 얼굴 앞에 가까이 서서 눈을 바라보았다. 크게 뜬 초록빛의 고집스러운 눈. 오른쪽 눈이 왼쪽보다 조금 더 높은 것 같았다. 그리고 갑자기 오른쪽 눈이 가벼우면서도 미세하게, 하지만 분명하게 찡긋 하는 움직임을 보였다. 그 눈짓을 본 순간 나는 깨달았다. 그림 속 주인공이 누구인지를……

대체 나는 어떻게 그토록 오랫동안 이 얼굴을 알아보지 못했단 말인가! 그것은 바로 데미안의 얼굴이었다.

이후 나는 기억 속에 남아 있는 데미안의 실제 얼굴을 그림 속 얼굴과 비교해보았다. 꼭 같은 것은 아니었고, 비슷한 정도였지만 그것은 분명 데미안이었다.

초여름의 어느 저녁이었다. 서쪽 창문으로 붉은 햇살이 비스듬히 쏟아졌다. 방 안은 어둑어둑했다. 그때 갑자기 석양이 통과하는 베아트리체 혹은 데미안의 초상은 어떤 모습일까 궁금했다. 나는 핀을 이용해 창틀에 그림을 고정했다. 얼굴의 윤곽이 희미해졌지만, 붉은색 테두리를 지닌 두 눈과 밝은 이마, 강렬한 빨간색의 입술은 깊고도 거칠게 빛나고 있었다. 나는 빛이 사라지고 어두워질 때까지 그림을 마주 본 채 한참을 앉아 있었다. 나는 조금씩 느끼고 있었다. 그 얼굴은 베아트리체도, 데미안도 아니었다. 그 얼굴은 바로 나 자신이었다. 나와 닮지는 않았다. — 닮을 이유도 없다고 생각했다. — 하지만 그것은 나의 삶을 이루고 있는 것이었고, 나의 내면이었으며, 나의 운명 또는 나의 데몬이었다. 언젠가 친구를 갖게 된다면, 그 친구는 바로 이런 모습이리라. 언젠가 사랑하는 사람이 생긴대도, 그 또한 이런 모습이리라. 나의 삶과 죽음도 이러하리라. 이것은 내 운명의 소리이자 리듬이었다.

지난 몇 주 동안 나는 그때까지 읽었던 책들 중 가장 인상 깊은 책 한 권을 읽었다. 이후로도 그와 같은 책은 니체의 작품 정도일 뿐, 결코 많지 않다. 그 책은 편지와 격언들로 구성된 노발리스의 작품이었는데, 사실 이해하지 못하는 게 대부분이었다. 그럼에도 말로 표현할 수 없는 매력으로 나를 사로잡고 있었다. 순간, 그 책에서 보았던 문장 하나가 떠올랐다. 나는 펜으로 그림 아래에 적어 넣었다. '운명과 기질은 같은 개념의 다른 이름이다.' 나는 그제야 그 말뜻을 이해했던 것이다.

베아트리체라는 이름을 붙인 그 여자와는 이후로도 자주 마주쳤다. 더 이상 마음의 동요는 없었지만, 여자를 마주칠 때마다 느끼는 부드러운 조화와 예감은 여전했다. 당신은 나와 연결되어 있어. 비록 당신이 아닌 당신의 모습이지만. 당신은 내 운명의 일부지.

막스 데미안을 향한 그리움이 다시 커지고 있었다. 방학

때 딱 한 번 만난 것을 제외하면 소식을 듣지 못한 지가 벌써 몇 년째였다. 이제야 나는 그때 그 한 번의 만남을 여기에 기록하지 않았다는 사실을 깨닫는다. 그것은 부끄러움과 자만 때문이었던 것 같다. 그러므로 늦게나마 그 이야기를 해보려고 한다.

그러니까, 내가 술집에 드나들던 시절의 어느 방학이었다. 늘 그렇듯 나는 거만하고 피곤한 얼굴로 산책용 지팡이를 휘두르면서, 예전과 하나도 달라진 게 없는 경멸스러운 속물들의 얼굴을 바라보며 고향 도시를 여기저기 돌아다니는 중이었다. 나의 옛 친구, 데미안을 마주친 것은 그때였다. 데미안을 보자마자 나는 깜짝 놀라 어깨를 움찔했다. 프란츠 크로머에 대한 기억이 번개처럼 스쳐 지나갔다. 데미안이 그때 그 일을 잊어버렸다면, 얼마나 좋을까. 데미안에게 빚을 지고 있다는 사실이 너무나도 불편했다. 아무리 철없던 시절의 바보 같은 이야기였다 해도 그런 빚을 지고 있다는 사실 자체가 말이다.

데미안은 내가 인사하기를 기다리는 것 같았다. 나는 최대한 태연한 척하며 데미안에게 인사를 건넸다. 데미안이 손을 내밀었다. 그렇지. 데미안은 이렇게 악수를 했었다! 단단하고 따뜻하게 그러면서도 차갑고 남자답게!

데미안이 내 얼굴을 주의 깊게 살펴보며 말했다. "많이 컸네, 싱클레어." 하지만 정작 데미안은 변한 게 하나도 없어 보였다. 언제나 그랬듯, 나이가 많아 보이면서 동시에 어려 보이는 모습이었다.

데미안이 나와 함께 걷기 시작했다. 우리는 함께 산책하며 시시콜콜한 이야기들을 나눴다. 하지만 그것뿐, 당시의 일에 대해서는 누구도 먼저 말을 꺼내지 않았다. 그러다 문득 내가 보낸 편지에 답장을 받지 못한 일이 떠올랐다. 아, 그것 또한 기억하지 못하면 좋을 텐데. 다행히 데미안은 그 편지에 대해서도 아무런 말을 하지 않았다.

그때는 베아트리체도, 그림도 없을 때였고, 나는 여전히 황폐한 시절의 한가운데에 서 있었다. 교외에 이르렀을 때, 나는 데미안에게 함께 술집에 가지 않겠느냐고 물었다. 데미안은 나를 따라왔다. 나는 허세를 부리며 와인 한 병을 주문했고, 잔을 채운 다음 데미안과 건배를 했다. 그리고 내가 대학생들의 음주 문화에도 아주 능숙하다는 듯 첫잔을 한 모금에 비웠다.

"술집에 자주 오나봐?" 데미안이 물었다.

"그럼, 물론이지." 나는 느긋한 태도로 대답했다. "이것 말고 달리 할 게 또 있어야 말이지. 이게 가장 재미있으니 말이야."

"그렇게 생각해? 뭐, 그럴 수도 있지. 술을 마시는 데에도 매우 아름다운 면들이 있으니까. 바쿠스적인 도취 상태 같은 것 말이야. 하지만 술집에 자주 앉아 있는 사람들을 보면, 그런 재미를 느끼지 못하는 경우가 대부분이던걸? 술집이나 전전하면서 사는 건 속물들이나 하는 짓이라고 생각해. 그래, 뭐, 하룻밤 정도는 횃불을 밝히고 화끈하게 취할 수도 있겠지. 하지만 그렇게 계속 한 잔 한 잔을 이어간다? 거기에 과연 진심이란 게 있을까? 파우스트가 매일 밤 단골 술집에 앉아 있다고 생각해봐!"

나는 잔을 비운 후 적대감에 찬 얼굴로 데미안을 바라보았다.

"맞아. 하지만 우리 모두가 파우스트는 아니잖아?" 나는 짧게 대답했다.

데미안은 다소 당황한 듯 나를 바라보았다. 하지만 이내 예전처럼 생기와 우월함을 담은 모습으로 웃음을 터뜨렸다.

"그래, 이런 걸로 싸워서 뭘 하겠니? 어쨌거나 술꾼이나 호색가들의 삶이 흠 잡을 데 없는 부르주아의 삶보다 활기가 넘치는 건 사실이니까. 방탕한 삶이 신비주의자가 되기 위한 최고의 준비 과정이라는 말도 언젠가 읽어본 적이 있거든. 한때 향락을 즐기던 세속주의자였지만 훗날 예언가가 된 성 아우구스티누스도 그렇잖아. 그런 사람들이야 늘 있는 법이니까."

내 안에서 데미안에 대한 의구심이 흘러넘쳤다. 무슨 일이 있어도 데미안에게 지배당하지 않을 생각이었다. 나는 거만한 태도로 말했다.

"그럼. 각자 살고 싶은 대로 사는 거야! 솔직히 예언자나 뭐 그런 게 나하고는 아무런 상관도 없고."

데미안이 다 안다는 듯 눈을 가느스름하게 뜬 채 나를 바라보았다.

"사랑하는 싱클레어." 데미안이 천천히 말을 꺼냈다.

"너를 기분 나쁘게 하려는 건 아니었어. 어쨌거나 네가 왜 술을 마시는지는 우리 둘 다 몰라. 너의 인생을 만들고 있는 그 무언가만이 이유를 알 뿐이지. 우리 안에 이 모든 것을 알고, 모든 것을 의도하고, 우리 자신보다 잘 해내는 존재가 있다는 걸 인지하는 건 좋은 일이야. 미안, 나는 이만 집에 가봐야 할 것 같아."

우리는 짧은 작별인사를 나눴고, 나는 언짢은 기분으로 술집에 남아 병을 비웠다. 데미안이 술값을 지불하고 갔다는 사실은 집에 돌아가기 위해 자리에서 일어났을 때에야 알았다. 그 사실이 나를 더 화나게 만들었다.

나는 이 짧은 만남을 생각한다. 내 머릿속은 온통 데미안에 대한 생각으로 가득 찼다. 변두리에 있던 그 술집에서 데미안이 내게 했던 말들이 신기할 정도로 생생하게 떠오르고 있었다.

"우리 안에 이 모든 것을 알고, 모든 것을 의도하고, 우리 자신보다 잘 해내는 존재가 있다는 걸 인지하는 건 좋은 일이야!"

창가에 걸려 있던 그림은 이제 완전히 어둠 속으로 사라졌다. 하지만 그림 속의 두 눈은 여전히 반짝이고 있었다. 그것은 데미안의 눈빛이었다. 아니, 어쩌면 내 안에 있는 그 누군가일지도 모른다. 모든 것을 알고 있는 존재.

데미안이 너무나도 그리웠다! 하지만 데미안에 대해 아는 것도, 연락할 방법도 없었다. 아는 것이라고는 데미안이 어딘가에서 대학교에 다니고 있다는 것과 고등학교를 졸업하자마자 데미안의 어머니도 우리 도시를 떠났다는 것뿐이었다.

나는 심지어 프란츠 크로머와의 사건까지 끄집어내가며 막스 데미안과 관련된 모든 추억을 헤집었다. 데미안이 했던 말들이 다시 울림을 주고 있었다. 그 말들은 여전히 의미를 가지고 있었으며, 지금의 문제였고, 내게 중요한 것이었다. 그리 유쾌하지만은 않았던 마지막 만남에서도 데미안은 방탕한 사람과 성자에 대한 말을 했었다. 그 말 또한 갑자기 환한 모습으로 내 영혼 앞에 모습을 드러냈다. 내게 일어난 일이 바로 그와 같은 일이 아니었던가! 술에 취한 채 더러움 속에서, 마비와 상식 속에서 살고 있던 내게 새로운 삶의 충동이 찾아왔고, 정확하게 그와 반대된 것, 즉 순결함에 대한 열망과 거룩한 것에 대한 동경이 내 안에 살아난 것이다!

그렇게 나는 계속해서 추억을 따라갔다. 어느덧 밤이 깊어졌고, 밖에는 비가 내리고 있었다. 내 기억 속에서도 비내리는 소리가 들렸다. 그날, 데미안은 밤나무 아래에 서서 내게 물었었다. 프란츠 크로머 때문이냐고. 그렇게 데미안은 크로머의 일을 캐물으며 나의 첫 번째 비밀을 알아냈었다. 학교 가는 길에 우리가 나누었던 이야기들, 견진성사 수업 시간의 일들이 차례대로 떠올랐다. 그리고 마침내 막스 데미안을 처음 만나던 순간이 기억 속에 찾아왔다. 그때, 우리는 무슨 이야기를 나눴을까. 기억이 잘 나지 않아 나는 시간을 두고 집중하기 시작했다. 이내 그 기억도 떠올랐다. 처음 만나던 날, 데미안과 나는 우리 집 앞에 서 있었다. 데미안은 카인에 대한 의견을 말했었고, 집 앞에 서서 우리 집 현관문 위에 달린 오래되고 색이 바란 문장에 대해 이야기했었다. 위로 올라갈수록 점점 더 넓어지는 형태의 쐐기돌에 새겨진 문장이었다. 데미안은 그 문장이 매우 흥미롭다며, 그런 것들에 관심을 가져보라고 했었다.

그날 밤 나는 데미안과 그 문장이 나오는 꿈을 꾸었다. 데미안이 문장을 손에 쥐고 있었다. 그 문장은 작은 회색이었다가 여러 가지 색을 가진 거대한 것이 되었다가를 반복하며 계속 변했는데, 데미안은 그럼에도 그것이 언제나 같은 것이라고 설명하고 있었다. 마지막에 데미안은 내게 문장을 먹으라고 강요했다. 문장을 삼키자 끔찍하게도 문장에 새겨져 있던 새가 내 안에서 살아나 내 안을 가득 채우더니, 안에서부터 나를 쪼아 먹기 시작했다. 나는 죽음의 공포에 사로잡힌 채 벌떡 일어나며 잠에서 깨어났다.

정신이 들었을 때는 아직 한밤중이었다. 밖에서 빗소리가 들리고 있었다. 나는 창문을 닫기 위해 자리에서 일어났다. 그 순간, 바닥에 있던 희미한 무언가가 발에 밟혔다. 다음날 아침에 확인해보니 그것은 내가 그린 그림이었다. 그림은 젖은 바닥에 떨어져 울퉁불퉁해진 상태였다. 나는 그림이 마르도록 압지 사이에 넣어 두꺼운 책으로 눌러 놓았다. 다음날 확인했을 때 그림은 말라 있었지만 약간의 변형이 있었다. 붉던 입술은 색이 옅어졌고, 조금 가늘어져 있었다. 이제 완전히 데미안의 입술과 똑같아진 것이다.

나는 새로운 그림을 그리기 시작했다. 이번에는 문장 속에 있는 새 그림이었다. 하지만 그 새가 어떻게 생겼었는지 정확하게 기억나질 않았다. 사실 그 새는 아무리 가까이 가서 들여다봐도 워낙 오래되었고 여러 번 덧칠을 한지라 잘 알아볼 수 없는 상태였다. 새는 서 있거나, 꽃이나 바구니 혹은 둥지, 나뭇가지 등에 앉아 있었다. 나는 일단 분명하게 기억나는 것부터 그림을 그리기 시작했다. 알 수 없는 어떤 욕구로 인해 나는 강렬한 색으로 시작했고, 새의 머리를 황금색으로 칠했다. 내키는 대로 그려 나가기 시작한 그림은 며칠 만에 완성되었다.

화폭에 담긴 것은 날렵하고 대담한 새매의 머리를 가진 맹금류 한 마리였다. 푸른 하늘을 배경으로 한 이 맹금류의 몸은 절반이 어두운 색의 지구에 박혀 있었고, 마치 거대한 알에서 나오듯 그곳에서 나오고 있는 중이었다. 그림을 오래 보고 있을수록 그것은 내 꿈에 나타났던 다채로운 빛깔의 문장처럼 보였다.

데미안이 어디에 있는지 알았다고 해도, 데미안에게 편지 쓸 용기는 내지 못했을 것이다. 하지만 나는 내가 하는 모든 일에 영향을 미쳤던 꿈결 같은 예감 속에서 이 그림을 데미안에게 보내기로 결정했다. 데미안이 그림을 못 받는다 해도 상관없었다. 나는 그림 위에 내 이름도 아무것도 쓰지 않은 채 조심스럽게 가장자리를 오려냈다. 그리고 커다란 종이봉투를 사 내 친구의 옛날 주소를 적어 우편으로 부쳤다.

시험이 다가오고 있었다. 나는 평소보다 더 많이 공부해야 했다. 갑작스럽게 태도가 바뀐 후로, 선생님들은 나를 다시 너그러이 받아들였다. 좋은 학생까지는 아니었지만, 반년 전만 해도 내가 퇴학당할 위기에 처해 있었다는 사실을 기억하는 사람은 나를 포함해 아무도 없었다.

이제는 아버지 또한 나를 질책하거나 협박하는 일 없이 다시 전과 같은 말투로 편지를 보내왔다. 하지만 어떻게 해서 내가 변하게 되었는지에 대해서는 아버지에게도, 그 밖의 다른 사람들에게도 설명하고 싶지 않았다. 나의 변화는 부모님과 선생님들의 소망과 우연히 맞아떨어진 것일 뿐이었다. 이 변화가 나를 다른 사람들과 어울리게 만들거나 누군가와 친해지게 만든 것도 아니었다. 오히려 나는 더욱 고독해졌다. 변화는 어딘가 다른 곳, 데미안, 나의 먼 운명을 향해 있었다. 나 또한 그것을 잘 아는 것은 아니었다. 나는 그 한가운데에 서 있었기 때문이다. 변화의 시작은 베아트리체였지만 어느새 나는 내가 그린 그림들과 데미안에 대한 생각으로 가득한 비현실의 세상에 살고 있었다. 베아트리체가 완전히 내 앞에서, 나의 생각 속에서 사라질 정도였다. 하지만 당시에 내가 원했다고 해도, 나는 내 꿈과 기대, 내면의 변화에 대해서는 그 누구에게도, 단 한마디도 하지 못했을 것이다.

그런데 어떻게 그것을 원할 수 있었겠는가.

# 새는 알에서 나오기 위해 힘겹게 싸운다

내가 그린 꿈속의 새는 제 길을 찾아 내 친구를 만났다. 답
장은 생각지도 못한 이상한 방식으로 내게 도착했다.

수업 사이의 쉬는 시간이 끝나고 교실로 돌아왔을 때였
다. 책상 위에 놓인 책 사이에 쪽지가 하나 꽂혀 있었다. 쪽
지는 수업 시간에 이따금 친구들이 몰래 전달할 때처럼 접
혀 있었다. 누가 보낸 쪽지일까. 나는 조금 의아했다. 그 누
구와도 이런 식으로 교류하지 않았기 때문이다. 아무래도
같은 반 친구들이 장난 삼아 도발한 것 같았다. 하지만 그런
도발을 받아줄 마음이 없었던 나는 쪽지를 펼쳐 보지도 않
은 채 책 앞에 두었다. 그 쪽지가 수업 도중, 우연히 다시 내
손에 들어온 것이다.

종이를 만지작거리던 나는 아무 생각 없이 쪽지를 펴 보

왔다. 쪽지 안에는 짧게 몇 마디가 적혀 있었다. 나는 슬쩍 시선을 던졌다가, 한 단어를 발견하고는 깜짝 놀라 그것을 읽어 내려갔다. 극심한 추위 속에 서 있는 것처럼 심장이 운명 앞에 움츠러들었다.

"새는 알에서 나오기 위해 힘겹게 싸운다. 알은 세상이다. 태어나려는 자는 한 세상을 깨뜨려야 한다. 새는 신에게로 날아간다. 신의 이름은 아브락사스다."

여러 번 문장을 반복해서 읽은 나는 깊은 생각에 잠겼다. 데미안이 보내온 답장임에 틀림없었다. 데미안과 나 말고는 새에 대해 알 만한 사람이 없었다. 데미안이 그림을 받았다는 소리였다. 그것을 이해한 데미안이 내가 그 의미를 해석할 수 있도록 돕고 있었다. 하지만 이 모든 것은 과연 어떤 연관성을 가지고 있는 것일까. 무엇보다 나를 괴롭게 만든 건 '아브락사스'라는 단어였다. 아브락사스가 대체 무엇이란 말인가. 들어본 적도, 읽어본 적도 없는 단어였다.

'신의 이름은 아브락사스다.'

수업 내용은 하나도 듣지 못한 채 시간이 끝나버렸고, 곧 다음 수업이 시작되었다. 오전의 마지막 시간이었다. 이제 갓 대학을 졸업한 젊은 교생 선생님이 수업을 하러 들어왔다. 젊고 점잔빼지 않는다는 이유로 학생들이 좋아하는 선생님이었다.

우리는 폴렌 선생님의 지도에 따라 헤로도토스를 읽어

나갔다. 이 강독 시간은 내가 좋아하는 몇 안 되는 과목 중 하나였다. 하지만 이번만큼은 다른 데 정신이 팔려 있었다. 습관적으로 책을 펴놓기는 했지만 번역을 따라가지 못하고 내 생각에 빠져 있었다. 데미안이 견진성사 수업 때 말했던 것은 이미 여러 차례 경험을 통해 확인한 바 있었다. 간절히 원하면 이루어진다는 말. 수업 시간에도 그랬다. 생각에 완전히 몰두해 있으면 나는 아주 평안해지고, 선생님도 그런 나를 내버려뒀으니까. 물론 산만해진다거나 졸고 있을 때는 이야기가 달랐다. 어느 순간 정신을 차려보면 선생님이 옆에 서 있었기 때문이다. 하지만 정말로 생각을 하고 깊이 몰두해 있을 때는 안전했다. 단호한 눈빛으로 바라보는 일도 시험한 적이 있었다. 정말 믿을 만한 방법이었다. 그 옛날, 데미안과 함께일 때는 잘 되지 않았지만 이제는 눈빛과 생각으로 매우 많은 것을 할 수 있다는 것을 나는 자주 느끼고 있었다.

그날도 나는 헤로도토스와 학교에서 멀리 떨어진 채 앉아 있었다. 그때였다. 갑자기 번개가 치듯 선생님의 목소리가 나의 의식 안으로 들어왔다. 나는 깜짝 놀라 생각에서 깨어났다. 선생님의 목소리가 들렸다. 어느새 내 옆에 바짝 다가와 있었던 것이다. 내 이름을 부른 것 같았다. 하지만 나를 보고 있지 않자, 이내 안도의 숨을 내쉬었다.

그 순간이었다. 다시 한번 선생님의 목소리가 들렸다. 선생님은 큰소리로 "아브락사스"라고 말하고 있었다.

폴렌 선생님은 내가 놓친 앞부분에 이어 설명을 하고 있었다.

"고대 종파와 신비주의 단체들의 견해에 대해서는 합리주의적 관점에서 보는 것처럼 그렇게 단순하게 생각해서는 안 돼. 고대에는 오늘날 우리가 알고 있는 학문의 개념이 존재하지 않았지. 대신 철학적이고 신비주의적인 진리에 몰두해 있었고, 크게 발달했지. 마법과 속임수도 부분적으로는 여기에서 비롯되었다고 볼 수 있지. 그것들은 사기와 범죄로 이어질 때가 많았어. 하지만 마법이라는 것도 그 유래를 살펴보면 고귀한 기원과 깊은 사상을 가지고 있어. 조금 전에 예를 들었던 아브락사스의 가르침도 마찬가지야. 아브락사스는 그리스의 마법 주문과 연관되어 오늘날까지도 마법을 부리는 악마의 이름으로 여겨질 때가 많아. 이 악마를 믿는 야만적인 종족이 있다고도 하고. 하지만 아브락사스는 그 이상의 의미를 가지고 있어. 신적인 것과 악마적인 것의 결합이라는 상징적인 신의 이름이라고 생각할 수 있을 거야."

키가 자그마한 이 학자는 섬세하면서도 열정적으로 설명을 이어 나갔지만, 관심을 보이는 학생은 아무도 없었다. 아브락사스라는 이름이 더 이상 언급되지 않자, 나도 이내 관심을 거두고 나 자신에게로 돌아왔다.

'신적인 것과 악마적인 것의 결합'이라는 말이 내 안에 울림을 주고 있었다. 연결고리가 있었다. 오래전, 데미안과의 우정이 시작되었던 시기에 나눈 대화로 어느덧 친숙해진 생각이었다. 당시 데미안은 우리가 숭배하는 하느님이 우리가 마음대로 나누어놓은 세상의 절반에 불과하다며 (공식적으로 허락된 '밝은 세상' 말이다) 우리는 세상 전체를 숭배할 수 있어야 한다고 말했었다. 그러려면 신이면서 동시에 악마이기도 한 신을 섬기든가, 하느님을 향한 예배와 악마를 위한 예배를 동시에 드려야 한다고 말이다. 그렇다면, 여기 이 아브락사스는 하느님이면서 동시에 악마인 존재라는 것이다.

나는 이후로 한동안 아브락사스를 추적하기 위해 노력했다. 하지만 성과는 없었다. 온갖 도서관을 돌아다니며 아브락사스에 대한 정보를 찾기도 했다. 하지만 이렇게 직접적이고 의도적으로 탐색하는 방식은 나의 성향과도 맞지 않았다. 그렇게 학문적 진리를 찾아낸다 해도, 나 같은 사람의 손에 들어오는 즉시 돌이 되어버리고 말기 때문이다.

한동안 나를 그토록 강렬하게 사로잡았던 베아트리체의 모습도 점점 아래로 가라앉고 있었다. 아니, 오히려 내게서 천천히 멀어지면서 수평선을 향해 갔고, 어렴풋이 멀어지며 희미해졌다. 베아트리체는 더 이상 내 영혼을 채워줄 수 없었다.

몽유병자처럼 나의 내면에만 은둔하는 독특한 삶의 방식이 지속되던 중, 무언가 새로운 것이 형성되기 시작했다. 삶에 대한 갈망, 아니 그보다는 사랑을 향한 동경이 내 안에서 솟아나기 시작한 것이다. 잠시나마 베아트리체를 사모하며 풀 수 있었던 성적인 욕구가 새로운 모습과 목표를 요구하고 있었다. 나의 욕망은 여전히 충족되지 않은 상태였다. 하지만 그렇다고 이러한 욕망을 숨긴 채 친구들이 행복을 얻기 위해 찾아가곤 하던 여자들에게서 무언가를 기대한다는 것은 이전보다 더 불가능한 일이 되어버렸다. 나는 다시 꿈을 꾸는 일이 많아졌다. 밤보다는 낮에 꿈꾸는 일이 더 많았다. 마음속에서 피어오르는 여러 상상과 소망들은 나를 외부 세상에서 떼어놓았고, 그렇게 나는 현실 속 환경보다는 내 속에 있는 꿈이나 그림자 같은 모습들이 진짜인 것처럼 그것들과 생생하게 교류하며 살았다.

특정한 꿈 혹은 상상이 반복적으로 나타나면서 나는 곧 그것에 의미를 두게 되었다. 내 삶에서 가장 중요하고도 가장 지속적이었던 그 꿈의 내용은 대략 이렇다.

나는 아버지의 집으로 돌아갔다. 현관문 위에는 여전히 문장에 새겨진 새가 파란 바탕을 배경으로 노랗게 빛나고 있었다. 집에 있던 어머니가 나를 맞아주었다. 하지만 내가 안으로 들어가 어머니를 안으려고 하는 순간, 어머니는 크고 강한 모습으로 변해버렸다. 한 번도 본 적 없는 모습이었다. 오히려 막스 데미안 혹은 내가 그린 그림 속 모습과 닮은 것 같으면서 또 무언가가 다른, 강인하면서도 온전히 여성적인 모습이었다. 낯선 존재는 나를 끌어당겨 깊고도 떨리는 사랑의 포옹을 했다. 희열과 공포가 뒤섞인 포옹이었다. 그것은 신을 향한 예배이면서 동시에 범죄이기도 했다. 나를 껴안은 이 존재 속에 어머니와 내 친구 데미안에 대한 수많은 기억들이 마치 유령처럼 숨어 있었다. 여자의 포옹은 경외심을 위반하는 것이면서도 동시에 행복이었다. 때때로 이 행복을 느끼며 잠에서 깨어났지만, 또 때로는 끔찍한 죄라도 지은 사람처럼 죽음의 공포와 양심의 가책에 휩싸인 채 깨어나기도 했다.

온전히 나의 내면에서 만들어진 이러한 영상과 내가 찾고자 하는 신에 대해 외부에서 받은 신호가 나의 무의식 속에서 조금씩 결합되기 시작했다. 그 결합이 점차 긴밀해지고, 깊어지면서 나는 꿈속에서 아브락사스라는 이름을 부르는 것이 바로 나 자신이라는 사실을 느끼고 있었다. 희열과 공포, 남자와 여자가 뒤섞인, 가장 거룩한 것과 가장 추한 것이 뒤엉킨, 깊은 죄가 가장 사랑스러운 무고함을 번개처럼 뚫고 지나가는 모습. 내가 사랑하는 꿈속의 모습이었다. 아브락사스 또한 마찬가지였다. 이제 사랑은 내가 두려워했던 어둡고 짐승 같은 충동이 아니었다. 그렇다고 베아트리체의 모습에 바쳤던 경건한 영적 숭배도 아니었다. 사랑은 두 가지 모두였다. 그리고 그 이상이었다. 사랑은 천사이자 악마였고, 하나된 남자이자 여자였으며, 인간이면서 동물이었고, 최고의 선이자 최고의 악이었다. 나에게 주어진 일은 바로 이 사랑을 겪는 것이었고, 그것이 나의 운명이었다. 나는 운명을 동경하면서도 두려워하고 있었다. 그 운명을 꿈꾸면서도 도망을 쳤다. 하지만 운명은 언제나 그곳, 내 위에 있었다.

이듬해 봄, 나는 김나지움을 졸업하고 대학에 갈 예정이었다. 하지만 어디에서 무엇을 공부할지는 아직 결정하지 못한 상황이었다. 어느새 내 입술 위로는 연하게 수염이 자라났고 몸도 다 자란 성인이었지만, 여전히 무력했고 삶의 목적도 없었다. 분명한 것이라고는 내 안의 소리, 꿈의 장면뿐이었다. 내게 주어진 과제는 그 꿈이 이끄는 대로 무조건 따라가는 일인 것 같았다. 하지만 그것은 힘든 일이었다. 나는 매일같이 그 꿈에 저항했다. 내가 미친 건 아닐까, 다른 친구들과 다른 건 아닐까 고민이 될 때도 많았다. 하지만 다른 친구들이 할 수 있는 것이라면 나도 할 수 있었고, 약간의 부지런함과 노력만 기울이면 플라톤도 읽을 수 있었으며, 삼각법 문제를 풀거나 화학 분석도 따라갈 수 있었다. 단 한 가지, 내가 할 수 없는 일은 나의 마음속 어두운 곳에 숨겨져 있는 내 목적을 꺼내어 내 앞 어딘가에 놓고 그것을 그려보는 일이었다. 다른 친구들은 그렇게 했다. 친구들은 자신이

교수가 되고 싶은지, 판사, 의사 혹은 예술가가 되고 싶은지를 분명하게 알았고, 그것을 이루는 데는 얼마만큼의 시간이 걸릴지, 그 일에 어떤 이점이 있는지를 알았다. 하지만 나는 그러지 못했다. 어쩌면 나도 언젠가는 그런 무언가가 될 수도 있을 것이다. 하지만 지금으로서는 그게 무엇인지 도통 알 수가 없었다. 몇 년이 걸려야 할지도 모른다. 그러다가 아무것도 이루지 못하고, 목적지에 도달하지 못할 수도 있다. 목표를 이루었다 해도, 그것이 사악하고 위험하고, 끔찍한 것이 아니라고는 장담할 수 없는 노릇이었다.

내가 원하는 것은 그저 내 안에서 말하는 대로 살아가는 것뿐이었다. 하지만 그것은 왜 그리도 어려웠을까.

나는 꿈속에 나타나는 강렬한 사랑의 모습을 그림으로 표현하기 위해 여러 번 시도해보았다. 하지만 성공하지 못했다. 그림을 그리는 데 성공했더라면, 그것을 데미안에게 보냈을 것이다. 데미안은 대체 어디에 있는 것일까. 내가 아는 것이라고는 데미안이 나와 결합되어 있다는 사실뿐이었다. 언제쯤이면, 데미안을 다시 만날 수 있을까.

베아트리체를 숭배하던 시절, 몇 주, 몇 달에 걸쳐 누렸던 쾌적한 고요함도 사라진 지 이미 오래였다. 당시만 해도 나는 섬에 도착했으며, 이제 평화를 얻었다고 생각했다. 하지만 언제나 그랬듯, 상황이 나아지고 꿈이 편안해질라 치면 그것은 이내 시들고 흐릿해져버렸다. 그것이 그리워 탄식

해본들 아무런 소용이 없었다. 이제 나는 채워지지 않은 갈망과 초조한 기다림의 불길 속에 살고 있었다. 그것은 갈수록 나를 거칠게, 미치게 만들었다. 꿈속에서 연인의 모습을 보는 일도 많았다. 그 모습은 살아 있는 것보다도 더 또렷했고, 내 손보다도 더 분명하게 보였다. 나는 그 모습을 마주하며 이야기를 나누고, 그 앞에서 울며 저주를 퍼부었다. 어머니라고 부르며 무릎을 꿇고 눈물도 흘렸다. 때로는 연인이라 부르며 진하고 만족스러운 입맞춤을 기대했으며, 악마라고 부르기도, 창녀, 흡혈귀, 살인자라 하기도 했다. 그 존재는 나를 유혹해 가장 달콤한 사랑의 꿈을 꾸게 만들었고, 그러다가도 난잡한 음탕함으로 나를 이끌었다. 그 무엇하나 너무 좋고 소중한 것이 없었고, 너무 악하거나 저급한 것도 없었다.

나는 무어라 형언할 수 없는 내면의 혼란 속에서 그 겨울을 보냈다. 고독에 익숙해진 지는 이미 오래였으므로 고독 때문에 괴롭지는 않았다. 나는 데미안과 새매 그리고 내 운명이자 연인이 된 꿈속의 거대한 모습과 살았다. 모든 것이 거대하고도 드넓은 것을 향해 있었고, 모든 것이 아브락사스를 가리키고 있었으므로, 그 안에서 사는 것에는 모자람이 없었다. 하지만 이러한 꿈들과 생각 가운데 나를 따르는 것은 하나도 없었다. 그 어느 것도 마음대로 불러낼 수 없었으며, 그 무엇에도 나의 색깔을 입힐 수 없었다. 그것들은 내게로 와서 나를 데리고 갔고, 나는 그것들의 지배를 받았으며, 그것들이 결정한 대로 삶을 살았다.

바깥세상으로부터는 어느 정도 안전했다. 나는 더 이상 사람들에게 두려움을 느끼지 않았고, 친구들도 나에게 은밀한 존경심을 보냈다. 그러한 상황에 때로 미소가 지어지기도 했다. 대부분의 경우 마음만 먹으면 언제든지 친구들의 마음을 꿰뚫어볼 수 있었다. 가끔은 그런 식으로 친구들을 놀라게 하기도 했다. 하지만 그렇게 하는 경우는 거의 없었다. 나는 언제나 나 자신에게 집중했고, 나 자신과 함께였다. 한번쯤은 삶을 제대로 살아볼 수 있기를, 내 안에 있는 무언가를 세상에 내보내고 그 세상과 관계하고 투쟁해보기를 간절히 바라기도 했다. 가끔씩 저녁에 거리를 걷다가 뭔가 불안한 마음이 들어 자정이 될 때까지도 집에 돌아가지 않을 때면, 이제는 정말로 나의 연인을 만나게 되리라고 생각하기도 했다. 나의 연인이 옆 모퉁이를 지나고 있으리라고, 다음번에 마주치는 창가에서 나를 불러주리라고, 나는 생각했다. 가끔은 이 모든 것이 견딜 수 없을 만큼 괴로워 자살을 생각해본 적도 있었다.

당시 나는 이상한 안식처를 찾아냈다. 사람들이 흔히 하는 표현에 따르면 그것은 순전히 '우연'이었다. 하지만 그런 우연이란 존재하지 않는다. 무언가를 간절하게 필요로 하는 사람이 그것을 찾았다면, 그것은 우연이 가져다준 것이 아니라 그 사람의 갈망과 필연성이 그를 거기까지 이끈 것이기 때문이다.

　도시를 돌아다니다 나는 두세 번 정도 변두리에 있는 작은 교회에서 오르간 연주 소리를 들은 적이 있었다. 하지만 그것을 들으려고 걸음을 멈춘 적은 없었다. 어느 날, 그곳을 지나가던 중 다시 오르간 소리가 들려왔고 나는 그것이 바흐의 곡임을 알았다. 나는 교회 문으로 다가갔다. 문은 잠겨 있었다. 골목길에는 인적이 드물었으므로, 나는 교회 모퉁이에 있는 갓돌에 앉아 외투 깃을 세운 채 연주에 귀를 기울였다. 크지 않지만 그런대로 괜찮은 오르간인 것 같았다. 연주 또한 흠잡을 데 없이 훌륭했다. 더욱이 연주자의 개인적인 의지와 고집이 독특하게 표현되고 있었는데, 그것은 마치 기도하는 소리처럼 들렸다. 아무래도 연주자는 이 음악 속에 어떤 보석이 숨겨져 있음을 알고, 그 보석을 얻기 위해 건반을 두드리며 자신의 생명을 얻고자 하는 사람 같았다. 나는 기술적인 측면에서 음악을 잘 알지는 못했지만, 이와 같은 영혼의 표현에 대해서만큼은 어릴 때부터 본능적으로 이해하는 능력이 있었고, 내 안에서 음악은 자명하게 다가왔다.

　연주자는 이어서 현대 음악을 연주하기 시작했다. 레거의 곡인 것 같았다. 교회 안은 어두웠고, 빛이라고는 옆 창문을 통해 새어 나오는 희미한 한 줄기가 전부였다. 나는 곡이 끝날 때까지 기다렸다가 이리저리 서성거리며 연주자가 밖으로 나오는 모습이 보이기를 기다렸다. 연주자는 젊은 남자였다. 나보다는 나이가 많아 보였고, 다부지고 땅딸막한 체형을 가지고 있었다. 연주자는 힘차면서도 내키지 않는 듯한 걸음걸이로 사라지고 있었다.

그 후로 나는 저녁 시간이 되면 가끔씩 교회 앞에 앉아 있거나 그 앞을 서성이곤 했다. 한번은 교회 문이 열려 있는 것을 보고 안으로 들어간 적이 있었다. 연주자는 희미한 가스 불빛 아래에서 오르간을 연주하고 있었는데, 나는 추위에 떨면서도 30분쯤 행복하게 교회 의자에 앉아 있었다. 남자의 음악은 단순히 자신을 표현하는 것에 그치지 않았다. 그 연주에는 마치 숨겨진 맥락이 있는 듯 곡 하나하나가 밀접하게 연결되어 있었다. 곡에는 하나같이 신앙심과 헌신, 경건함이 깃들어 있었지만 그것은 교회에 다니는 성도들이나 성직자들보다는 중세 시대의 순례자나 탁발승에게서 느낄 수 있는 경건함이었다. 모든 종파를 초월해 세계의식에 대한 절대적인 헌신을 담은 경건함 말이다. 남자는 바흐 이전의 음악 대가들과 옛 이탈리아 작곡가들의 곡도 열심히 연주하곤 했다. 모든 곡은 같은 것을 이야기하고 있었다. 그것은 남자의 영혼에 대한 이야기이기도 했다. 그리움, 세상을 향한 지극히 내적인 움켜쥠 그리고 그 세상과의 가장 거친 작별, 자신의 어두운 영혼에 대한 열정적인 귀 기울임, 헌신에 대한 도취, 불가사의한 것에 대한 깊은 호기심 말이다.

한번은 교회를 떠나는 연주자를 몰래 따라간 적도 있다. 남자는 멀리 시 외곽에 있는 작은 술집으로 들어가고 있었다. 나는 참지 못하고 그 뒤를 따라 들어갔다. 남자를 제대로 본 것은 그때가 처음이었다. 남자는 검은색 펠트모자를 쓴 채 작은 술집의 구석 테이블에 앉아 있었다. 앞에는 와인잔을 둔 상태였다. 나의 예상대로 남자는 못생기고 다소 거친 인상을 하고 있었다. 무언가를 탐색하는 듯하지만, 고집스럽고 제멋대로이며, 의지가 강한 모습이었지만 입가는 부드럽고 천진난만했다. 남성적이고 강인한 인상을 주는 것들은 모두 눈과 이마에 몰려 있었고, 얼굴 아래쪽으로는 섬세하고 미숙하며, 통제가 되지 않는 것 같으면서 부분적으로는 연약한 느낌을 주고 있었다. 우유부단함이 가득한 턱은 이마나 눈빛과는 달리 소년 같은 인상을 만들고 있었다. 무엇보다도 자부심과 적대감으로 가득 차 있는 듯한 남자의 갈색 눈이 마음에 들었다.

나는 아무런 말도 없이 남자의 맞은편 자리에 앉았다. 술집에 손님이라고는 우리 둘뿐이었다. 남자는 쫓아내려는 듯 나를 노려보았다. 하지만 나는 굽히지 않고 남자를 마주 보았다. 이내 남자는 퉁명스러운 말투로 내게 물었다.

"왜 그렇게 날카롭게 나를 보는 거지? 내게 원하는 거라도 있으신가?"

"아니요. 바라는 건 없습니다." 내가 대답했다. "하지만 당신에 대해서는 이미 많은 걸 알고 있죠."

남자가 이마를 찌푸렸다.

"음악을 좋아하는 사람이오? 음악을 숭배하다니, 그건 역겨운 일인데."

나는 물러서지 않고 대답했다.

"저기 교회에서 당신이 연주하는 걸 몇 번 들었죠. 어쨌거나 당신을 귀찮게 할 생각은 없어요. 그냥 당신에게서 무언가 특별한 걸 찾아낼 수 있지 않을까 싶어서요. 그게 뭔지는 아직 모르겠지만. 신경 쓰지 마세요. 어차피 교회에 가면 당신의 음악을 들을 수 있으니까요."

"하지만 나는 늘 문을 잠가두는데……."

"최근에는 그걸 잊으셨더라고요. 그래서 안에 들어가 앉아 있었어요. 보통은 밖에 서 있거나 갓돌 위에 앉아 듣지만요."

"그래요? 다음번에는 안으로 들어와서 들으시지. 안이 조금 더 따뜻할 테니 말이오. 그냥 문을 두드려요, 세게. 물론 연주하는 동안에는 말고. 자, 그럼 말해보시지. 하고 싶은 말이 뭐요? 아직 젊은 것 같은데, 고등학생? 아니면 대학생? 음악가요?"

"아니요. 음악 듣는 걸 좋아합니다. 당신이 연주하는 음악 같은 거요. 아주 절대적인 음악. 그러니까, 마치 누군가가 천국과 지옥을 뒤흔드는 것 같은 느낌을 주는 음악 말이에요. 음악은 그리 도덕적이지 않은 것 같아요. 그래서 좋아하죠. 다른 건 하나같이 도덕적이잖아요. 저는 그리 도덕적이지 않은 것을 찾고 있어요. 도덕적인 것에서 느낄 수 있는 것이라고는 고통뿐이니까요. 제 마음을 표현하기가 쉽지는 않네요. 혹시 하느님이면서 동시에 악마인 신이 있어야 한다는 걸, 알고 있나요? 그런 신이 있었다는 말을 들은 적이 있거든요."

연주자는 챙이 넓은 모자를 약간 뒤로 젖힌 다음, 넓은 이마를 가리고 있던 검은 머리카락을 쓸어 올렸다. 남자는 뚫어질 듯 나를 바라보았다. 그리고 이내 테이블 너머에 있는 내 쪽을 향해 얼굴을 내밀었다.

남자는 긴장한 목소리로 조용히 물었다. "당신이 말한 신의 이름은?"

"유감스럽지만, 그 신에 대해서 아는 건 많지 않아요. 이름만 알죠. 아브락사스입니다."

남자는 누군가가 우리의 대화를 엿들을까 걱정이라도 하듯 의심에 찬 눈빛으로 주변을 둘러보더니 다시 내 쪽으로 몸을 기울이고 속삭였다. "내 생각이 맞았군. 당신은 누구요?"

"김나지움에 다니고 있는 학생입니다."

"아브락사스에 대해서는 어떻게 알게 됐지?"

"우연히요."

남자가 쾅, 하고 테이블을 내리쳤다. 그 바람에 잔에 있던 와인이 살짝 넘쳤다.

"우연히 알게 됐다고? 빌어먹을……. 그런 말도 안 되는 소리는 집어치우시지, 젊은 친구! 아브락사스의 이야기를 우연히 듣는다는 건 있을 수 없는 일이야. 알고 있겠지만, 거기에 대해서는 내가 더 알려주지. 내가 조금 더 알고 있으니까 말이야."

남자는 말을 멈추고 의자를 뒤로 살짝 밀었다. 내가 기대에 찬 눈빛으로 남자를 바라보자, 남자는 얼굴을 찌푸렸다.

"여기서 말고! 다음번에. 자, 받아요!"

남자는 입고 있던 외투 주머니를 뒤지더니 군밤 몇 알을 꺼내 내게 던졌다.

나는 아무 말도 없이 군밤을 받아 먹었다. 매우 만족스러웠다.

"그래서!" 잠시 후 남자가 다시 조용히 물었다. "어디에서 들은 거지, 그의 이야기는?"

나는 망설이지 않고 대답했다.

"고독과 절망 속에서 지내던 때가 있었어요. 그때, 어린 시절의 친구 하나가 떠올랐죠. 매우 아는 것이 많다고 생각하던 친구였어요. 제가 그린 그림이 하나 있었어요. 지구를 빠져나오는 새. 그 그림을 친구에게 보냈어요. 답장이 오리란 기대를 접었을 즈음에 쪽지 하나가 손에 들어왔어요. 쪽지에는 이렇게 쓰여 있었죠. '새는 알에서 나오기 위해 힘겹게 싸운다. 알은 세상이다. 태어나려는 자는 한 세상을 깨뜨려야 한다. 새는 신에게로 날아간다. 신의 이름은 아브락사스다.'"

남자는 대답이 없었다. 우리는 밤 껍질을 벗겨 와인과 함께 먹었다.

"한 잔 더 할까?" 남자가 물었다.

"아니요. 괜찮습니다. 술을 별로 좋아하지 않아요."

남자는 다소 실망한 듯 웃음을 터뜨렸다.

"좋을 대로 하시지! 난 좀 다르네. 나는 여기 더 있을 테니, 이제 그만 가보시지."

다음번 만남에서 남자는 오르간 연주를 끝내고 나와 함께 걸었다. 걷는 동안 별로 말이 없었다. 남자는 오래된 골목길에서 어느 웅장하고 오래된 저택으로 나를 데리고 들어갔다. 우리는 다소 음침하고 적막한 느낌이 드는 커다란 방에 있었다. 피아노를 제외하면 그 방에는 음악을 암시할 만한 것은 아무것도 없었고, 커다란 책장과 책상만이 학자의 방과 같은 분위기를 자아내고 있었다.

"책이 많네요!" 내가 감탄하며 말했다.

"일부는 아버지 서재에서 가져온 거지. 아버지 집에서 살고 있거든. 그렇소, 젊은 친구. 나는 아버지와 어머니 집에서 살고 있지만 자네를 소개해줄 수는 없어. 이 집에서는 나의 교우 관계가 그리 존중받지 못하거든. 알다시피 나는 탕

아인 셈이네. 아버지는 매우 존경받는 분이야. 이 도시에서 유명한 목사이자 설교자거든. 그리고 나에 대해 설명하자면, 나는 재능이 많고 촉망받는 그분의 아드님이지. 하지만 타락을 해서 살짝 미쳐버렸어. 원래는 신학을 공부했지만 국가고시를 보기 직전에 그 성실한 학과를 떠났거든. 물론 개인적으로는 계속 그 학문을 탐구하고 있기는 하지만 말이야. 나는 사람들이 시대에 따라 어떤 신을 만들어냈는지가 늘 중요한 관심거리였어. 그 밖에 지금은 음악가고, 아마도 곧 교회의 오르간 연주자 자리를 얻게 될 거야. 그러면 다시 교회에 있을 테고."

나는 작은 탁상 램프의 희미한 빛에 의지해 책 표지들을 죽 훑어보았다. 그리스어, 라틴어, 히브리어로 된 제목들이 눈에 띄었다. 그사이 방 주인은 어둠 속에서 벽 바로 옆에 엎드린 채 무언가에 열중하고 있었다.

"이리로 와보지." 잠시 후, 남자가 소리쳤다. "철학을 좀 해보자고. 그러니까, 입은 다물고 배를 깔고 엎드려 생각을 좀 하는 거야."

남자는 성냥을 그어 바로 앞에 있는 벽난로 속 종이와 장작에 불을 붙였다. 불꽃이 피어올랐다. 남자는 신중하게 부채질하고, 입김을 불며 불씨를 살렸다. 나는 남자의 옆으로 가 낡은 카펫 위에 엎드렸다. 남자는 뚫어져라 불을 응시하고 있었다. 나도 이내 불꽃에 마음을 빼앗겼다. 그렇게 우리는 아무런 말 없이 한 시간가량을 엎드린 채 가물거리는 불 길을 바라보고 있었다. 불은 이글이글 타오르다가 쉭쉭거렸고, 가라앉았다가 꿈틀거렸으며, 활활 타오르다가 경련한 다음 이내 차분하게 바닥에 가라앉아 작열하며 침잠했다.

"불에 대한 숭배가 지금까지 고안된 것들 중 가장 멍청한 것은 아니었어."

남자가 혼잣말을 하듯 중얼거렸다. 그리고 우리는 또다시 아무런 말도 하지 않았다. 나는 불꽃에 시선을 고정한 채 꿈과 고요 속에 빠져 있었다. 연기의 형상과 재의 그림들이 눈앞에 펼쳐졌다. 한번은 깜짝 놀라기도 했다. 함께 불을 바라보고 있던 남자가 불 속으로 송진 한 조각을 던져 넣자, 작고 가느다랗던 불길이 솟구쳐 올랐기 때문이다. 나는 그 불길 속에서 노란 새매의 머리를 보았다. 스러져가는 장작 불 속에서 황금색 실들이 모여 그물을 이루었고, 철자와 그림을 만들어냈으며, 얼굴과 동물, 식물, 벌레, 뱀을 떠올리게 했다. 정신을 차리고 옆을 바라보았을 때 남자는 두 주먹에 턱을 괸 채 완전히 몰두한 듯 잿더미를 바라보고 있었다.

"이제 그만 가봐야겠어요." 내가 나직이 말했다.

"그럼 가봐. 안녕!" 남자는 일어나지 않았다. 램프도 꺼진 상태여서 나는 어두운 방과 깜깜한 복도, 계단을 더듬으며 마법에 걸린 듯한 낡은 저택을 빠져나왔다. 거리로 나와서 잠시 걸음을 멈추고 낡은 저택을 올려다보았다. 창가의 불은 모두 꺼져 있었다. 가스등 불빛 속에서는 주석으로 된 작은 문패 하나만이 빛을 발하고 있었다.

'피스토리우스, 담임 목사.' 문패에 적힌 글이었다.

집에서 저녁 식사를 마치고 혼자 내 작은 방에 앉았을 때에야 나는 아브락사스에 대해서도, 피스토리우스에 대해서도 알아낸 것이 하나도 없다는 사실을 깨달았다. 오늘 우리가 나눈 대화는 열 마디도 되지 않았다. 하지만 피스토리우스의 집을 방문한 일은 매우 만족스러웠다. 더욱이 피스토리우스는 다음번에 아주 아름다운 옛 오르간 연주곡인 북스테후데의 〈파사칼리아〉를 들려주겠다고 했다.

사실 오르간 연주자 피스토리우스는 나도 모르는 사이에 나에게 첫 가르침을 줬다. 우울한 은둔자의 방 벽난로 앞에 엎드린 채 말이다. 불길을 바라본 것은 나에게 도움이 되었다. 지금까지 내가 늘 가지고 있었으면서도 단 한 번도 제대로 관리하지 못했던 내 안의 여러 성향들을 확인하고, 또 강화시켜주었기 때문이다. 나는 부분적으로나마 그것에 대해 점차 알아가기 시작했다.

나는 어릴 때부터 자연의 신기한 현상들을 바라보는 성향을 가지고 있었다. 관찰이 아니라 그 본래의 마법과 뒤엉켜 있는 깊은 언어에 빠져든 것이다. 나무 기둥 같은 길고 질긴 나무뿌리, 바위에 나타난 여러 가지 색의 돌결들, 수면 위에 떠다니는 기름얼룩과 유리에 난 균열 — 이와 비슷한 모든 것들은 어린 내게 강력한 마법을 부리곤 했다. 특히 물과 불, 연기, 구름, 먼지 그리고 이따금 눈을 감을 때마다 빙글빙글 돌며 눈앞에 나타나는 다양한 색의 점들이 그랬다. 피스토리우스의 집을 처음 방문하고 난 이후 며칠 동안 다시 생각나기 시작한 것들이었다. 타오르는 불을 오랫동안 바라본 것만으로도 어느 정도의 활력과 기쁨, 나 자신에게서 비롯된 감정의 상승이 이어졌다. 신기하게도 내게 좋은 기운을 주고, 나를 풍요롭게 하는 경험이었다!

이 새로운 경험은 지금까지 내 삶의 본래 목적을 향해 가는 길에서 만난 몇 가지 경험 중 하나가 되었다. 그런 형상들을 관찰하다 보면, 그러니까 비합리적이고 혼란스러우며 기이한 자연의 형태에 집중하다 보면, 그 형상을 있게 한 의지와 우리의 내면이 서로 일치한다는 느낌이 생겨난다. ― 물론 우리는 그 일치감을 즉각 우리 자신의 변덕으로, 창작물로 여기고픈 유혹을 느끼지만 말이다. ― 자신과 자연 사이에 있던 경계가 흔들리다 무너지는 것을 보며, 우리 망막에 나타난 형상들이 외부에서 들어온 것인지, 내면에서 만들어진 것인지 헷갈리는 상태를 경험하게 되는 것이다. 우리가 얼마나 훌륭한 창조의 능력을 가지고 있는지, 끊임없이 이어지는 세상의 창조에 우리가 얼마나 많이 동참하고 있는지를 가장 빠르고 쉽게 알아낼 수 있는 방법은 오직 이 연습뿐이다. 우리의 내면과 자연 속에 분리되지 않은 동일한 신이 활동하고 있는 것이다. 그렇기 때문에 외부 세상이 붕괴될 경우, 우리는 모두 그 세상을 다시 세울 수 있는 능력을 가지고 있다. 그것은 산과 강, 나무, 나뭇잎, 뿌리와 꽃, 자연의 모든 형태가 우리 안에 잠재해 있으며, 우리의 영혼에서 자라난 것이기 때문이다. 영혼의 본질은 영원성이다. 물론 우리는 그 본질을 알지 못하고, 대부분은 사랑의 힘, 창조력으로 느낄 수 있지만 말이다.

나는 몇 년이 지나서야 비로소 이러한 견해를 뒷받침해주는 책이 있다는 것을 알게 되었다. 레오나르도 다빈치의 글이었다. 다빈치는 수많은 사람들이 침을 뱉어놓은 담벼락을 관찰하는 일이 얼마나 좋고, 또 얼마나 깊은 자극을 주는지에 대해 이야기했다. 그러니까 다빈치는 담벼락의 침 자국들을 보며 내가 불 앞에서 느꼈던 것과 같은 감정을 느낀 것이다.

다음번 만남에서 오르간 연주자 피스토리우스는 이런 설명을 해주었다.

"우린 개성이라는 것의 경계를 항상 너무 좁게 잡아! 서로 다른 것, 개인적으로 구분되는 것만을 개성이라고 하거든. 하지만 우리는 저마다 세상의 구성 성분을 모두 지니고 있는 온전한 존재야. 우리 몸에는 물고기나 그보다 훨씬 더 오래전으로 거슬러 올라가는 진화의 계보가 있지. 영혼도 마찬가지야. 우리의 영혼도 지금까지 인간 영혼이 경험했던 모든 것을 가지고 있거든. 그리스인의 것이건, 중국인의 것이건 또는 줄루족의 것이건 간에 과거에 존재했던 적이 있는 모든 신과 악마는 우리 안에 존재해. 가능성으로, 소망으로, 탈출구로 존재하는 거야. 설령 인류가 교육받아 본 적이 없는 평범한 아이 하나만 남겨놓은 채 멸망한다 해도, 이 아이는 모든 것을 다시 찾아낼 수 있어. 신과 데몬, 낙원, 허락된 것과 금지된 것, 구약과 신약, 이 모든 것을 다 창조해 낼 수 있다는 말이야."

"뭐, 좋아요." 내가 이의를 제기했다. "그럼 개인의 가치는 어디에 있는 거죠? 우리 안에 모든 것이 이미 완벽하게 존재하고 있다면, 노력할 필요도 없잖아요?"

"잠깐!" 피스토리우스가 격하게 소리를 질렀다.

"자기 안에 세상을 갖고 있기만 한 것과 그 사실을 알고 있는 것은 아주 다르다네. 미친 사람이라도 플라톤을 연상시킬 만한 생각을 하게 될 수도 있어. 헤른후트파 학교에 다니는 신앙심 깊은 한 어린 학생이 그노시스교나 조로아스터교에서 나타나는 심오한 신비주의적 맥락의 생각을 독창적으로 펼치게 될 수도 있는 거고. 하지만 그게 뭔지는 알지 못해! 그것을 모르는 한, 그 사람은 나무나 돌, 고작해야 짐승에 불과할 뿐인 거야. 인식의 첫 번째 불꽃이 깜박거리는 순간이 되어서야 비로소 인간이 되는 거고. 설마, 저기 바깥에 두 발로 서서 거리를 걸어다니는 모든 존재를 인간이라고 생각하는 건 아니겠지? 직립보행을 하고, 9개월 간 태내에 있었다는 이유만으로? 그들 중 물고기나 양, 벌레, 거머리, 개미, 꿀벌이 얼마나 많은지는 자네도 알고 있을 거야! 지금도 그들 모두에게는 인간이 될 수 있는 가능성이 존재해. 하지만 스스로 그것을 눈치채고, 어느 정도라도 인식하는 법을 배워야만 그 가능성이 비로소 진짜 자신의 것이 되는 거야."

우리 두 사람의 대화는 대략 이런 식이었다. 피스토리우스가 완전히 새롭거나 놀라운 것을 가르쳐주는 일은 드물었다. 하지만 우리의 대화는 극히 사소한 것조차도 마치 부드럽게 망치질을 하듯 계속해서 내 안의 같은 지점을 건드렸다. 나의 자아를 형성하고, 허물을 벗으며, 껍질을 깨고 알에서 나올 수 있도록 돕는 대화였다. 망치질 당할 때마다 나는 머리를 조금 더 위로, 조금 더 자유롭게 들어 올리곤 했다. 나의 황금빛 새가 무너진 세상의 껍질 밖으로 그 아름다운 머리를 내밀 수 있도록 말이다.

우리는 서로의 꿈에 대해서도 자주 대화를 나누곤 했다. 피스토리우스는 꿈을 해석하는 방법을 알고 있었는데, 그 중 놀라웠던 예 하나를 들어보려고 한다. 한번은 꿈속에서 날아가는 꿈을 꾼 적이 있었다. 하지만 크게 도약을 해 공중으로 날아갔을 뿐, 제어를 하지 못하는 꿈이었다. 날아오를 때의 기분은 좋았지만 의지와 상관없이 꽤 높은 곳까지 떠오르고 있었기 때문에 그 상쾌함도 이내 두려움으로 변하고 말았다. 그 순간, 나는 숨을 참거나 내쉬는 방법을 통해 상승과 하강을 조절할 수 있다는 사실을 발견했고, 문제를 해결할 수 있었다.

그 꿈에 대한 피스토리우스의 해석은 이랬다.

"자네를 날게 만든 그 힘은 우리 모두가 가지고 있는 인류의 큰 재산이지. 모든 힘의 근원과 연결되어 있다는 느낌을 갖는다는 것은 두려운 일이기도 해. 끔찍할 정도로 위험하거든! 그래서 대부분의 사람들은 차라리 날기를 포기하는 쪽을 선택해. 정해진 규정에 따라 살면서 보행자의 길을 걷기를 원하는 거야. 하지만 자네는 달라. 계속해서 날고 있거든. 용감한 청년들에게 어울리는 모습이지. 그리고 보게. 자네는 조금씩 비행을 조종할 수 있다는 경이로운 사실을 깨달았어. 그 거대하고 보편적인 힘을 향해 나아갈 때 섬세하고도 미약한 힘, 하나의 신체 기관, 방향키가 자네를 이끌고 있다는 걸 말이야. 그건 정말 멋진 일이네. 그게 없다면 미친 사람처럼 아무런 의지 없이 공중으로 날아오를 뿐이야. 그런 사람들에게는 도로를 걷는 사람들에 비해 더 깊은 예감이 주어지기는 했지만, 거기까지일 뿐, 그곳을 향해 날아갈 어떤 열쇠도 방향키도 가지고 있지 않아. 그러니 끝도 없이 추락하는 거고. 하지만 싱클레어, 자네는 그 일을 해내고 있어. 어떻게? 아직도 모르겠나? 새로운 신체 기관, 즉

호흡을 조절하는 기관을 통해 해내고 있는 거야. 보다 깊은 의미로 자네의 영혼은 결코 '개인'적이지 않지. 자네의 영혼이 그 기관을 발명해낸 것은 아니니까. 그건 새로운 게 아니야! 수천 년 전부터 있었던 것을 빌린 것일 뿐이거든. 그게 바로 물고기들의 균형기관인 부레라는 거야. 실제로 오늘날까지 부레가 일종의 폐 역할을 하는 특이하고 오래된 종들이 있다고 해. 상황에 따라서는 그것이 정말로 호흡하는 데 쓰이기도 하는 거야. 그러니까 자네가 꿈속에서 날기 위해 부레로 사용한 폐와 똑같은 것이라고!"

피스토리우스는 심지어 동물학 책까지 가져와 일부 원시 물고기들의 이름과 도판을 보여주기까지 했다. 초기 진화 시대에 있었던 기능이 여전히 내 안에 살아 있음을 느끼자 묘한 전율이 나를 사로잡았다.

# 야곱의 씨름

특이한 음악가, 피스토리우스가 들려주었던 아브락사스의 이야기를 짧게 설명할 수는 없다. 하지만 피스토리우스가 가르쳐준 것 중 가장 중요한 것은 내가 나 자신에게로 가는 길에서 또 한 걸음을 내디뎠다는 사실이다. 당시 나는 열여 덟 살의 평범하지 않은 청년이었다. 많은 부분에서 조숙했 지만, 또 어떤 부분에서는 한참 뒤처진 채 어찌할 바를 모르 기도 했다. 다른 사람들과 나를 비교할 때면 자부심에 넘쳐 오만해질 때가 많았다. 하지만 그만큼 의기소침하고 자존 심에 상처를 입을 때도 많았다. 나 자신이 천재 같기도 했지 만, 또 가끔은 반쯤 미친 사람처럼 여겨지기도 했다. 동갑내 기 친구들이 느끼는 기쁨과 삶을 함께 누리는 일도 잘되지 않았다. 그 친구들에게서 아무런 희망도 없이 소외된 것만 같아서, 나에게는 삶의 문이 닫혀 있는 것 같아서 스스로를 미워하고 근심하며 괴롭힐 때도 있었다.

피스토리우스는 이미 어른이 된 괴짜였다. 피스토리우스는 내게 용기와 자신에 대해 존경심 갖는 법을 가르쳐주었다. 나의 말과 꿈, 상상에서 언제나 가치 있는 것들을 발견하고, 항상 그것들을 진지하게 받아들이고 또 이야기하면서 나에게 모범이 되어준 것이다.

"자네가 이런 말을 한 적이 있지." 피스토리우스가 말했다.

"음악을 사랑하는 이유가 도덕적이지 않아서라고 말이야. 뭐, 그거야 자네 마음이지만, 그렇다고 자네까지 도덕주의자가 될 필요는 없다네! 자기 자신을 남들과 비교해서는 안 돼. 자연이 자네를 박쥐로 만들었다면, 스스로 타조가 되려고 해서는 안 되는 거야. 때로 자신이 이상한 사람인 것처럼 여겨질 때도 있겠지. 대부분의 사람들과 다른 길을 가고 있는 것 같아 자신을 비난하기도 할 거야. 하지만 그런 짓은 하지 말게. 불꽃을 들여다보게. 구름은 또 어떤가. 어떤 예감이 떠오르고, 영혼 안에 있는 어떤 목소리가 말하기 시작했다면, 그 목소리에 완전히 자신을 맡겨야 해. 그 소리가 과연 선생님이나 아버지 혹은 하느님의 마음에 드는 일인지에 대해서는 묻지 말고. 그런 질문은 자기 자신을 망칠 뿐이거든. 그 질문 때문에 인도를 걷는 보행자가 되고, 화석이 되는 거야. 사랑하는 싱클레어, 우리 신의 이름은 아브락사스야. 아브락사스는 신이면서 동시에 악마지. 그 안에는 밝은 세상과 어두운 세상이 공존해. 아브락사스는 자네가 가진 그 어떤 생각에도, 그 어떤 꿈에도 반대하지 않아. 반드시 잊지 말아야 할 것은, 자네가 언젠가 흠 잡을 데 없이 정상적인 사람이 될 경우 아브락사스가 자네 곁을 떠날 것이란 사실이야. 자네를 떠난 아브락사스는 자신의 생각을 담아 요리할 수 있는 새로운 그릇을 찾을 거야."

내가 꾸는 꿈들 중에서 가장 끈질기게 이어지고 있는 것은 단연코 어두운 사랑의 꿈이었다. 나는 계속해서 그 꿈을 꾸고 있었다. 그 꿈속에서 나는 문장의 새 아래를 지나 옛날 우리 집으로 들어간다. 어머니를 포옹하려 하지만 그때마다 내가 안고 있는 것은 절반은 남자, 절반은 어머니 같은 키 큰 여자였다. 두려운 존재였다. 하지만 이상하게도 그 존재를 향한 불타는 갈망이 나를 그 존재에게로 이끌고 있었다. 이 꿈에 대해서만큼은 피스토리우스에게도 말할 수가 없었다. 나는 피스토리우스에게 모든 것을 털어놓았지만, 이 꿈은 마음속에 간직하고 있었다. 그것은 나의 구석이었으며, 나의 비밀, 나의 피난처였기 때문이다.

마음이 울적한 날이면 피스토리우스에게 부탁해 오래된 북스테후데의 〈파사칼리아〉 연주를 듣곤 했다. 나는 저녁 무렵, 어두운 교회에 앉아 그 기이하고도 내면적이며, 스스로에게 몰입하여 자신의 소리에만 귀를 기울이고 있는 듯한 음악을 들었다. 그 음악은 내게 좋은 작용을 했고, 내 영혼의 소리를 인정하겠다는 다짐을 하게 만들었다.

가끔씩 우리는 오르간 소리가 잦아든 뒤에도 한참을 그대로 앉아 높고 뾰족한 교회의 아치형 창문을 통해 희미하게 빛이 스며들었다 서서히 사라지는 모습을 바라보기도 했다.

"우습게 들릴지도 모르지만." 피스토리우스가 말했다.

"사실 한때 나는 신학을 공부했고, 목사가 될 뻔했어. 하지만 그때의 일은 형식상의 오류에 불과했지. 사제가 된다는 건 분명 나의 소명이고 목적이야. 다만 너무 일찍 만족한 채 나 자신을 여호와께 맡겼을 뿐이지. 아브락사스를 알기도 전에 말이야. 물론 모든 종교는 아름다워. 종교는 영혼이거든. 기독교의 성만찬을 받든, 메카를 향해 순례 여행을 떠나든 마찬가지인 거지."

"그렇다면." 내가 말했다. "목사가 될 수도 있었던 것 아닌가요?"

"아니, 싱클레어. 그렇지 않아. 그랬더라면 나는 거짓말을 해야 했을 거야. 우리 종교는 마치 그것이 종교가 아닌 것처럼 여겨지고 있거든. 마치 이성의 작업인 양 구는 거지. 어쩌면 가톨릭 신부가 될 수는 있었을 거야. 하지만 개신교 목사는 ─ 아니, 몇 안 되는 진짜 신앙인들은 ─ 그런 사람들을 나도 몇 명 알고 있지. ─ 성경 속 단어 하나하나에 의지해. 그런 사람들에게 나는 예수 그리스도가 인간이 아니라 영웅이자 신화라고 생각한다고, 인류가 직접 영원이라는 벽에 그려놓고 바라보는 거대한 그림자상이라고 여긴다 말할 수는 없지. 그 밖에 나머지 사람들이야 그저 박식한 말 한마디 들으려고, 의무를 이행하려고, 그 무엇도 소홀하게 하지 않으려고, 뭐 그 밖의 이유들로 교회에 다니는데 그런 사람들에게 내가 대체 무슨 말을 할 수 있겠어? 그 사람들을 전도한다? 하지만 나는 그럴 생각이 없어. 사제는 전도를 하는 사람이 아니야. 그저, 신앙인들, 그러니까 자기와 비슷한 사람들 사이에 살면서 우리 인간이 신들을 만들게 된 감정을 전달하고 표현하는 사람일 뿐이지."

피스토리우스가 갑자기 말을 멈추더니, 이내 다음과 같이 이어가기 시작했다.

"우리가 지금 아브락사스라고 이름 붙인 새로운 신앙은 아름다운 것일세, 친구. 우리가 가진 것 중에서도 가장 좋은 것이지. 하지만 아직은 날개가 돋아나지 않은 젖먹이에 불과해! 아, 고독한 종교지. 아직은 진리가 아니야. 종교란 것은 공동체를 이루어야 해. 예배와 도취, 축제, 신비스러운 의식들이 있어야 하거든……."

피스토리우스가 생각에 잠겨 자기 안으로 들어갔다.

"신비스러운 의식은 혼자서 하거나 아니면 작은 모임 안에서도 할 수 있는 것 아닌가요?" 내가 망설이며 물었다.

"그럴 수는 있지."피스토리우스가 고개를 끄덕였다.

"난 벌써 오래전부터 그렇게 하고 있거든. 예배를 드리고 있는 거야. 하지만 사람들이 그 사실을 알게 된다면, 아마도 적어도 몇 년은 감옥에서 썩어야 할걸. 하지만 나도 알고 있어. 그건 아직 올바른 예배가 아니야."

갑자기 피스토리우스가 내 어깨를 두드렸다. 나는 깜짝 놀라 몸을 움츠렸다. "젊은 친구." 피스토리우스가 마치 캐묻듯이 말했다.

"자네에게도 신비스러운 의식이 있지? 분명 나한테는 말하지 않는 꿈을 꾸고 있을 거야. 그걸 알고 싶은 것은 아니네. 하지만 말해두는데, 그 꿈대로 살게. 그 꿈을 유희하고, 그것을 위해 제단을 세워! 아직 완전한 것은 아니라 해도 하나의 길이니까 말이야. 우리, 그러니까 자네와 나를 비롯한 몇몇 사람들이 언젠가 세상을 혁신할 수 있을지 없을지는 두고봐야 할 거야. 하지만 우리 안에서만큼은 날마다 세상을 새롭게 만들어야 해. 그렇게 하지 않는다면, 우리는 아무것도 아니게 될 테니까. 이렇게 생각해보게! 자네는 이제 열여덟 살이야, 싱클레어. 자네는 길거리 창녀에게로 달려가지 않아. 자네에게는 분명 사랑의 꿈과 소망이 있을 거야. 어쩌면 자네가 두려워하는 것이 바로 그것일지도 몰라. 하지만 두려워하지 말게. 그건 자네가 가진 최고의 것이니까. 내 말을 믿어. 나는 자네 나이 때 내 사랑의 꿈을 능욕했고,

그렇게 많은 꿈들을 잃었어. 그래서는 안 돼. 아브락사스를 안다면, 그래서는 안 되는 거야. 그 무엇도 두려워하지 말게. 우리 안에 있는 영혼이 소망하는 것이라면 그 무엇도 금지된 것으로 여겨서는 안 되는 거야."

나는 깜짝 놀라 이의를 제기했다.

"하지만 생각나는 모든 걸 행동으로 옮길 순 없잖아요! 역겨운 인간이 있다고 해서 그 사람을 때려죽일 수는 없는 거고요."

피스토리우스가 내게로 가까이 다가왔다.

"상황에 따라서는 죽여도 되지. 하지만 대부분의 경우, 그건 오류에 지나지 않아. 그렇다고 머릿속에 떠오른 모든 것을 행동에 옮기라는 게 아니야. 그 자체로 분명한 의미가 있는 착상들을 몰아내거나, 그것을 이리저리 도덕적으로 저울질해서 해치는 일은 없어야 한다는 뜻이지. 자기 자신이나 다른 사람을 십자가에 못 박는 대신 뛰어난 생각이 담긴 잔을 마시며 제물의 신비 의식에 대해서 생각해볼 수도 있어. 그런 행동을 하지 않고도 자신의 충동이나 소위 유혹이라고 말하는 것들을 존경과 사랑으로 대할 수 있어. 그러면 그것들이 그 의미를 드러내. 그것들은 모두 의미를 갖고 있으니까. 언제든 말이야, 또다시 정말로 근사한 생각이나 죄악으로 가득 찬 생각이 떠오른다면, 싱클레어, 그러니까 누군가를 죽이고 싶다거나 엄청나게 추잡한 짓을 하고 싶은 마음이 들면, 잠깐만 생각해보게. 자네의 내면에서 그런 상상을 불러일으키는 것이 다름 아닌 아브락사스라는 사실을 말이야! 자네는 결코 아무나 죽이고 싶은 게 아니야. 분명 하나의 위장에 지나지 않겠지. 우리가 누군가를 미워하는 건, 그 모습 속에서 우리 안에 있는 무언가가 보이기 때문이야. 우리에게 존재하지 않는 것이 우리를 자극하는 법은 없거든."

피스토리우스가 이렇게까지 나의 은밀한 속마음을 깊이 파고드는 말을 한 것은 그때가 처음이었다. 나는 대답할 수 없었다. 하지만 피스토리우스의 권고는 너무나도 강하고 특별하게 내 마음에 와 닿았다. 몇 년 전부터 품고 다녔던 데미안의 말과 같은 울림을 지니고 있었기 때문이다. 피스토리우스와 데미안은 서로를 알지 못한다. 그런 두 사람이 내게 똑같은 말을 한 것이다.

"우리가 보는 것들은……." 피스토리우스가 낮은 목소리로 말했다.

"우리 안에 있는 것과 같은 것들이야. 우리 안에 있는 현실 말고 또 다른 현실이란 없어. 대부분의 사람들이 그토록 비현실적으로 사는 것도 바로 그 때문이야. 그 사람들은 자기 밖의 모습을 현실이라고 여기면서, 마음속에 있는 본래의 세상이 표출될 수 없게 만들거든. 그렇게 살아도 행복할 수는 있겠지. 하지만 다른 것이 있다는 것을 알게 되는 순간, 대부분의 사람들이 가는 길을 선택하지는 않을 거야. 싱클레어, 대부분의 사람들이 가는 길은 쉬워. 하지만 우리의 길은 어렵지. 우리는 그 길을 가길 원하잖아."

그로부터 며칠 후, 나는 두 번이나 피스토리우스를 기다렸지만 만나지 못했다. 그러던 어느 늦은 저녁, 나는 거리에서 피스토리우스와 마주쳤다. 피스토리우스는 차가운 밤바람 속에서 고독한 모습으로 모퉁이를 돌아오고 있었다. 술에 취한 듯 걸음은 비틀대고 있었다. 피스토리우스를 부르고 싶지 않았다. 피스토리우스도 나를 보지 못하고 내 곁을 지나쳐갔다. 불타오르는 고독한 눈으로 정면을 뚫어져라 응시한 채 걷고 있었다. 마치 어떤 존재의 어두운 부름을 따라가는 것 같았다. 나는 피스토리우스의 뒤를 따라 길을 걸었다. 피스토리우스는 마치 보이지 않는 철사에 이끌림을 당하는 것처럼 광적이면서도 흐느적거리는 걸음으로 유령처럼 움직이고 있었다. 나는 슬픔에 잠긴 채, 구원받지 못한 꿈의 세계인 집으로 돌아왔다.

'피스토리우스는 저렇게 자신 안의 세상을 혁신하고 있구나!' 그런 생각이 들면서도 그것이 저급하고 도덕적인 판단이라고 느꼈다. 피스토리우스의 꿈에 대해 내가 아는 것이라고는 하나도 없었다. 그렇게 취한 상황에서도 피스토리우스는 불안에 떠는 나보다 더 안전한 길을 갔을지도 모른다.

수업을 하면서 쉬는 시간이 될 때마다 눈에 띄는 동급생 한 명이 있었다. 지금까지 한 번도 관심을 가져본 적 없었던 친구였다. 키가 작고 허약해 보이는 가냘픈 그 남자아이는 계속해서 내 주위를 서성이고 있었다. 머리카락은 숱이 적고 붉은빛이 돌았는데, 눈길과 행동에 무언가 독특한 데가 있었다.

어느 날 저녁, 집으로 가는 길이었다. 그 친구가 골목에 숨어서 나를 기다리고 있었다. 처음에는 내가 지나가도록 두었다. 하지만 이내 나를 따라오더니 우리 집 현관문 앞에 멈춰서는 것이었다.

"나한테 뭐 바라는 기리도 있는 거야?" 내가 물었다.

"그냥 너하고 이야기나 한번 하고 싶어서." 친구가 수줍게 대답했다. "잠깐만 함께 걸어도 될까?"

나는 그 친구의 뒤를 따라갔다. 친구는 무척이나 흥분하고 기대에 차 있는 듯 두 손을 떨고 있었다.

"너 혹시 심령술사니?" 친구가 느닷없이 내게 물었다.

"아니야, 크나우어." 나는 웃음을 터뜨리며 대답했다. "전혀 그렇지 않아. 왜 그렇게 생각해?"

"그럼 접신론자야?"

"그것도 아니야."

"에이, 그렇게 숨길 것 없잖아! 너한테는 분명 무언가 특별한 게 있어. 난 그걸 느끼고 있다고. 네 눈에 그런 게 담겨 있어. 너는 분명 영적인 존재들과 교감하고 있을 거야. 단순한 호기심에서 물어보는 게 아니야, 싱클레어. 그런 게 아니야! 내가 탐구자라서 그래. 그리고 너무 외롭고."

"걱정하지 말고 털어놔봐!" 나는 크나우어를 격려했다. "영적인 존재에 대해서 아는 바는 없지만, 내가 꿈속에서 살고 있는 건 사실이야. 아마도 네가 그걸 느낀 모양이지? 다른 사람들도 모두 꿈속에 살아. 하지만 자기 자신의 꿈은 아니지. 그게 차이야."

"그래, 어쩌면 그럴 수도 있겠지." 크나우어가 조용히 말했다. "문제는 어떤 종류의 꿈속에서 사느냐일 테니까. 혹시 백색 마법에 대해 들어본 적 있어?"

나는 들은 적이 없다고 대답했다.

"그걸 익히면 자기 자신을 통제할 수 있게 된대. 불멸의 존재가 될 수도 있고, 마법을 부릴 수도 있지. 그런 연습 해본 적 없어?"

호기심이 생겨 어떤 연습이냐고 질문하자, 크나우어는 처음에 뭔가를 숨기는 것 같은 태도를 보였다가 내가 가려고 돌아서자 말을 털어놓기 시작했다.

"예를 들어 잠을 자거나 집중하고 싶을 때 하는 연습이야. 어떤 낱말이나 이름 아니면 기하학 도형을 생각하는 거지. 온힘을 다해 생각해서 그것을 내 안으로 밀어넣어. 그것이 내 안에, 내 머릿속에 있다고 생각하면서. 마침내 그것이

내 안에 있다는 느낌이 들 때까지 말이야. 그다음에 그것이 목구멍에 있다고 생각해. 그런 식으로 내가 완전히 그것으로 채워질 때까지 이어가는 거야. 그럼 나는 완전히 확고해져서 그 무엇도 나의 평화를 방해하지 못하게 돼."

크나우어의 말을 어느 정도는 이해할 수 있었다. 하지만 정작 크나우어가 하고 싶은 말은 다른 데 있는 것 같았다. 크나우어는 이상할 정도로 흥분하고, 조급한 모습이었다. 나는 크나우어가 쉽게 질문할 수 있도록 도왔고, 이내 크나우어는 원래의 관심사를 털어놓았다.

"너도 금욕을 하지?" 크나우어가 불안해하며 물었다.

"그게 무슨 뜻이야? 성적인 거 말이야?"

"맞아, 그거. 나는 2년째 금욕 생활을 하고 있거든. 그 가르침을 알고 나서부터야. 전에는 나쁜 짓을 저질렀어. 무슨 말인지 너도 알 거야. 그럼 넌 여자하고 함께 있어본 적이 없는 거야?"

"없어." 내가 말했다. "아직 맞는 여자를 못 찾았거든."

"그럼 맞는다는 생각이 드는 여자를 찾아내면 같이 잘 거야?"

"그럼 당연하지. 그 여자가 반대하지만 않는다면 말이야." 나는 다소 비꼬는 듯한 말투로 대답했다.

"오, 그렇다면 너는 잘못된 길로 가고 있는 거야. 내면의 힘은 완전히 금욕을 해야만 키울 수 있어. 나는 그렇게 하고 있어. 2년 동안 말이야. 2년 하고도 한 달이 조금 넘었지! 참 힘든 일이야! 가끔은 정말이지 견딜 수 없을 때도 있어."

"저기, 크나우어. 나는 금욕이란 게 그렇게 중요하다고 생각하지 않아."

"나도 알아." 크나우어가 반박했다.

"다들 그렇게 말하지. 하지만 그래도 너만은 아닐 거라 생각했어. 더 높은 정신적인 길을 가려는 사람이라면 언제나 몸이 정결해야 해, 반드시!"

"그래, 그럼 넌 그렇게 해! 하지만 난 이해가 안 돼. 자신의 성욕을 억제하는 사람이 왜 다른 사람들보다 '더 정결하다'는 거지? 너는 너의 모든 생각과 꿈에서조차 성적인 것을 쫓아버릴 수 있어?"

크나우어가 절망적인 얼굴로 나를 바라보았다.

"아니, 그러진 못해! 오 하느님, 그렇게 해야 하는데도. 밤이면 나도 꿈을 꿔. 나 자신에게조차 말할 수 없는 꿈들이지! 그래, 끔찍한 꿈들이야!"

피스토리우스가 내게 한 말이 떠올랐다. 분명 피스토리우스의 말이 옳다고 느끼고 있었다. 하지만 무슨 이유에서인지 그 말을 전할 수가 없었다. 내 경험에서 나온 것도 아니고, 나 자신도 실천할 수 없는 충고를 해줄 수 없는 일이었다. 나는 말하지 않았다. 그것 또한 자존심이 상했다. 누군가가 내게 조언을 구하고 있는데, 해줄 수 있는 말이 아무것도 없었던 것이다.

"별별 시도를 다 해봤어!" 크나우어가 옆에서 탄식하며 말했다.

"사람이 할 수 있는 건 다 해봤지. 찬물이나 눈으로 샤워를 해봤고, 운동도 하고 달리기도 했어. 하지만 아무것도 소용없더라. 밤이면 생각도 해서는 안 되는 꿈을 꾸다가 깨어나. 그러다 보면 내가 정신적으로 배운 모든 것이 조금씩 잊히는 거지. 끔찍한 일이야. 도통 정신을 집중하거나 잠에 들지를 못하거든. 그래서 밤새 깨어 있을 때도 많아. 더는 못 견디겠어. 만일 내가 이 싸움을 견디지 못한다면, 그래서 굴복하고 나 자신을 다시 더럽히게 된다면, 나는 단 한 번도 싸워본 적 없는 다른 사람들보다 더 나쁜 사람이 될 거야. 이해하겠니?"

나는 고개를 끄덕였지만 말을 덧붙이지는 않았다. 크나우어가 하는 말이 조금씩 지루해지기 시작했다. 크나우어의 괴로움과 절망이 나에게 깊은 인상을 주지 않는다는 사실이 매우 놀라웠다. 내가 느끼는 것이라고는 하나뿐이었다. 나는 너를 도울 수 없어.

"그러니까 넌 전혀 모른다는 거지?" 마침내 크나우어가 지친 듯 슬픈 얼굴로 말했다. "아무것도 몰라? 그래도 뭔가 길이 있지 않을까? 넌 어떻게 해?"

"난 너한테 해줄 수 있는 말이 없어, 크나우어. 이런 건 서로 도울 수 없는 일이야. 나 역시 그 누구의 도움도 받지 않았어. 스스로 고민해야 하고, 정말로 네 본질에서 비롯된 것을 실천해야 해. 다른 방법은 없어. 네가 너 자신을 찾아낼 수 없다면, 넌 그 어떤 영적 존재도 찾아낼 수 없을 거야. 내 생각은 그래."

크나우어는 실망한 듯 갑자기 말이 없어지더니 나를 바라보았다. 그러고는 갑자기 증오에 가득 찬 눈빛을 이글거리며 얼굴을 찌푸리고는 분노해서 소리를 질렀다.

"야, 너 참 멋진 성인이로구나! 너도 죄를 지을 거야, 내가 알지! 그냥 현자인 척 굴 뿐이지! 속으로는 나나 다른 사람들처럼 더러운 것에 달라붙어서 말이야! 넌 돼지야. 나랑 똑같은! 우리는 모두 다 돼지라고!"

나는 크나우어를 남겨둔 채 자리를 떠났다. 크나우어는 두세 걸음 정도 나를 따라오는가 싶더니 이내 멈춰 서고는 몸을 돌려 달아나버렸다. 연민과 혐오의 감정이 뒤섞이며 속이 메슥거렸다. 집에 돌아와서는 내 작은 방에 내가 그린 그림 몇 장을 늘어놓은 다음 그 어느 때보다도 간절한 마음으로 나 자신의 꿈에 빠져들었다. 그때까지도 나는 크나우어로 인한 감정을 떨쳐버리지 못하고 있었다. 이내 나의 꿈이 모습을 드러냈다. 현관문과 문장, 어머니와 낯선 여인. 여인의 모습은 너무나도 또렷했다. 그날 저녁, 나는 그 여인의 모습을 그리기 시작했다.

매일 15분 정도씩 몽환적인 상태에 빠져들며 그림을 그렸고, 며칠 후 마침내 그림이 완성되었다. 그날 저녁 나는 벽에 그림을 건 다음 그 앞에 탁상용 램프를 켜놓고 마치 끝장을 볼 때까지 싸워야 하는 신이라도 마주한 듯 그 앞에 서 있었다. 그것은 이전에 그렸던 것과 비슷한 얼굴이었다. 내 친구 데미안과도 닮아 있었으며, 몇 가지 표정은 나와 비슷하기도 했다. 한쪽 눈이 다른 쪽 눈보다 훨씬 더 올라가 있었고, 숙명을 받아들인 듯한 시선은 나를 지나쳐 어딘가를 골똘히 응시하고 있었다.

그 그림 앞에 서 있자니 내면의 긴장감으로 가슴속까지 서늘함이 느껴졌다. 나는 그 그림에게 물었고, 비난했으며, 애무했고, 또 기도를 했다. 어머니라고도 불렀다. 애인이라고, 창녀라고, 매춘부라고, 아브락사스라고도 말했다. 그러는 사이 피스토리우스의 말이 떠올랐다. — 아니 그것은 데미안의 말이었을까? — 언제 들었는지 기억은 나지 않았지만 어쨌든 처음 들은 말은 아닌 것 같았다. 야곱이 하느님의 천사와 씨름을 할 때 "당신이 내게 축복하지 않으면 놓아주지 않겠다"라고 했던 말.

그림 속 얼굴은 램프의 불빛 속에서 그 이름을 부를 때마다 모습을 바꾸었다. 환하게 빛나다가도 시커멓게 어두워졌고, 생기 잃은 눈동자 위로 파리한 눈꺼풀을 덮어 내리기도 했으며, 다시 눈꺼풀을 열어 이글거리는 시선으로 바라보기도 했다. 그것은 여자였고, 남자였으며, 소녀였고, 어린아이이자 동물이었고, 얼룩으로 쪼그라들기도 했다가 다시 크고 또렷한 모습이 되었다. 마침내 나는 마음속에서 들려오는 강력한 부름을 따라 눈을 감고 그 안에서 그림을 보았다. 하지만 너무나도 깊숙이 내 안으로 들어간 탓인지 나와 분리가 되질 않았다. 그림이 온통 내가 된 것만 같았다.

그때, 이른 봄의 폭풍처럼 어둡고 무서운 소리가 쏴아, 하고 들려왔다. 나는 말로 표현할 수 없는 두려움과 경험의 새로운 감정에 사로잡힌 채 몸을 떨기 시작했다. 별들이 내 앞에서 반짝거리다 자취를 감췄고, 내가 잊어버린 어린 시절에까지 이르는 최초의 기억들, 존재 이전의 시기, 생성의 단계에까지 거슬러 올라가는 기억들이 물밀듯이 쏟아져 나왔다. 가장 비밀스러운 것까지 되짚으며 나의 온 생애를 되짚는 듯한 기억은 어제와 오늘에서 멈추지 않고 더 나아가 미래를 비추기 시작했다. 오늘의 나를 낚아채어 새로운 삶의 형식으로 이끌어간 것이다. 그 장면들은 끔찍하리만치 환하고 눈부셨지만, 이후 기억이 나는 것은 하나도 없었다.

나는 한밤중에 깊은 잠에서 깨어났다. 옷을 입은 채로 침대 위에 비스듬히 누워서 잠든 모양이었다. 무언가 중요한 것을 생각해야 할 것 같은 느낌이 들었다. 하지만 지난 몇 시간의 일이 기억나질 않았다. 불을 켰다. 그러자 조금씩 기억이 돌아오기 시작했다. 그림을 찾았다. 하지만 그림은 벽에 걸려 있지도, 책상 위에 놓여 있지도 않았다. 확실하지는 않았지만 내가 태워버린 것 같기도 했다. 아니, 내 손으로 그림을 불태운 다음 그 재를 먹은 것은 혹시 꿈이었던 걸까.

나는 큰 불안에 휩싸여 몸을 바들바들 떨고 있었다. 마치 무언가에 떠밀리듯 모자를 쓰고 나와 집과 골목을 지나쳤다. 폭풍에 밀려가는 것처럼 거리와 광장들을 지났고, 내 친구의 캄캄한 교회 앞에서 귀를 기울여보았으며, 불안한 충동에 사로잡혀 무언가를 찾고 또 찾았다. 무엇을 찾고 있는지는 나 또한 알지 못했다. 사창가가 늘어선 교외를 지났다. 아직 곳곳에 불이 켜져 있었다. 더 멀리 외곽 쪽으로는 공사중인 신축 건물들과 군데군데 시커먼 눈에 뒤덮인 벽돌 더미들이 보였다. 나는 알 수 없는 힘에 이끌려 마치 몽유병자처럼 그 황폐한 곳을 헤맸다. 그때, 고향 도시의 신축 공사 건물이 떠올랐다. 한동안 나를 괴롭혔던 프란츠 크로머가 처음으로 정산을 하자며 나를 끌고 갔던 곳. 잿빛 어둠 속에서 그와 비슷한 건물 한 채가 모습을 드러냈다. 검은 문구멍이 입을 쩍 벌린 채 나를 안으로 잡아끌었고, 나는 뒤로 물러서려다 그만 모래와 쓰레기더미에 걸려 비틀거렸다. 하지만 안으로 들어가고 싶은 충동이 더 강했으므로, 이내 안으로 들어갈 수밖에 없었다.

판자와 부서진 벽돌들을 지나 비틀비틀 폐허 속으로 들어갔다. 축축한 냉기와 돌 냄새가 희미하게 코끝을 스치고 있었다. 허여스름한 얼룩처럼 놓여 있는 모래 더미를 제외하고는 온통 깜깜했다.

그때 놀란 목소리 하나가 나를 불렀다. "세상에, 싱클레어! 대체 어디서 온 거야?"

내 옆 어둠 속에서 사람 하나가 모습을 드러냈다. 작고 야윈 남자 하나가 마치 유령처럼 몸을 일으켜 세우고 있었다. 순간 머리가 쭈뼛 섰지만, 이내 그 목소리의 주인공이 동급생인 크나우어라는 사실을 알 수 있었다.

"여긴 어떻게 온 거야?" 크나우어가 잔뜩 흥분한 채로 정신나간 사람처럼 물었다. "대체 어떻게 나를 찾은 거지?" 크나우어가 무슨 말을 하는지 알 수가 없었다.

"너를 찾으려고 한 게 아니야." 나는 멍하니 대답했다. 한 마디 한 마디 내뱉기가 너무나도 힘들었다. 마치 죽은 것처럼 무겁게 얼어붙은 입술에서 가까스로 내뱉은 대답이었다.

크나우어는 나를 바라보았다.

"나를 찾으려고 한 게 아니라고?"

"그래. 무언가가 나를 이곳으로 이끌었어. 네가 부른 거지? 네가 부른 게 틀림없어. 대체 여기서 뭘 하고 있는 거야? 이 밤에."

크나우어는 가느다란 두 팔로 나를 힘껏 껴안았다.

"그래, 밤이야. 이제 곧 아침이 될 거야. 오, 싱클레어. 나를 잊지 않았다니! 날 용서해주겠어?"

"대체 뭘?"

"아, 내가 정말로 못나게 굴었잖아!"

그제야 나는 우리의 대화를 떠올릴 수 있었다. 사나흘 전이었던가. 그 후로 마치 한평생이 지난 것같이 느껴졌다. 그러다 불현듯 모든 것이 분명해졌다. 우리 사이에 있었던 일이 무엇이었는지, 그리고 내가 왜 이곳에 오게 되었는지, 더나아가 크나우어가 이곳에서 무엇을 하려 했는지까지도.

"너 목숨을 끊으려고 한 거지, 크나우어?"

크나우어는 추위와 두려움으로 몸을 벌벌 떨고 있었다.

"맞아. 그랬어. 할 수 있었을지는 모르겠지만. 아침이 오기까지 기다릴 생각이었어."

나는 크나우어를 밖으로 데리고 나왔다. 저 멀리 지평선에서는 새벽을 알리는 최초의 태양이 잿빛 안개 속에서 너무나도 차갑고 힘없이 흐릿한 빛을 발하고 있었다.

나는 크나우어의 팔을 잡은 채 한참을 걸었다. 내 안에 있던 무언가가 말을 꺼냈다.

"이제 집으로 가. 그리고 아무한테도 말하지 말고. 너는 그저 잘못된 길을 간 것뿐이야. 잘못된 길! 그리고 네가 생각하는 것처럼 우리는 돼지가 아니야. 인간이지. 우리는 신을 만들고, 신과 싸워. 그 신은 우리를 축복해주고."

우리는 아무런 말 없이 조금 더 걷다가 이내 헤어졌다. 집으로 돌아왔을 때는 이미 날이 밝은 후였다.

그 시절, 성 ○○시에서의 최고의 경험은 단연 오르간 연주를 들으며 혹은 벽난로 앞에서 피스토리우스와 함께 보내는 시간들이었다. 우리는 아브락사스의 이야기를 담은 그리스어 텍스트를 함께 읽었고, 피스토리우스는 『베다』의 번역본 중 일부를 읽어주며 거룩한 '옴(Om)'을 말하는 법을 알려주었다. 사실 이처럼 학술적인 것들은 나의 내면을 자극하지 못했다. 오히려 나 자신이 내면적으로 성장했다는 것이 기분 좋았다. 나의 꿈과 생각, 예감에 대한 신뢰가 커지는 것도 좋았다. 뿐만 아니라 내 안에 지닌 힘에 대해서도 점점 많이 알아가고 있었다.

　피스토리우스와 나는 모든 방면에서 서로를 이해하고 있었다. 피스토리우스를 내게로 오게 만들거나, 그의 안부 인사를 전달받기 위해서는 그저 피스토리우스를 강하게 생각하는 것만으로도 충분했다. 나는 그 사실을 확실히 알고 있었다. 데미안에게 그랬던 것처럼 피스토리우스가 없어도 무엇이든 물어볼 수 있었다. 그저 피스토리우스를 강하게 상상하면서 나의 질문을 집약적인 생각의 형태로 보내기만 하면, 그 질문 안에 담았던 모든 영혼의 힘이 대답이 되어 나에게로 돌아왔다. 하지만 그럴 때 내가 상상한 것은 피스토리우스나 막스 데미안이 아니라 내가 그림으로 그린 내 꿈의 모습이었다. 남자이면서 동시에 여자인, 내가 꿈꾸는 데몬의 모습 말이다. 이제 그것은 내 꿈속에만 살거나 종이 위에 펼쳐지는 데서 그치는 것이 아니라 소망의 모습, 나 자신의 승화된 모습이 되어 내 안에서 살고 있었던 것이다.

자살에 실패한 이후 크나우어가 나를 대하는 태도는 독특하면서도 가끔은 우스꽝스러웠다. 내가 크나우어에게 보내졌던 그날 밤 이후로 크나우어는 마치 충직한 종이나 개처럼 내게 매달리면서 자신의 삶을 내 삶과 연결시키려 했고, 맹목적으로 나를 따랐다. 뿐만 아니라 매우 이상한 질문과 소망들을 가지고 왔는데, 영혼을 보고 싶다거나 카발라를 배우고 싶다고 했다. 나는 그러한 것들을 전혀 모른다고 아무리 이야기해도 소용이 없었다. 내가 온갖 능력을 다 가지고 있다고 믿고 있었던 것이다. 특이한 것은, 내 마음속에서 어떤 실마리를 풀어야 할 때마다 크나우어가 그 이상하면서도 바보 같은 질문을 가지고 나를 찾아왔다는 사실이다. 그때마다 크나우어의 변덕스러운 발상과 관심사는 나에게 키워드가 되어주거나, 해결의 실마리가 되어주었다. 가끔은 크나우어가 귀찮아 마치 주인이 하인을 대하듯 쫓아버릴 때도 있었다. 하지만 그러면서도 크나우어 또한 나에게 보내진 사람이라는 것을, 내가 크나우어에게 준 것이 두 배가 되어 내게로 돌아오고 있다는 것을, 크나우어 역시 나에게 길을 안내하는 사람이고, 어쩌면 그 길 자체라는 것을 나는 느끼고 있었다. 크나우어는 정신 나간 책과 글들 속에서 치유를 찾으며 그것들을 나에게로 가지고 왔는데, 그런 책들이 내가 순간적으로 통찰하는 것보다 더 많은 가르침을 주기도 했던 것이다.

이후 크나우어는 내가 느끼지 못하는 사이에 나의 길에서 사라져버렸다. 크나우어와 반드시 논쟁을 해야 할 필요는 없었다. 하지만 피스토리우스는 달랐다. 성 ○○시에서 보내는 학창 시절이 끝나갈 무렵, 나는 피스토리우스와 꽤 특이한 경험을 했다.

악의가 없는 사람이라도 살다 보면 한두 번쯤 경건함이나 감사 같은 미덕들과의 갈등에 빠질 때가 있다. 누구나 한번은 아버지 혹은 스승으로부터 자신을 분리하는 발걸음을 옮겨야 하기 때문이다. 그럴 때 고독의 가혹함을 조금이라도 느끼지 않을 수 있는 사람은 없다. 물론 그것을 견디지 못하고 다시 숨을 곳을 찾는 경우가 대부분이기는 하지만 말이다. 나의 경우는 격한 갈등 없이 부모님과 부모님이 속한 세상, 내 아름다운 유년 시절의 '밝은 세상'과 헤어질 수 있었다. 천천히, 거의 눈에 띄지 않게 멀어지며 낯설어진 것이다. 그것은 유감스러운 일이었고, 고향을 찾을 때마다 나를 힘들게 하는 부분이기도 했지만 가슴속 깊은 곳까지 힘든 것은 아니었다. 그럭저럭 견딜 만한 고통이었던 것이다.

하지만 습관이 아니라, 전적으로 자신의 특별한 욕구에서 비롯되어 사랑과 경외를 표현했던 곳, 마음을 다해 제자가 되고 친구가 되었던 그곳에서 마음속 물결이 멀어져가는 것을 느낄 때는 다르다. 괴롭고도 두려운 순간이 찾아오는 것이다. 그때부터는 친구이자 스승인 존재를 거부하는 생각 하나하나가 독침이 되어 심장을 찌르며, 거부를 위한 타격 하나하나가 모조리 자신의 얼굴로 돌아온다. 자신이 어느 정도의 도덕심을 가지고 있다고 생각하는 사람들은 그럴 때 '충직하지 못함', '배은망덕' 등의 단어를 마치 치욕스러운 외침이나 낙인처럼 떠올린다. 그러면 놀란 가슴이 두려움에 휩싸인 채 유년 시절의 미덕이 깃든 사랑의 골짜기로 도망을 치게 되고, 이러한 균열이 일어났음을, 유대가 끊어졌음을 믿지 못하는 것이다.

내 마음도 그랬다. 시간이 흐르면서 피스토리우스를 절대적인 안내자로 인정하는 데 저항하는 감정 하나가 생기게 된 것이다. 내 청소년 시기의 그 중요한 몇 달 동안 나는 피스토리우스와 우정을 쌓았고, 그의 충고와 위로, 그의 곁을 경험했다. 신은 피스토리우스를 통해 내게 말을 했으며, 내 꿈은 피스토리우스의 입을 통해 내게로 다시 돌아오고 설명되었으며 해석되었다. 피스토리우스는 내가 나 자신에게로 갈 수 있는 용기를 주었던 것이다. 아, 그런데 지금 나는 조금씩 피스토리우스에 대한 반감을 느끼고 있었다. 피스토리우스의 말에는 가르침이 너무 많으며, 피스토리우스가 이해하는 것은 나의 일부에 불과하는 생각이 들기 시작한 것이다.

다툼은 없었다. 그렇다고 격한 논쟁이나 결별, 청산이 있었던 것도 아니었다. 내가 한 것은 그저 단 한마디, 그것도 별로 해롭지 않은 한마디일 뿐이었다. 하지만 그 무해한 한마디가 던져지는 순간, 우리 두 사람 사이에 존재했던 망상은 산산조각이 나버렸고, 갖가지 색의 조각으로 변하고 말았다.

그러한 예감이 나를 짓누른 것은 꽤 오래전부터의 일이었다. 그러던 어느 일요일, 피스토리우스의 낡은 서재에서 그 예감은 분명한 감정이 되었다. 우리는 불을 앞에 두고 서재 바닥에 엎드려 있었다. 피스토리우스는 비밀 의식과 종교들의 형태에 대해 이야기하는 중이었다. 피스토리우스는 그러한 것들을 연구하고, 명상하고, 그것이 가능한 미래에 열중하는 사람이었다. 하지만 그 모든 것이 내게는 그리 중요하게 여겨지지 않았다. 그저 호기심이 생기고 흥미로운 정도에 불과했던 것이다. 나에게 그것은 지겨운 가르침이었으며, 과거의 폐허를 쓸데없이 힘겹게 탐색하는 일이었다. 불현듯 신비주의에 대한 숭배, 전승되어 온 신앙 형태들을 마치 모자이크 놀이를 하듯 끼워 맞추는 이 모든 방식에 거부감이 들었다.

"피스토리우스." 내가 갑자기 말을 꺼냈다. 나 자신도 깜짝 놀랄 만큼 악의로 가득한 말투였다.

"꿈 이야기나 한번 더 해주시죠. 당신이 밤에 꾸는 진짜

187

꿈 이야기 말입니다. 지금 하는 이야기는, 정말, 너무 고리
타분해서 말이죠!"

　내가 이런 식으로 말하는 것을 피스토리우스는 지금까지
단 한 번도 들어본 적이 없었다. 그 순간 나 또한 번개처럼
빠르게 수치심과 충격을 경험했다. 피스토리우스의 심장을
맞힌 그 화살은 나 자신의 무기창고에서 나온 것이었기 때
문이다. 피스토리우스가 이따금 냉소적인 말투로 내뱉곤
하던 자기비난을 나는 지금 악의에 차 매우 날카로운 형태
로 던져버린 것이다.

　피스토리우스도 순간 그것을 알아챈 것 같았다. 피스토
리우스는 곧바로 말을 멈췄다. 나는 두려움을 느끼고 있었
다. 피스토리우스의 얼굴이 무서울 정도로 창백해지고 있
었기 때문이다.

　한참동안 무거운 침묵이 계속되었다. 이내 피스토리우스
가 불에 새 장작을 넣으며 조용히 말했다. "자네 말이 맞네,
싱클레어. 자네는 영리한 친구야. 더 이상은 그런 고리타분
한 것들로 자네를 괴롭히지 않겠네."

　피스토리우스는 침착했다. 하지만 나는 지금 피스토리우
스가 상처로 고통스러워하고 있다는 사실을 분명하게 알
수 있었다. 대체 나는 무슨 짓을 한 것인가!

　눈물이 날 것 같았다. 진심으로 피스토리우스에게 다가
가 용서를 구하고 싶었다. 나의 사랑과 나의 고마움을 표현

하고 싶었다. 감동적인 말들이 떠올랐다. 하지만 말할 수 없었다. 나는 그저 엎드린 채 불을 바라보며 침묵을 지킬 뿐이었다. 피스토리우스도 말이 없었다. 그렇게 우리는 엎드려 있었다. 불이 차츰 잦아들더니 이내 탁탁 소리를 내며 스러졌다. 사라지는 불꽃과 함께 그동안의 아름답고 내면적인 무언가도 다 타서 사라진 것 같았다. 이제 다시는 돌아올 수 없을 것이다.

"제 말을 잘못 이해하신 것 같습니다." 마침내 내가 말을 꺼냈다. 짓눌려 건조하고 쉰 목소리였다. 내 입술에서는 마치 신문의 연재소설을 낭독할 때처럼 멍청하고 무의미한 말들이 기계적으로 튀어 나오고 있었다.

"아니, 난 자네의 말을 정확하게 이해했네." 피스토리우스가 조용히 말했다. "자네 말이 맞아." 피스토리우스는 잠시 기다렸다가 천천히 말을 이어갔다. "사람이 남과 맞설 때 정당할 만큼 말이야."

아니, 그렇지 않다. 마음속에서 무언가가 외치고 있었다. 내가 틀린 거라고. 하지만 그 말을 할 수가 없었다. 나는 보잘것없는 말 한마디로 피스토리우스의 본질적인 약점과 곤란한 상처를 건드렸다. 피스토리우스가 자신에 대해 불신하고 있던 그 부분을 내가 건드린 것이다. 피스토리우스의 이상은 '고리타분'했고, 피스토리우스는 과거를 탐색하는 사람이자, 낭만주의자였다. 그리고 그 순간 불현듯 깨달음이 찾아왔다. 나에 대한 피스토리우스의 역할, 그리고 또 나에게 주었던 것들을 정작 피스토리우스 자신은 자기 자신에게 할 수도, 줄 수도 없었다. 피스토리우스가 나에게 안내한 길은, 안내자인 피스토리우스를 능가하게 만들고, 그리하여 떠날 수밖에 없는 길이었던 것이다.

하느님 맙소사. 나는 대체 어쩌다 그런 말을 하게 되었을까! 나쁜 의도를 가지고 있었던 것도 아니었고, 파국을 예감한 것도 아니었다. 나는 그저 나조차도 알지 못하는 무언가를 입밖으로 내뱉었던 것뿐이었고, 조금은 위트 있고, 조금은 악의적인 작은 생각 하나에 넘어간 것뿐이었다. 그런데 그것이 지금 운명이 되고 말았다. 내가 부주의하게 저지른 작은 야만 하나가 피스토리우스에 대한 심판이 되어버린 것이다.

아, 그 당시 나는 너무나도 간절히 바라고 있었다. 피스토리우스가 화내며 자신을 변호하길, 나에게 소리 지르기를. 하지만 피스토리우스는 그렇게 하지 않았다. 나는 그 모든 것을 내 마음속에서 할 수밖에 없었다. 할 수만 있었더라면 피스토리우스는 내게 미소까지 지어 보였을 것이다. 하지만 피스토리우스는 그렇게 하지 못했다. 그 모습을 보며 내가 피스토리우스의 약점을 얼마나 정확하게 찔렀는지를 보다 분명하게 확인할 수 있었다.

피스토리우스는 고마움 따위는 모르는 시건방진 제자의

공격을 아무 말 없이 받아들였고, 내가 옳다고 말하며 침묵했다. 피스토리우스가 내 말이 운명임을 인정하면서 나는 나 자신을 더 미워할 수밖에 없었고, 나의 경솔함도 천 배나 더 큰 것이 되어버렸다. 공격을 할 때만 해도 나는 방어력을 가진 강한 사람에게 달려든 것이라고 생각했다. 하지만 내가 때린 사람은 조용히 인내하는 사람, 아무런 말도 없이 항복해버리는 무방비 상태의 사람이었던 것이다.

우리는 그 후로도 오랫동안 사라져가는 불꽃 앞에 엎드려 있었다. 불 속에서 빛나는 모습 하나하나, 구부러지는 목재 하나하나를 볼 때마다 행복하고 아름다웠으며, 풍요로 웠던 시간들을 떠올리게 했다. 피스토리우스에게 빚을 지고 있는 내 의무를 더 크게 부풀리고 있는 것들이었다. 더 이상은 견딜 수가 없었다. 나는 자리에서 일어나 밖으로 나 왔다. 그리고 오래도록 피스토리우스의 방문 앞에, 어두운 계단 위에, 집 밖에 서 있었다. 혹시나 피스토리우스가 나를 따라 나오지 않을까 한참을 기다렸다. 그리고 그곳을 떠나 저녁이 될 때까지 계속 걸었다. 도시와 교외, 공원과 숲을 이리저리 돌아다니며 나는 처음으로 느낄 수 있었다. 내 이 마에 카인의 표식이 있음을.

나는 천천히 고민에 빠져들었다. 내 생각은 하나같이 나 자신을 비난하고, 피스토리우스를 옹호하고 있었다. 하지만 모든 것은 그와 정반대로 끝나버리고 말았다. 나는 천 번이라도 나의 경솔했던 발언을 후회하며 다시 거두어 담을 각오가 되어 있었다. 하지만 내 말이 사실이라는 것은 부인할 수 없었다. 나는 그제야 피스토리우스를 이해할 수 있었고, 그의 모든 꿈을 내 앞에 펼쳐놓을 수가 있었다. 피스토리우스는 사제가 되어 새로운 종교를 선포하고, 사랑과 숭배, 공양의 새로운 형식을 만들고, 새로운 상징을 세우려는 꿈을 꾸고 있었다. 하지만 그것은 피스토리우스의 능력도, 사명도 아니었다. 피스토리우스는 과거의 것에 너무나도 편안하게 머물고 있었으며, 그것들을 잘 알고 있었다. 이집트에서부터 인도, 미트라스 신과 아브락사스까지, 피스토리우스가 아는 것은 너무 많았다. 결국 피스토리우스의 사랑은 이 세상이 이미 보았던 과거의 형상들에 매여 있었고, 피스토리우스 자신 또한 새로운 것은 정말로 새로우면서 또 달라야 한다는 것을, 신선한 땅에서 흘러나오는 것임을, 온갖 수집품이나 도서관에서는 결코 만들어질 수 없다는 것을 내면 깊숙한 곳에서부터 알고 있었다. 어쩌면 피스토리우스에게 주어진 직분은 나에게 그랬듯이, 한 인간이 자기 자신에게로 갈 수 있도록 돕는 일이었을 것이다. 그러나 그들이 들어보지 못했던 것과 새로운 신을 제시하는 것은 피스토리우스가 할 수 있는 일이 아니었다.

그리고 바로 여기서, 갑자기 불꽃 같은 인식 하나가 날카롭게 튀어 올라 나를 불태웠다. 사람에게는 누구나 '직분'이 있지만 그 누구도 그것을 자신의 의지로 선택하거나 수정하고, 멋대로 지배할 수는 없다는 깨달음이었다. 새로운 신을 원하는 것은 잘못된 것이다. 이 세상에 무언가 새로운 것을 부여한다는 것 자체가 잘못된 생각인 것이다. 깨어난 인간에게 주어진 의무란 단 한 가지, 자기 자신을 탐색하고, 그 안에서 더욱 확고해지며, 어디로 가든 자신의 길을 계속해서 더듬으며 앞으로 나아가는 것뿐이었다. 그 외에 인간에게 주어진 의무란 결코 어떤 것도 존재하지 않는다. 내 마음을 크게 뒤흔든 깨달음이었다. 그리고 이 경험을 통해 얻은 결실도 있었다.

나는 미래의 모습들을 가지고 장난을 칠 때가 많았다. 시인이나 예언자, 화가 등 나를 위해 예비되었을 역할들을 꿈꾼 것이다. 하지만 정작 그 모든 것은 아무것도 아니었다. 나는 문학 작품을 쓰거나, 설교하거나 혹은 그림을 그리기 위해 존재하는 것이 아니다. 나만 그런 것이 아니라, 모든 인간은 결코 그런 이유로 존재하는 것이 아니다. 그 모든 것은 단지 부수적으로 나타나는 모습일 뿐, 우리 각자에게 주어진 진정한 소명이란 오직 자기 자신에게로 가는 것, 그것뿐이었다. 시인으로 혹은 광인으로, 예언자로, 범죄자로 생을 마감할 수도 있다. 하지만 그것은 결코 문제가 되지도 않으며, 결국 중요한 것도 아니다. 중요한 것은 아무 운명을 찾는 것이 아니라, 자기 자신만의 운명을 찾아내는 것이며, 자신의 내면에서 온전하게, 끊임없이 그 운명을 살아내는 일이다. 그 외의 모든 것은 반쪽짜리에 불과하며, 주어진 운명에서 벗어나려는 시도이자, 대중이 가진 이상으로 도피하는 것이며, 무비판적으로 순응하는 것이고, 자기 자신의 내면을 두려워하는 것일 뿐이다.

새로운 장면이 두려우면서도 거룩한 모습으로 눈앞에 나타났다. 수없이 예감했고, 어쩌면 자주 표현했을지 모를 그것을 이제야 비로소 경험한 것이다. 나는 자연에 던져진 존재였다. 불확실성을 향해, 어쩌면 새로운 것을 향해, 어쩌면 아무것도 아닌 것을 향해 던져진 것이다. 그리고 나의 소명은 측량하기 어려울 정도로 깊은 곳에서 비롯된 이 던져짐이 온전히 이루어질 수 있도록 마음속에서 그 의지를 느끼고, 그것을 완전히 나의 의지로 삼는 것, 그것뿐이었다. 오직 그것뿐!

고독은 충분히 맛보았다. 하지만 이제 나는 예감하고 있었다. 그보다 더 깊은 고독이 존재한다는 것, 그리고 그것이 피할 수 없는 일임을.

나는 피스토리우스와 화해하기 위해 노력하지 않았다. 친구로 남기는 했지만 관계는 이전과 달라졌다. 이 부분에 대해서는 딱 한 번 이야기를 나눈 적이 있다. 아니, 사실은 피스토리우스 혼자 한 이야기였다. 피스토리우스는 이렇게 말했다.

"나는 사제가 되고 싶다는 소망을 품었지. 자네도 알고 있겠지만. 나는 새로운 종교의 사제가 되고 싶었어. 우리가 많은 것을 예감하고 있는 바로 그 종교의 사제 말이야. 하지만 나는 결코 그렇게 될 수 없을 거야. 나도 알아. 전부터 알고 있었지. 나 자신에게 고백하지 않았을 뿐, 그것도 아주 오래전부터. 아마도 나는 이제 다른 사제 역할을 하게 될 거야. 오르간으로 할 수도 있고, 어쩌면 다른 방식으로 하게 될 수도 있지. 하지만 나는 언제나 무언가 아름답고 거룩하다고 느끼는 것들에 둘러싸여 있어야만 하는 사람이야. 그것이 오르간이든 비밀 의식이든, 상징이든, 신화든 나는 그것들을 필요로 하고, 거기에서 떠나고 싶지 않아. 그게 바로 내 약점이야. 나도 이미 알고 있어, 싱클레어. 가끔은 그런 소망을 갖지 말아야 한다는 걸, 그게 사치고 약점이라는 걸 말이야. 아무런 요구 없이 그저 자기 자신을 운명에 내맡기는 편이 더 위대하고 올바른 일이겠지. 하지만 나는 그럴 수가 없어. 그건 내가 할 수 없는 유일한 일이야. 자네라면 언젠가 그렇게 할 수 있을지도 몰라. 그건 어려운 일이지만. 이 세상에 존재하는 것 중 가장 어려운 일이지. 싱클레어, 나는 가끔씩 그 꿈을 꾸기도 했어. 하지만 나는 못해. 그 앞에서 벌벌 떨지. 그렇게 완전히 벌거벗은 채 고독하게 서 있을 수가 없는 사람이니까. 내가 아무리 불쌍한 한 마리의 연약한 개라 해도 어느 정도의 온기와 먹이는 필요하거든. 가끔은 나와 비슷한 것들을 곁에서 느끼고 싶고. 하지만 정말로 자신의 운명 이외에는 아무것도 바라지 않는 사람은 말이야, 그 사람은 절대로 자기와 비슷한 사람을 옆에 두지 않아. 온전히 홀로 서고, 주변에 두는 것이라고는 차가운 세상 공간뿐이니까. 자네도 알고 있을 거야. 그건 겟세마네 동산을 오르는 예수와 같은 거야. 물론 십자가에 못 박힌 순교자들도 많았어. 하지만 그들은 영웅이 아니었지. 그들은 해방되지 못했어. 그들 또한 자신에게 사랑스러운 것, 친숙한 것을 원했으니까. 그들에게는 모범과 이상이 있었던 거야. 하지만 오로지 운명만을 원하는 사람에게는 모범도, 이상도, 사랑스러운 것도, 위로가 되는 것도 없어. 사람은 본래 이 길을 가야 해. 나나 자네 같은 사람들은 매우 고독해. 하지만 우리에게는 서로가 있어. 다른 사람들과는 다르다는, 서로 기대고 있다는, 평범하지 않은 것을 바란다는 은밀한 만족도 있지. 하지만 온전히 자신의 길을 가려 한다면, 그 만족 또한 버려야 해. 혁명가가 되려고 해서도, 어떤 모범이나 순교자가 되려고 해서도 안 되는 거야. 생각할 필요도 없는 일인 거지."

그렇다. 생각할 필요도 없는 일이었다. 하지만 꿈을 꿀 수는 있었다. 미리 느낄 수 있었고, 예감할 수 있었다. 완전하게 고요한 시간이 찾아왔을 때, 몇 번 그런 것을 느낀 적이 있었다. 그때마다 나는 나 자신을 들여다보았고, 내 운명의 모습이 가진 단호한 두 눈을 보았다. 지혜가 가득할 수도, 광기가 가득할 수도 있는 눈이었다. 사랑의 빛을 비출 수도, 깊은 악의를 담을 수도 있다. 하지만 상관없었다. 우리는 그중 한쪽을 선택할 수 없으며, 선택하려 해서도 안 되기 때문이다. 인간이 원할 수 있는 것은 단 한 가지, 오직 자기 자신, 자신의 운명뿐인 것이다. 피스토리우스는 안내자가 되어 그 길로 향해 가는 한 구간을 안내해준 것이었다.

그때 나는 눈 먼 사람처럼 이리저리 헤매고 다녔다. 내 안에서 폭풍이 몰아치고 있었다. 내딛는 걸음마다 위험했다. 앞에 보이는 것이라고는 심연의 어둠뿐이었는데, 지금까지의 모든 길이 그 어둠 속으로 들어가 사라지고 있었다. 내면에서는 데미안을 닮은 인도자의 모습이 보였다. 내 운명은 그 인도자의 눈에 적혀 있었다.

나는 종이에 이렇게 적었다.

"한 안내자가 나를 떠났어. 나는 깜깜한 어둠 속에 서 있어. 한 발자국도 혼자서는 내디딜 수가 없어. 도와줘!"

나는 데미안에게 그 종이를 보낼 생각이었다. 하지만 이내 그만두었다. 보내려고 할 때마다 왠지 어리석고 무의미한 행동으로 느껴진 탓이었다. 나는 이 작은 기도를 외워 혼자 중얼거릴 때가 많았다. 그렇게 그 기도는 언제나 나와 함께했다. 그때부터 나는 기도가 무엇인지를, 어렴풋이나마 느끼기 시작했다.

학창시절이 막을 내렸다. 나는 방학 동안 여행할 계획이었다. 아버지가 시킨 것이었다. 여행이 끝나면 대학에 가는 것이 아버지의 계획이었다. 학과를 정한 것은 아니었지만 한 학기는 철학을 공부해보기로 했다. 어차피 그 어떤 학과였더라도 만족스럽기는 마찬가지였을 테니까.

# 에바 부인

방학 동안 나는 몇 년 전까지 막스 데미안이 어머니와 함께 살았던 집을 방문해보았다. 나이 든 한 부인이 그 집 정원에서 산책하고 있었다. 말을 걸어보니, 그 집 주인이라고 했다. 나는 데미안의 가족에 대해 물었다. 여자는 데미안 가족을 또렷하게 기억하고 있었지만 지금 어디에 사는지는 모르겠다고 했다. 내가 관심이 있다는 사실을 알아차린 여자는 나를 집 안으로 데리고 들어갔고, 가죽 앨범을 꺼내 데미안의 어머니 사진을 보여주었다. 데미안의 어머니에 대한 나의 기억은 거의 없는 것이나 다름없었다. 그러다 작은 사진 한 장을 본 순간 하마터면 심장이 멈출 뻔했다! 내 꿈속의 모습이었기 때문이다! 그녀였다! 키가 크고, 매우 남성적인 여자의 모습. 아들과 비슷하면서도 어머니의 모습을 지닌, 엄격함과 깊은 열정이 보이는, 아름답고 유혹적이며, 아름답지만 다가갈 수 없는 데몬이자 어머니, 운명이자 연인인 바로 그녀였던 것이다!

내 꿈속의 모습이 지상에 존재한다는 사실을 알게 된 순간, 거친 경이로움이 나를 뚫고 지나갔다. 그런 모습을 가진 여자, 내 운명의 생김새를 지닌 여자가 존재하다니! 그녀는 대체 어디에 있는 것일까, 어디에! 그녀는 바로 데미안의 어머니였다.

그 후 얼마 지나지 않아 나는 여행을 떠났다. 이상한 여행이었다. 나는 쉬지 않고 이곳저곳을 돌아다녔다. 그때그때 기분이 내키는 대로, 계속해서 그 여자를 찾으며. 그녀를 떠오르게 하는, 그녀를 연상시키는, 그녀와 비슷한 모습들만 만나는 날도 있었다. 그럴 때면 나는 헝클어진 꿈에서처럼 그 모습에 이끌려 낯선 도시의 골목길과 기차역, 열차 칸으로 향했다. 아무리 찾고 또 찾아도 소용없다는 사실을 깨닫는 날도 있었다. 그런 날은 아무것도 하지 않은 채 어느 공원이나 호텔 정원, 대합실 같은 곳에 앉아 내 마음을 들여다보며 마음속 형상을 살려내기 위해 노력했다. 하지만 그 형상은 부끄러운 듯 도망쳐버릴 뿐이었다. 잠도 이루지 못했다. 기차를 타고 낯선 풍경들을 지나는 동안 고작 15분 정도 꾸벅꾸벅 조는 것이 전부였다. 한번은 취리히에서 한 여자가 나를 뒤좇아온 일이 있었다. 아름다웠지만 다소 뻔뻔스러운 여자였다. 나는 그 여자가 마치 공기라도 되는 것처럼 거의 눈길을 주지 않은 채 계속해서 걸음을 옮겼다. 단한 시간이라도 다른 여자에게 관심을 주느니 차라리 죽어버리는 편이 나을 것 같았다.

내 운명이 나를 이끌고 있음을 느끼고 있었다. 이제 그 실현이 다가오고 있음을 느꼈다. 하지만 정작 내가 할 수 있는 일은 아무것도 없다는 사실이 초조해 미쳐버릴 것 같았다. 한번은 어느 기차역에서, 인스부르크로 기억되는데, 이제 막 출발한 기차의 창문을 통해 그녀를 연상시키는 모습을 본 적이 있었다. 그 후로 며칠 동안 나는 불행했다. 그러다 밤이 되면 그 모습이 갑자기 꿈에 나타나는 것이 아닌가. 나는 수치스럽고 황폐한 마음으로 나의 무의미한 추적에서 깨어나 곧바로 집으로 돌아왔다.

몇 주 후, 나는 H대학교에 등록했다. 모든 것이 실망스러웠다. 내가 듣는 철학사 강의는 거기서 공부하는 젊은이들의 태도만큼이나 실체가 없었고, 하나같이 공장에서 찍어낸 제품 같았다. 모두의 행동이 틀에 박힌 듯 똑같았으며, 더욱이 아직도 소년의 티가 남은 얼굴에 묻어난 들뜬 즐거움은 안타까울 정도로 공허하고 기성품 같기만 했다. 하지만 나는 자유로웠다. 나의 하루는 온전히 나만을 위한 것이었다. 나는 교외의 낡은 집에 조용히 살았고, 책상 위에는 니체의 책을 몇 권 올려두었다. 나는 니체와 함께 살면서 니체의 영혼이 지닌 고독을 느꼈다. 니체를 쉴 새 없이 몰아세웠던 운명의 냄새를 맡으며 함께 괴로워했으며, 그러면서도 굴하지 않고 자신의 길을 걸어간 사람이 존재한다는 사실에 행복했다.

늦은 저녁 시간이면 가을바람을 맞으며 도시 곳곳을 돌아다니곤 했다. 술집에서는 대학생 동아리들의 노랫소리가 들려왔고, 열린 창문 틈으로는 담배 연기가 자욱하게 흘러나왔다. 노랫소리는 거대한 파도처럼 우렁찬 소리를 내며 몰아쳤지만 전부 다 똑같을 뿐, 그 안에는 활기도 생기도 없었다.

나는 어느 길모퉁이에 서서 귀를 기울이고 있었다. 두 곳의 술집에서 훈련에서 비롯된 젊음의 쾌활함이 밤을 채우고 있었다. 어느 곳엘 가도 모임이었고, 어느 곳엘 가도 함께 앉아 있었으며, 어느 곳엘 가도 운명을 내려놓은 채 따뜻한 무리 속으로 도망친 사람들뿐이었다!

내 뒤에서 두 사내가 느린 걸음으로 다가오더니 이내 나를 지나쳤다. 두 사람의 대화 내용이 들렸다.

"흑인촌에 있는 청년들의 집 같지 않아?" 그중 한 사내가 말했다. "모든 게 딱 맞아떨어져. 심지어 문신까지도 유행이잖아. 잘 봐, 이게 젊은 유럽이야."

놀라운 경고음을 보내는 목소리였다. 분명 귀에 익은 목소리였다. 나는 두 사내를 좇아 어두운 골목길로 따라 들어갔다. 한 사내는 키가 작고 우아한 일본인이었다. 가로등 불빛 아래로 미소 짓는 노란 얼굴이 환히 빛났다.

"하지만 일본이라고 사정이 낫지는 않을걸. 무리를 짓지 않는 사람들은 어디든 많지 않은 법이니까. 여기도 일부 있기는 하거든."

사내의 말 한마디, 한마디가 기쁨의 충격이 되어 나를 뚫고 지나갔다. 분명 내가 아는 사람이었다. 그렇다. 그는 데미안이었다.

바람이 부는 밤, 그 어둠 속에서 나는 데미안과 일본인 사내를 뒤쫓아갔다. 나는 두 사람의 대화에 귀를 기울이며, 데미안의 목소리가 내는 울림을 즐겼다. 오래전 말투 그대로였다. 그 옛날의 아름다운 안정감과 침착함이 담긴 목소리, 나를 지배하는 힘을 지닌 목소리. 이제는 다 됐다. 데미안을 찾아낸 것이다.

교외의 어느 거리 끝에 이르러 일본인 사내는 작별인사를 하고는 현관문을 열었고, 데미안은 그 길을 되돌아왔다. 나는 길 한가운데 멈춰선 채 데미안을 기다리고 있었다. 쿵쾅대는 가슴을 안고, 내게로 다가오는 데미안의 모습을 지켜보았다. 반듯하면서도 유연한 태도로, 데미안은 갈색 비옷을 입고 가느다란 지팡이를 팔에 건 채 그렇게 걸어오고 있었다. 데미안은 절도 있는 걸음걸이를 유지하며 내 코앞까지 다가왔다. 그러고는 마침내 모자를 벗고 옛날의 그 밝은 얼굴을 드러냈다. 단호한 입과 넓은 이마, 독특한 명랑함을 지닌 그 얼굴을.

"데미안!" 내가 외쳤다.

데미안이 내게 손을 내밀었다.

"역시 너였구나, 싱클레어! 너를 기다리고 있었어."

"내가 여기 있다는 걸 알았다는 거야?"

"정확하게 안 건 아니었지. 하지만 분명 그러기를 바라고 있었거든. 널 본 건 오늘 저녁이 처음이지만. 우리를 한참 동안 뒤따라왔지?"

"그럼 그게 나라는 걸 바로 알았던 거야?"

"물론이지. 네가 변하기는 했지만, 여전히 그 표식을 가지고 있으니까."

"표식이라니? 무슨 말이야?"

"아직 기억할지 모르겠지만, 예전에 우리가 카인의 표식이라고 했던 거 말이야. 우리의 표식. 너에게는 언제나 그 표식이 있었어. 그래서 나는 너와 친구가 된 거고. 지금은 그 표식이 훨씬 더 뚜렷해졌구나."

"난 몰랐어. 아니, 알고 있었나. 한번은 네 모습을 그린 적이 있어. 그런데 놀랍게도 그 그림이 나와 비슷하더라고. 그게 표식이었을까?"

"맞아, 그게 표식이야. 네가 오다니 참 좋다! 어머니도 기뻐하실 거야!"

나는 깜짝 놀랐다.

"어머니? 어머니도 여기 계시는 거야? 하지만 나를 전혀 모르실 텐데."

"오, 아니, 알고 계셔. 네가 누구인지 말씀드린 적은 없지만 말이야. 네가 오랫동안 소식이 없었잖아."

"아, 몇 번이고 편지를 쓰고 싶었어. 하지만 그러지 못했지. 그래도 얼마 전부터는 너를 곧 다시 만날 거라는 느낌이 있었어. 날마다 그날을 기다렸고."

데미안은 내 팔짱을 끼고 나와 함께 걸었다. 데미안에게서 흘러나온 평온함이 내게로 스며들었다. 이내 우리는 옛날처럼 이런저런 대화를 나누기 시작했다. 학창 시절, 견진성사 수업, 방학 때 있었던 불행한 만남. 하지만 우리 두 사람을 긴밀하게 연결해주었던 최초의 끈, 프란츠 크로머에 대해서만큼은 이야기를 꺼내지 않았다.

어느새 우리는 이상하면서도 예감으로 가득 찬 대화에 깊이 빠져들었다. 조금 전, 데미안이 일본인 사내와 나누던 대화와 비슷한, 대학생활에 대한 이야기로 시작되었다. 물론 얼마 가지 않아 그것과는 다소 거리가 있는 듯 보이는 주제로 넘어가기는 했지만, 데미안의 말을 통하면 그 이야기 또한 긴밀한 연관성을 가졌다.

데미안은 유럽의 정신과 이 시대의 징표에 대해 이야기했다. 어디를 가도 연합과 패거리 만들기가 이루어지고 있다고 말했다. 하지만 자유와 사랑은 그 어디에도 없다고 말이다. 대학생 연합에서부터 시작해 합창 동아리, 심지어 국가에 이르기까지 모든 공동체가 강박에 의해 형성되었으며, 두려움과 공포, 당혹감에서 나온 것이기 때문에 그 내부가 부패하고 낡을 수밖에 없고, 곧 와해될 것이라는 게 데미안의 의견이었다.

"함께한다는 건 말이야." 데미안이 말했다. "물론 아름다운 일이야. 하지만 지금 곳곳에서 번지고 있는 건 결코 아름답지 않아. 아름다운 연대란 개인에 대한 상호이해를 토대로 새롭게 형성될 거야. 그리고 한동안 세상을 변화시킬 거고. 지금 많은 사람들이 연대라는 이름으로 저러고 있는 건 한낱 패거리 만들기에 불과해. 사람들은 서로에게서 도망쳐. 서로가 두려운 거야. 그래서 신사들은 신사들끼리, 노동자들은 노동자들끼리, 학자들은 학자들끼리 모이는 거지! 그렇다면, 그들은 무엇이 그토록 두려운 걸까? 인간은 자기 자신과 하나가 되지 못할 때 두려움을 느껴. 자기 자신을 전혀 알지 못하기 때문에 두려움을 느끼는 거야. 그러니까 저 사람들은 자기 안에 있는 존재를 두려워하는 사람들이 모인 공동체인 거야! 그런 사람들은 하나같이 각자의 삶의 법칙이 더 이상 맞지 않다는 것을, 자신들이 낡은 규범에 따라 살고 있다는 것을 느끼고 있어. 종교도, 도덕심도 우리가 필요로 하는 것과는 맞지 않아. 백 년이 넘도록 유럽이 한 일이라고는 대학에서 연구나 하고, 공장을 지은 것밖에 없어. 사람 하나를 죽이는 데 화약 몇 그램이 필요한지는 정확히 알지. 하지만 신에게 기도하는 방법은 몰라. 단 한 시간도 만족스럽게 보낼 수 있는 방법을 모르지. 대학생들이나 드 나드는 술집을 봐! 부자들이 가는 유흥의 장소들은 또 어떤 지! 절망적이야! 이 모든 것에서 명랑한 것이 나오기란 불 가능해. 저렇게 불안해서 모인 사람들은 두려움과 악의로 가득 차 있지. 그 누구도 다른 사람을 신뢰하지 못해. 그러 면서 더는 이상이 될 수 없는 이상에 매달려 살면서 새로운 이상을 제시하는 누군가가 나타나면 돌로 쳐 죽여. 머지않 아 대립이 나타날 거야. 내 말을 믿어. 곧 싸움이 벌어질 테 니까. 물론 그것이 세상을 '개선'할 수는 없어. 노동자들이 공장주를 때려죽인다거나, 러시아와 독일이 서로 총을 겨 눈다 해도 바뀌는 건 소유주에 불과하겠지. 하지만 그렇다 고 헛된 일이라고 할 수는 없어. 그건 오늘날의 이상이 얼마 나 무가치한지를 보여줄 테니까. 석기시대의 신들을 제거 해줄 거고. 지금 이 세상은 죽고 있어. 멸망을 앞두고 있다 고. 그렇게 될 거야."

"그럼 우리는 어떻게 돼?" 내가 물었다.

"우리? 아마 우리도 함께 멸망하겠지. 우리 같은 사람도 때려죽일 테니까. 다만 그렇게 우리가 다 사라져버리는 일 만 없기를 바랄 뿐이야. 우리에게서 남은 것 또는 우리 중 살아남은 자들을 중심으로 미래의 의지가 모여들 거야. 우리가 살고 있는 유럽이 오랜 시간 기술과 학문의 박람회에서 소리쳐왔던 인류의 의지 말이야. 그렇게 되면 바로 그 인류의 의지가 오늘날의 공동체, 국가와 민족, 협회와 교회의 의지와 전혀 같지 않다는 사실도 드러나겠지. 자연이 우리에게 원하는 것은 각자의 내면 안에 적혀 있어. 너와 내 안에, 예수 안에, 니체 안에 말이야. 오늘날의 공동체가 무너지고 나면, 유일하게 중요한 의미를 갖는 바로 그 흐름들을 위한 공간이 생겨날 거야. 물론 그 흐름은 매일 달라 보일 수 있겠지만."

늦은 시간, 우리는 강가에 있는 어느 정원 앞에서 걸음을 멈췄다.

"여기가 우리 집이야." 데미안이 말했다. "조만간 한번 놀러 와! 우리는 너를 매우 기다리고 있거든."

어느새 서늘해진 어둠을 뚫고 나는 기쁜 마음으로 먼 길을 돌아갔다. 도시 곳곳에서는 집으로 돌아가는 학생들이 비틀거리며 시끄럽게 떠들고 있었다. 저들의 즐거움과 나의 고독한 삶 사이에 대립이 존재한다는 것을 나는 자주 느끼곤 했었다. 그럴 때면 때로 결핍을 느끼기도 했고, 때로는 그들을 비웃기도 했다. 하지만 이러한 일들이 정작 나와는 전혀 관계가 없다는 것, 이와 같은 세상이 내게서 너무 멀리 떨어져 있다는 것을 깨달은 건 오늘이 처음이었다. 나는 평온하고도 알 수 없는 힘 속에서 그것을 느끼고 있었다.

고향 도시의 관리들이 떠올랐다. 그 늙고, 기품 있던 신사들의 모습. 그들은 마치 축복받은 천국을 추억하듯 선술집에서 허비했던 대학 시절의 기억에 집착하며 살았고, 사라져버린 '자유'를 그리워하며 유년 시절을 숭배하는 시인이나 낭만주의자들처럼 학창 시절을 숭배했다. 어딜 가도 다르지 않았다! 어딜 가도 그들은 이미 지나가버린 과거 속에서 '자유'와 '행복'을 찾았다. 그들은 두려워하고 있었다. 자신에게 주어진 본래의 책임이 생각날까 봐, 자신의 길로 가라는 경고를 받을까 봐. 그렇게 그들은 몇 년씩 술을 퍼마시며 즐겁게 살다 이내 안전을 찾아 기어들어 가서는 국가를 위해 일하는 근엄한 신사가 되어버린 것이다. 그랬다. 그것은 게으른 선택이었다. 우리 주변은 게을렀다. 하지만 대학생들의 이러한 어리석음은 수백 가지의 다른 일들에 비하면 덜 어리석고, 덜 나쁜 일이었다.

하지만 이 모든 생각도 멀리 떨어져 있는 나의 집으로 돌아와 침대에 눕는 순간 사라져버리고 말았다. 나의 관심은 오직 이 하루가 내게 준 약속에만 쏠려 있었다. 원하기만 하면 당장 내일이라도 데미안의 어머니를 만날 수 있을 것이다. 이 형국에 대학생들이 술판을 벌이고 얼굴에 문신을 하든 말든 나와 무슨 상관이란 말인가. 어차피 내가 기대하고 있는 것은 단 한 가지뿐이었다. 나의 운명이 새로운 모습으로 나를 향해 오는 것.

　나는 늦게까지 푹 자고 일어났다. 새로운 날은 마치 축제의 날처럼 밝아왔다. 어린 시절의 크리스마스 축제 이래 경험해보지 못했던. 마음은 매우 불안했지만 두렵지는 않았다. 내게 중요한 의미를 지닌 하루의 시작이었고, 나를 둘러싼 세상이 변화된 모습으로 나를 기다렸으며, 그 세상은 나와의 관련성으로 가득했고, 장엄해졌다. 조용히 내리고 있는 가을비마저도 아름답고 고요했다. 엄숙하면서도 즐거운 음악으로 가득 찬 축제의 날 같았다. 바깥세상이 난생 처음으로 나의 내면 세상과 순수하게 어우러지며 울림을 만들어내고 있었다. 영혼의 축제일, 살아볼 만한 가치가 있는 세상이 된 것이다. 나를 방해하는 것은 없었다. 골목의 그 어떤 집도, 창문도, 마주치는 그 어떤 얼굴도 나를 거슬리지 않았다. 모든 것은 분명 마땅히 그래야 하는 모습이었고, 그러면서도 일상과 관습이 된 공허한 얼굴이 아니라, 기대에 찬 자연의 모습이었다. 모든 것이 경외에 가득 찬 태도로 운명을 맞이할 준비를 하고 있었다. 어릴 적, 크리스마스나 부활절처럼 큰 축제일의 아침이면 볼 수 있었던 세상의 모습이었다. 이 세상이 여전히 그때처럼 아름다울 수 있다니, 믿을 수 없었다. 내면에 집중하며 사는 동안 나는 바깥세상을 향한 감각을 잃어버렸고 그것을 당연하게 생각했다. 반짝이는 색채를 상실하는 것은 유년의 상실과 긴밀하게 연관이 되어 있으며, 또 이 아름다운 광채를 포기해야만 영혼의 자유와 어른스러움을 얻을 수 있다고 여기고 있었다. 하지만 이제 이 모든 것이 그저 파묻히고 어둠에 덮여 있었을 뿐임을 깨닫고 황홀함을 느끼고 있었다. 자유하게 된 자도, 유년의 행복을 포기한 자도 여전히 빛나는 세상을 볼 수 있으며, 어린아이의 눈으로 볼 때 느끼는 내면의 전율을 맛볼 수 있는 것이었다.

그날, 막스 데미안과 헤어졌던 교외의 정원을 다시 찾아갈 시간이 되었다. 큰 키의 나무들이 비에 젖어 잿빛을 띠고 있었고, 그 뒤로 밝은 빛을 발하는 아늑하고 작은 집 한 채가 감추어진 모습을 드러냈다. 커다란 유리벽 너머로 꽃을 피운 키 큰 관목들이 서 있었고, 반짝이는 창문 뒤로는 그림과 서가들이 보였다. 현관문을 열면 난방이 되고 있는 작은 공간으로 이어졌는데, 그곳에서 말수가 적은 늙은 흑인 하녀가 흰 앞치마를 두른 채 나를 안내하고는 외투를 받아주었다.

하녀는 그곳에 나를 혼자 남겨둔 채 사라졌다. 나는 주위를 둘러보았다. 그 순간, 나는 내 꿈속으로 빠져들었다. 문 위쪽 짙은 색의 목재 벽에는 내가 잘 아는 그림이 검은 유리 액자에 걸려 있었다. 세상이라는 알에서 빠져나오고 있는 황금빛 새매의 머리를 가진 나의 그림이었다. 나는 깊은 감동을 받아 그곳에 멈춰 섰다. 기쁘기도 했지만 동시에 아프

기도 했다. 지금까지 내가 경험하고, 행했던 모든 것이 답이 되고 실현되어 나에게로 돌아온 것 같았다. 여러 장면들이 번개처럼 빠른 속도로 나의 영혼을 스쳐 지나갔다. 현관문 아치 위에 낡은 문장이 있는 고향의 아버지 집, 그 문장을 그리던 소년 데미안, 원수였던 프란츠 크로머의 못된 굴레에 매여 두려움에 떨고 있던 나의 소년 시절, 기숙사의 작고 조용한 내 방 책상에서 동경의 새를 그리던 청년 시절의 나, 나의 실로 직접 짠 그물에서 얽히고설켜 있는 영혼, 이 순간에 이르기까지의 모든 것들이 내 안에서 메아리치고 있었다. 그 모든 일들이 긍정이 되었고, 답변을 받았으며, 인정받고 있었다.

나는 촉촉해진 눈으로 그림을 응시하며 나를 읽어 내려갔다. 그때, 시선이 아래로 떨어졌다. 새 그림 아래 열린 문 사이로 검은색 옷을 입은 키 큰 여인이 서 있었다. 바로 그녀였다.

나는 아무런 말도 할 수가 없었다. 아름답고 우아한 여인이 나를 향해 다정한 미소를 보내고 있었다. 그 아들처럼 나이도 없이, 영적인 의지가 충만한 얼굴로. 여인의 눈길은 실현이었으며, 여인의 인사는 귀향이었다. 나는 아무런 말 없이 여인에게 두 손을 내밀었고, 여인은 힘이 있으면서도 따뜻한 손으로 내 두 손을 붙잡아주었다.

"싱클레어죠? 바로 알아봤어요. 어서 와요!"

여인의 목소리는 깊고도 따뜻했다. 나는 감미로운 와인을 넘기듯 여인의 목소리를 마셨다. 나는 눈을 들어 여인의 고요한 얼굴을 바라보았다. 차마 그 깊이를 헤아릴 수 없는 검은 눈을, 성숙하고 싱싱한 입술을, 표식이 붙은 당당하고 탁 트인 이마를.

"너무 기쁘군요!" 여인의 손에 키스하며 내가 말했다. "저는 평생을 헤매고 있다고 생각했거든요. 이제야 집으로 돌아왔네요."

여인이 어머니와 같은 미소를 보냈다.

"우리는 결코 집에 돌아올 수 없어요." 여인이 다정하게 말했다. "하지만 친근한 길들이 서로 마주치는 지점에서는 잠시나마 온 세상이 고향으로 보이는 법이에요."

여인에게로 오는 길에 내가 느꼈던 것을, 여인은 말하고 있었다. 여인의 목소리와 그녀의 말들은 아들과 매우 비슷한 것 같으면서도 또 달랐다. 모든 것이 더 성숙하고 따뜻했으며, 더 분명했기 때문이다. 하지만 과거 그 누구에게도 소년으로 보이지 않았던 데미안처럼 데미안의 어머니 역시 장성한 아들을 둔 어머니로 보이지 않았다. 여인의 얼굴과 머리카락에 어린 기운은 너무나도 젊고 감미로웠으며, 금빛이 도는 피부 역시 주름 없이 탄력 있었다. 입술은 마치 꽃처럼 피어나는 것 같은 모습이었다. 꿈속에서 본 것보다 더 당당한 모습으로, 지금 여인은 내 앞에 서 있었다. 그녀의 곁에 서 있다는 것은 사랑을 얻은 행복이었고, 여인의 눈길은 성취였다.

내 앞에 펼쳐진 운명의 새로운 장면이었다. 더는 엄격하지도, 외롭지도 않았다. 오히려 성숙했고, 즐거움이 가득했다. 나는 그 어떤 결정도 내리지 않았으며, 맹세도 하지 않았다. 그러니까 나는 하나의 목적지에, 높은 자리의 길에 도착해 있었던 것이다. 그곳에서는 약속의 땅에 이르기 위해 앞으로 가야 할 길이 저 멀리, 찬란하게 모습을 드러내고 있었다. 어느새 가까워진 행복의 정원이 시원한 휴식을 주는 곳. 어찌 되었든 나는 너무나도 행복했다. 이 여인을 안다는 사실이, 그 목소리에 젖어들고 곁에서 숨을 쉴 수 있다는 사실이 그러했다. 나의 어머니가 되든, 연인이 되든, 여신이 되든 그것은 아무래도 상관없는 일이었다. 그녀만 있다면! 나의 길이 그녀의 길에 가깝기만 하다면!

여인은 내가 그린 새매 그림을 가리키며 말했다.

"당신은 저 그림으로 우리 막스를 매우 기쁘게 했었죠." 여인이 생각에 잠겨 말했다. "나도 그랬어요. 우리는 당신을 기다렸죠. 그리고 이 그림이 도착했을 때 당신이 우리에게 오고 있다는 사실을 알았어요. 싱클레어, 당신이 어릴 때의 일이었어요. 어느 날, 학교에서 돌아온 아들이 이렇게 말하더군요. 그 아이는 분명 내 친구가 될 거야. 그때 그 친구가 바로 당신이었어요. 당신은 쉽지 않은 시간을 보냈을 거예요. 하지만 우리는 당신을 믿었죠. 한번은 방학 때였을 거예요. 당신이 집으로 돌아와 막스를 다시 만난 날이었죠. 열여섯 살 즈음이었을 거예요. 막스가 그 이야기를 했죠. 그……."

나는 여인의 말을 끊었다. "오! 막스가 그런 말을 하다니! 그때는 제가 가장 비참했던 시기였어요!"

"그래요. 막스가 그랬죠. 싱클레어에게 가장 큰 어려움이 찾아왔다고. 또다시 사람들과의 교제로 도피하려 하고 있다고. 심지어 술집 단골이 되었다고요. 하지만 그렇게는 안 될 거라고도 했어요. 표식이 가려지기는 했어도, 속에서는 타오르고 있을 테니까. 그렇지 않았나요?"

"오, 맞아요. 그랬어요. 정확하게 맞아요. 그리고 저는 베아트리체를 만났죠. 그러고서 제 길을 안내해줄 한 인도자가 나타났어요. 피스토리우스라는 사람이었어요. 그제야 저는 제 소년 시절이 왜 그렇게 막스에게 얽혀 있어서 도무지 벗어날 수 없었는지를 분명히 알 수 있었죠. 친애하는 부인, 아니, 사랑하는 어머니, 저는 그때 죽어야겠다는 생각을 많이 하곤 했어요. 그 길이란 누구에게나 그렇게 어려운 건가요?"

여인이 바람처럼 가벼운 손길로 내 머리카락을 쓰다듬었다.

"태어나는 일이란 늘 어려운 거예요. 당신도 알고 있죠? 새는 알에서 밖으로 나오기 위해 몸부림을 쳐요. 돌이켜 생각해보세요. 이렇게 물어보는 거죠. 그 길이 정말 그렇게 어려웠었는지, 어렵기만 했었는지, 아름답지는 않았는지. 그보다 더 아름답고 쉬운 길을 알고 있나요?"

나는 고개를 저었다.

"힘들었어요." 나는 마치 잠결에 말하듯 대답했다. "힘들었어요. 꿈이 찾아오기 전까지는요."

여인이 고개를 끄덕이고 나를 꿰뚫을 것처럼 바라보았다.

"맞아요. 인간은 누구나 자신의 꿈을 찾아야 해요. 그러면 길이 쉬워지죠. 하지만 영원히 지속되는 꿈이란 존재하지 않아요. 지난 꿈을 밀어내고 또 새로운 꿈이 나타나죠. 그렇기 때문에 그 어떤 꿈에도 집착해서는 안 되는 거예요."

나는 깜짝 놀랐다. 내가 놀랐다는 것은 어떤 의미일까. 경고? 아니면 방어? 하지만 아무래도 좋았다. 나는 여인의 인도를 받을 것이고, 목적지에 대해 묻지 않을 각오를 하고 있었으니까.

"모르겠어요." 내가 말했다. "제 꿈이 얼마나 더 지속될지는. 이 꿈이 영원하기를 바라고 있어요. 저 새 그림 아래에서 운명이 나를 맞이했어요. 마치 어머니처럼, 연인처럼. 나는 그 운명에 속한 사람이에요. 그 누구도 아닌."

"그 꿈이 당신의 운명이라면 당신은 변함없이 그 꿈에 충실해야 해요." 여인이 진지하게 말했다.

그 순간, 어떤 슬픔이 나를 찾아왔다. 이 마법의 순간에 죽어버렸으면 좋겠다는 간절한 소망이 나를 사로잡았다. 안에서부터 걷잡을 수 없이 눈물이 솟구쳐 올라와 나를 압도하고 있었다. — 아, 나는 얼마나 오랫동안 울지 않았던가! — 황급히 여인에게서 몸을 돌려 창가로 갔다. 그러고는 흐릿해진 눈으로 화분의 꽃 너머를 바라보았다.

뒤에서 여인의 목소리가 들려왔다. 마치 넘쳐흐르게 채워진 와인 잔처럼 다정하면서도 침착한 목소리였다.

"싱클레어, 당신은 어린아이군요! 당신의 운명은 당신을 사랑해요. 당신이 변함없이 충실하기만 한다면, 언젠가는 그 운명도 온전한 당신의 것이 될 거예요. 당신이 꿈꾸는 그대로."

나는 마음을 억누르며 다시 여인에게로 얼굴을 돌렸다. 여인이 내게 손을 내밀었다.

"나에게는 친구가 몇 명 있어요." 여인이 미소를 지으며 말했다. "얼마 안 되는 가까운 친구들이에요. 그 친구들은 나를 에바 부인이라고 부르죠. 원한다면 당신도 그렇게 불러요."

여인은 나를 데리고 가 문을 열고 정원을 가리켰다. "밖에 나가면 막스를 만날 수 있을 거예요."

나는 키가 큰 나무들 아래 멍하니 서 있었다. 마음이 흔들리고 있었다. 평소보다 더 깨어 있는 상태인 걸까. 아니면 더 꿈속 같은 느낌인 걸까. 알 수가 없었다. 나뭇가지에서 가벼운 빗방울이 떨어지고 있었다. 나는 천천히 걸음을 옮겨 강변을 따라 펼쳐진 정원으로 향했다. 마침내 데미안의 모습이 보였다. 데미안은 탁 트인 정자에서 상의를 벗은 채 걸려 있는 샌드백을 상대로 권투 연습을 하고 있었다.

나는 놀라서 걸음을 멈췄다. 멋진 모습이었다. 넓은 가슴과 단단하고 남자다운 머리. 치켜든 팔뚝에는 단단한 근육들이 부풀어올라 강하면서도 튼실했다. 허리와 어깨, 팔의 관절이 만들어내는 동작들은 마치 샘이 솟아오르듯 움직이고 있었다.

"데미안!" 내가 외쳤다. "대체 거기서 뭐하는 거야?"

데미안이 즐거운 듯 웃음을 터뜨렸다.

"연습 중이지. 그 키 작은 일본인 친구와 권투하기로 해서 말이야. 그 친구는 고양이처럼 날렵하고 꾀도 많아. 하지만 나를 상대할 수는 없을걸. 내게는 반드시 갚아줘야 할 작은 굴욕이 하나 있거든."

데미안이 셔츠와 재킷을 입었다.

"어머니를 벌써 만난 거야?" 데미안이 물었다.

"맞아, 데미안. 너무 멋진 분이셨어. 에바 부인! 그 이름이 아주 잘 어울리셔. 모든 존재의 어머니 같으셨달까."

순간 데미안이 생각에 잠기더니 내 얼굴을 바라보았다.

"그 이름을 벌써 알고 있는 거야? 이야, 자랑스러워해도 되겠는걸. 처음 만난 사람에게 그 이름을 알려준 사람은 네가 처음이거든."

그날 이후, 나는 마치 아들이자 형제처럼 혹은 연인처럼 데미안의 집에 드나들기 시작했다. 데미안의 집에 들어가 문을 닫는 순간부터 나는 풍요와 행복을 느꼈다. 저 멀리 정원의 커다란 나무들이 보이는 것만으로도 그랬다. 바깥에는 '현실'이 있었다. 거리와 집, 사람, 여러 시설들, 도서관과 강의실. 하지만 이곳에는 사랑이 있었고, 영혼이 있었다. 동화와 꿈이 살았다. 그렇다고 세상과 단절한 채 사는 것은 아니었다. 그저 다른 영역에 살았을 뿐, 오히려 생각과 대화를 통해 그 세상의 한가운데 있을 때가 많았던 것이다. 그것은 특정한 경계에 의해 나뉜 것이 아니라 단순한 시각의 차이에 따른 분리였다. 우리에게 주어진 과제는 이 세상에 하나의 섬을 보여주는 것, 어쩌면 하나의 모범, 적어도 다른 가능성을 알려주는 존재로 사는 것이었다. 오랫동안 고독 속에 살았던 나는 완전한 고립을 맛본 사람들 사이에만 존재하는 공동체가 있다는 사실을 알게 되었다. 그러므로 더는 행복한 사람들의 식탁을, 즐거운 사람들의 축제로 돌아가기를 갈망하지 않았다. 다른 사람들이 함께하는 모습을 보아도 결코 질투하거나 향수에 휩싸이는 일이 없었다. 그리고 나는 조금씩 그 '표식'을 가진 사람들의 비밀을 전수받고 있었다.

세상의 눈에는 표식을 가진 우리가 이상하고, 정신이 나갔으며 위험한 존재로 여겨질 수 있다. 그 또한 완전히 틀린 것은 아니다. 우리는 이미 깨어난 사람들 혹은 깨어나고 있는 사람들이었다. 우리는 더 완전한 깨어 있음을 위해 노력하는 사람들이다. 반면 다른 사람들은 자신의 이상과 의무, 삶과 행복을 공동체 안에 보다 단단하게 묶어두는 데 노력을 기울이고 행복을 추구한다. 거기에도 열망이 있고, 힘이 있으며, 위대함이 존재한다. 하지만 우리는 자연의 의지가 새로운 존재, 개인과 미래의 존재를 향하고 있다고 여기는 반면, 세상 사람들은 지속하기 위한 의지 안에서 살아간다. 그들에게 인류란 완성된 것, 그래서 보존하고 지켜야 하는 것이었다. ― 그들도 우리와 마찬가지로 인류를 사랑한다. ― 하지만 우리에게 인류란 먼 미래였고, 우리는 모두 그 미래를 향해 나아가는 길에 있으며, 그 모습을 아는 사람은 아무도 없으며, 어디에도 그 법칙은 쓰여 있지 않은 것이었다.

우리 모임에는 에바 부인, 막스 그리고 나 말고도 비교적 가깝기도 하고 멀기도 한 다양한 유형의 탐구자들이 함께했다. 이들 중에는 특수한 목적을 가지고 특별한 길을 걸으며, 특별한 의견과 의무에 매달리는 사람들도 있었다. 예컨대 점성술사나 카발라 추종자, 톨스토이 추종자 등이 그랬다. 섬세하고 수줍음이 많고, 상처를 잘 입는 다양한 유형의 사람들, 신흥 종교의 추종자, 인도 요가 수행자, 채식주의자 그리고 그 밖의 다른 사람들도 있었다. 이 모든 사람들과 우리를 아우르는 정신적인 공통점은 단 하나, 타인의 비밀스러운 삶의 꿈에 주목한다는 것뿐이었다. 그것이 전부였다. 반면 우리와 조금 더 가까운 사람들도 있었다. 이들은 인류가 탐색하던 과거의 신들과 새로운 이상의 모습을 추적하는 사람들로, 그들의 연구는 때로 피스토리우스를 떠올리게 했다. 그들은 책을 가져와 고대의 언어로 된 텍스트들을 번역해주고, 옛 상징과 의식들을 그려놓은 그림들을 보여주었다. 지금까지 인류가 지녔던 모든 이상이 무의식적인 영혼의 꿈으로 이루어져 있다는 것, 그리고 그 꿈을 더듬어가며 미래의 가능성에 대한 온갖 예감을 좇았다는 것을 알려주었다. 그렇게 우리는 옛날 수천 개의 머리를 가진 기이한 신들의 모습에서 시작해 개신교로 방향 전환이 이루어지는 지점까지를 살펴보았다. 고독한 신자들의 고백은 우리도 잘 알고 있는 것이었다. 종교가 민족에서 민족으로 이동한 것도 그랬다. 우리가 수집한 모든 것에서 우리 시대와 현재의 유럽에 대한 비판이 나타났다. 현재의 유럽은 엄청난 노력을 들여 인류의 막강한 새 무기를 만들어냈지만 끝내 정신의 황폐화에 깊이 빠진 채 울부짖고 말았다. 유럽은 전 세계를 얻었다. 하지만 거기에 정신이 팔려 자신의 영혼을 잃어버렸던 것이다.

특정한 희망과 치유의 이론들을 믿고 고백하는 사람들은

여기에도 있었다. 유럽을 개종시키려는 불교 신자들이 그 랬고, 톨스토이 추종자들이나 또 다른 종교를 가진 사람들 이 그랬다. 우리는 작은 그룹을 이루고 그 안에서 귀를 기울 였지만, 이러한 이론들을 상징적인 모습 그 이상으로 받아 들이지는 않았다. 어떠한 미래가 형성될 것인가에 대한 걱 정은 이마에 표식을 지닌 우리의 의무가 아니었다. 마찬가 지로 우리는 모든 신앙과 그 모든 구원론을 무익하고 죽은 것으로 보았다. 우리의 의무이자 운명은 단 한 가지, 우리 모두가 온전히 자기 자신이 되는 것, 그리고 자신의 내면에 서 작동하는 자연의 본질에 어우러져 그 의지에 맞게 살아 가는 것, 불확실한 미래가 무엇을 가져오든 그것을 맞이할 준비가 되어 있는 것뿐이었다.

우리는 모두 분명히 알고 있었다. 말을 했건, 하지 않았 건, 새로운 것이 탄생하고 현존하는 것이 곧 붕괴하리라는 것을 말이다. 가끔씩 데미안은 이런 말을 하기도 했다.

"무엇이 다가올지는 상상조차 할 수 없어. 유럽의 영혼은 너무나도 오래 사슬에 묶여 있었던 짐승이거든. 자유를 찾 게 된 그 영혼의 첫 번째 움직임은 그리 아름답지 않을 거 야. 하지만 사람들이 그토록 오랫동안 거짓말하고 마비시 켜온 이 영혼의 곤궁이 드러나기만 한다면, 그 어떤 길도, 우회로도 소용이 없을 거야. 그럼 우리의 날이 오겠지. 사람 들은 우리를 필요로 할 거고. 안내자나 새로운 입법자로서가 아니라 — 우리는 이제 새로운 법을 경험하지 못할 테니까. — 함께 걷다 운명이 부르는 곳에 멈춰 설 의지를 가진 사람으로서 말이지. 봐, 사람은 누구나 자신의 이상이 위협당할 때 믿을 수 없을 정도의 일을 해낼 각오를 하고 있어. 하지만 정작 새로운 이상, 새롭지만 위험한 이상, 엄청난 성장의 징조가 보이는 이상이 다가와 문을 두드릴 때는 문을 열어줄 사람이 아무도 없지. 바로 그때, 우리는 그곳에 있다가 함께 가게 될 극소수의 사람들일 거야. 그것을 위해 우리는 표식을 가지고 있는 거고. 오래전, 사람들에게 두려움과 증오를 갖게 해서 좁은 목가적 생활에서 끌어내 위험하지만 넓은 세상으로 몰아갔던 카인의 표식처럼 말이야. 인류가 내딛는 걸음에 영향력을 발휘한 사람들은 하나같이 자신의 운명을 받아들일 준비가 되어 있었어. 그렇기 때문에 능력을 발휘하고 영향을 미칠 수 있었지. 모세나 부처가 그랬고, 나폴레옹이나 비스마르크가 그랬어. 어떤 파도에 봉사하느냐, 어떤 극단의 지배를 받느냐는 선택할 수 있는 문제가 아니야. 만일 비스마르크가 사회민주주의자들을 이해하고 그들의 편을 들었다면 현명한 사람이 될 수 있었겠지. 하지만 운명의 사람은 되지 못했을 거야. 나폴레옹이 그랬고, 시저도, 로욜라도 그랬어. 모두가 다! 그것은 언제나 생물학적으로, 발전사적으로 생각해야 해! 지표면에 지각 변동이 일어났을 때도 그랬어. 물에 살던 동물들이 육지로 올라왔지. 육지에 살던 동물들은 물속으로 들어갔고. 그중에는 운명을 받아들일 준비가 되어 있었던 표본들이 있었어. 그 표본들은 전에는 들어보지도 못한 새로운 일을 완수하고, 새롭게 적응하면서 자신들의 종을 지켜냈지. 이런 표본들이 과연 그 무리 안에서 뛰어난 보수주의자였는지, 괴짜였는지 또는 혁명가였는지는 알 수 없어. 하지만 분명한 것은 그들이 준비가 되어 있었다는 사실이고, 그 덕분에 자신들의 종을 새로운 발전으로 이끌어 지켜낼 수 있었다는 거야. 우리는 그 사실을 알고 있어. 그렇기 때문에 준비를 하려는 거고."

이런 대화를 나눌 때면 에바 부인도 이따금 함께하곤 했다. 하지만 직접 이야기에 끼어들지는 않았다. 에바 부인은 자신의 생각을 표현하는 사람이면 누구든 그 사람을 위해 자리를 지켰고, 신뢰와 이해를 담아 그 이야기를 경청했다. 모든 생각들이 마치 메아리가 되어 에바 부인에게서 나와 에바 부인에게로 되돌아가는 것 같았다. 내게는 에바 부인의 곁에 앉아 이따금 에바 부인의 목소리를 들으며, 에바 부인을 둘러싸고 있는 성숙함과 영혼의 분위기를 함께 누리는 일이 행복했다.

에바 부인은 내 마음이 우울해지거나 새로운 일 등으로 아주 조금의 변화라도 생기면 그것을 즉각 알아차렸다. 밤이면 찾아오는 꿈들도 에바 부인의 계시인 것 같았다. 나는 에바 부인에게 꿈 이야기를 할 때가 많았다. 그때마다 에바 부인은 모든 꿈을 이해하고, 자연스럽게 받아들였다. 에바 부인 특유의 분명한 감각으로 이해하지 못하는 특이 사항이란 존재하지 않았다. 한동안 나는 우리가 낮에 나누었던 대화가 그대로 재현된 것 같은 꿈을 꾸기도 했다. 온 세상이 뒤흔들리고 있는 꿈속에서 나 혼자 또는 데미안과 함께 잔뜩 긴장한 채 위대한 운명을 기다리는 꿈도 있었다. 운명은 여전히 감추어져 있었다. 하지만 어떤 이유에서인지 그 운명은 에바 부인의 모습을 지니고 있었다. 에바 부인의 선택을 받느냐, 버림을 당하느냐, 그것이 바로 그 운명이었다.

에바 부인은 때로 미소를 지으며 이렇게 말하기도 했다. "싱클레어, 당신의 꿈은 온전하지 않아요. 가장 좋은 것이 무엇인지를 잊어버렸군요."

그럴 때면 나는 다시 그것을 떠올렸다. 그리고 대체 어떻게 그것을 잊어버릴 수 있었던 것인지 의아해하기도 했다.

가끔은 불만을 느끼고, 욕망으로 괴로워할 때도 있었다. 에바 부인을 곁에 두고서도 품에 안지 못하고 바라만 봐야 한다는 사실이 너무 고통스러워 도무지 견딜 수가 없었다. 한번은 며칠 동안이나 데미안의 집에 가지 않은 적도 있었다. 그러다 얼마 후 복잡한 마음을 안고 다시 찾아갔을 때, 에바 부인은 나를 따로 불러내어 이렇게 말했다.

"당신 자신조차도 믿지 않는 소망에 매달려서는 안 돼요. 당신이 무엇을 원하는지, 나는 알아요. 당신은 그 소망을 포기할 줄도 알아야 하고, 또 온전히, 제대로 바랄 수도 있어야 해요. 당신의 마음속에서 그 소망이 실현되리라는 온전한 확신이 있고, 그 확신대로 소망할 수 있다면 그것은 이루어질 수 있어요. 하지만 당신은 소망해놓고, 그것을 후회하고 두려워하죠. 이 모든 것을 극복해야 해요. 동화를 하나 들려줄게요."

에바 부인이 들려준 동화는 별을 사랑하게 된 한 청년의 이야기였다. 청년은 바닷가에 서서 두 손을 뻗어 별에게 기도했고, 별을 꿈꿨으며, 별에게 자신의 생각을 보냈다. 하지만 그러면서도 청년은 알고 있었다. 아니, 안다고 믿었다. 인간은 별을 포옹할 수 없다는 사실을 말이다. 청년은 실현에 대한 희망도 없이 별을 사랑하는 것이 자신의 운명이라여겼고, 그러한 생각에서 체념과 말없이 정절을 지키는 것의 고통을 주제로 삶의 문학을 만들어냈다. 그것이 자신을 개선시키고 정련해줄 것을 바라면서 말이다. 하지만 청년의 꿈은 모두 별을 향하고 있었다.

어느 날 밤이었다. 청년은 또다시 바닷가의 높은 절벽 위에 서서 별을 바라보고 있었다. 청년은 별을 향한 사랑에 불타오르고 있었다. 그러다 너무나도 커져버린 그리움의 순간이 찾아왔을 때, 청년은 별을 향해 허공으로 몸을 던졌다. 뛰어오르는 그 순간에도 청년의 뇌리를 번개처럼 스쳐가는 생각이 있었다. 이건 불가능해! 청년은 끝내 해변에 떨어져 부서지고 말았다. 청년은 사랑하는 방법을 몰랐던 것이다. 만일 뛰어오르는 순간, 영혼의 힘을 다해 성취를 확신했더라면 청년은 하늘로 날아올라 별과 하나가 되었으리라.

"사랑은 간청하는 게 아니에요." 에바 부인이 말했다. "요구해서도 안 되죠. 자신의 내면에서 확신에 이를 수 있는 힘을 가져야 해요. 그렇게 되면 사랑은 더 이상 끌려가지 않고, 스스로 끌고 가죠. 싱클레어, 당신의 사랑은 나에게 끌려가고 있어요. 언젠가 그 사랑이 나를 끌게 되는 날, 내가 갈 거예요. 나는 선물하지 않아요. 나를 얻게 되길 바라죠."

다음번에는 다른 동화도 들려주었다. 아무런 희망도 없이 사랑하는 한 젊은이가 있었다. 젊은이는 자신이 온전히 자신의 영혼 속으로 빨려 들어가 사랑에 다 타버릴 것 같다고 느꼈다. 젊은이에게 세상은 사라지고 없었다. 푸른 하늘과 초록 숲도 보이지 않았다. 졸졸 흐르는 시냇물 소리도 들리지 않았으며, 하프 소리도 들리지 않았다. 모든 것이 사라져버렸고, 젊은이는 가엾고 비참한 존재가 되어 남았다. 하지만 젊은이의 사랑은 갈수록 커지고 있었다. 사랑하는 그 아름다운 여인을 포기하느니 차라리 죽어서 썩어버리고 싶었다. 젊은이는 여인을 향한 자신의 사랑이 다른 모든 것들을 태워버렸다는 것을 깨달았다. 사랑은 더욱 자라 당기고 또 당겼다. 아름다운 여인은 따라올 수밖에 없었다. 마침내 여인이 오자, 젊은이는 두 팔을 활짝 벌려 여인을 끌어당겼다. 하지만 젊은이의 앞에 선 여인의 모습은 완전히 달라져 있었다. 젊은이는 자신이 잃어버린 세상 전체를 끌어당기고 있었다는 사실을 느끼고 전율했다. 여인은 젊은이의 앞에 서서 젊은이에게 자신을 맡겼다. 하늘과 숲, 시내, 모든 것이 새로운 색을 입은 채 신선하면서도 장엄하게 젊은이를 향해 다가와서는 젊은이의 것이 되었고, 젊은이의 언어로 말을 했다. 젊은이는 단순히 여인 하나를 얻은 것이 아니었다. 온 세상을 마음에 얻었던 것이다. 하늘의 모는 별이 젊은이 안에서 빛을 발했고, 젊은이의 영혼을 통해 기쁨의 빛을 발했다. 젊은이는 사랑했고, 그것을 통해 자기 자신을 발견했다. 하지만 대부분의 사람들은 사랑을 하면서 자기 자신을 잃어버린다.

에바 부인을 향한 사랑이 내 삶의 유일한 내용인 것 같았다. 하지만 그것은 매일 다르게 보였다. 가끔은 내 존재가 이끌리는 상대가 에바 부인이 아니라 나를 더 깊게 나 자신에게로 인도하기 위한 내면의 한 상징에 불과하다고 확신할 때도 있었다. 에바 부인의 말을 듣다 보면 그 말들이 내 마음을 뒤흔드는 절박한 질문에 대한 내 잠재의식의 답변처럼 느껴지기도 했다. 그러고 나면 또다시 에바 부인 곁에서 육체적 욕망이 불타올라 에바 부인이 건드린 모든 물건에 입을 맞추는 순간들이 찾아오기도 했던 것이다. 그러면서 감각적인 사랑과 감각적이지 않은 사랑, 현실과 상징이 서로 포개지기 시작했다. 나는 내 방에서 조용히 진심을 다해 에바 부인을 생각했다. 그러면 에바 부인의 손이 나의 손에, 에바 부인의 입술이 나의 입술에 포개진 것이 느껴졌다. 에바 부인의 곁에 앉아 그 얼굴을 보고, 대화하고, 그 목소리를 들으면서도 그것이 현실인지 꿈인지 구분하기 어려울 때도 있었다. 그렇게 나는 한 사람이 어떻게 하면 불멸의 사랑을 지속적으로 간직할 수 있는지에 대해 조금씩 알아가기 시작했다. 나에게 새로운 깨달음을 준 책이 있었는데 그 책에서도 에바 부인의 입맞춤과 같은 느낌을 받았다. 에바 부인이 내 머리를 쓰다듬고, 그 성숙하고 향기가 가득한 온기를 담아 미소를 보낼 때면, 나의 내면이 한걸음 진보했을 때와 같은 느낌을 받았다. 나에게는 중요한 의미를 갖고 운명인 모든 것이 곧 에바 부인의 모습이 될 수 있었다. 에바 부인은 내가 가진 모든 생각의 모습으로 변할 수 있었고, 내가 가진 모든 생각은 에바 부인의 모습이 될 수 있었다.

나는 부모님과 함께 보내게 될 크리스마스 휴가를 두려워하고 있었다. 무려 2주라는 시간을 에바 부인과 떨어져 지낸다는 것이 분명 고통스러우리라고 여긴 탓이었다. 하지만 고향집에서 에바 부인을 생각하는 것은 오히려 멋진 일이었다. 심지어 나는 H시로 돌아온 이후에도 이틀 동안이나 에바 부인의 집을 찾지 않았다. 에바 부인이 내 앞에 있지 않아도 안전할 수 있으며, 독립적일 수 있다는 사실을 누리기 위해서였다. 에바 부인과의 결합은 나의 꿈속에서도 새로우면서 비유적인 방식으로 완성되었다. 그 꿈에서 에바 부인은 바다였고, 나는 그 바다로 흘러 들어가는 물이었다. 에바 부인은 별이었고, 나도 별이 되어 에바 부인을 향해 갔다. 마침내 만난 우리는 서로에게 이끌림을 느꼈고, 서로의 곁에 머물며 가까이서 소리가 울리는 원을 이루어 영원토록 행복하게 서로를 돌고 돌았다.

다시 에바 부인을 찾아갔을 때, 나는 이 꿈에 대한 이야기를 꺼냈다.

"아름다운 꿈이네요." 에바 부인이 조용히 말했다. "그 꿈을 현실로 만들어요!"

어느 이른 봄날이었다. 나는 그날을 절대로 잊을 수가 없다. 그날, 나는 혼자 홀 안으로 들어섰다. 활짝 열린 창문으로 미풍이 들어와 짙은 히아신스 향기를 방 안 가득 퍼뜨리고 있었다. 그 누구의 모습도 보이지 않자, 나는 계단을 올라 막스 데미안의 서재로 향했다. 그리고 가볍게 노크한 다음 대답을 기다리지도 않고 안으로 들어갔다.

방은 어두웠고, 커튼이 모두 내려져 있었다. 작은 옆방으로 통하는 문이 열려 있었다. 막스 데미안이 화학 실험실로 만들어놓은 공간이었다. 바로 그 공간에서 봄날의 밝고 하얀 빛이 비구름 사이로 빛나고 있었다. 나는 아무도 없다고 생각하고 커튼을 열어젖혔다.

그 순간, 커튼이 드리운 창가 좌대에 가부좌를 틀고 앉아 있는 막스 데미안의 모습이 보였다. 그 순간, 번개처럼 뇌리를 스치는 생각 하나가 있었다. 분명 이것은 전에도 본 적 있는 모습이다! 데미안은 아무런 미동도 없이 두 팔을 늘어뜨리고 있었고, 두 손은 무릎 위에, 얼굴은 약간 앞으로 숙인 상태로 앉아 있었다. 분명 두 눈을 뜨고 있는데도 시선이 없고 죽어 있는 것 같은 얼굴이었다. 죽은 것 같은 동공은 마치 유리 조각처럼 작은 빛을 반사하고 있을 뿐이었다. 창백한 얼굴은 영혼 속에 침잠하여 두려울 정도로 경직되어 있었고, 아무런 표정도 없는 것이 마치 사원 문에 걸린 고대의 동물 가면 같았다.

나를 전율하게 만드는 기억 하나가 떠올랐다. 그렇다. 몇 해 전, 내가 어린 소년이었을 때도 나는 저런 모습을 본 적이 있다. 그때도 데미안의 눈은 저렇게 내면을 향한 듯 굳어 있었고, 두 손 역시 생명력 없이 나란히 놓여 있었다. 파리 한 마리가 데미안의 얼굴을 기어갔었다. 아마도 6년쯤 전이었을까. 당시에도 데미안은 지금처럼 늙고 시간을 초월한 듯한 모습이었다. 얼굴의 주름살 하나까지도 달라진 것이 없었다.

나는 두려움에 사로잡혀 조용히 방에서 빠져나와 계단을 내려갔고, 홀에서 에바 부인을 만났다. 에바 부인은 평소와 달리 창백하고 지친 모습이었다. 창문 너머로 그림자 하나가 지나가더니 눈부시게 빛나던 하얀 햇살이 자취를 감췄다.

"막스에게 갔었어요." 내가 서둘러 속삭였다. "무슨 일이 있는 건가요? 막스는 자고 있거나, 가라앉아 있는 것 같았어요. 잘 모르겠어요. 전에도 한 번 저런 모습을 본 적이 있거든요."

"설마 깨운 건 아니겠죠?" 에바 부인이 다급하게 물었다.

"네. 제가 들어간 소리를 듣지 못했거든요. 그래서 얼른 다시 나왔어요. 에바 부인, 말해주세요. 막스가 어떻게 된 거죠?"

"진정해요, 싱클레어. 아무 일도 없어요. 내면으로 들어가 있는 거예요. 오래 걸리진 않을 거고요."

에바 부인이 자리에서 일어나 비가 내리기 시작한 정원으로 나갔다. 따라가서는 안 될 것 같은 느낌이 들었다. 나는 홀에서 서성거리며 온몸을 마비시킬 것 같은 강렬한 히아신스 향을 맡았다. 문 위에는 나의 새 그림이 있었다. 나는 그것을 바라보았고, 그날 아침 숨이 막힐 정도로 압박하며 이 집을 가득 채운 기이한 그림자를 들이마셨다. 이것은 대체 무엇일까. 무슨 일이 일어난 것일까.

얼마 후, 에바 부인이 돌아왔다. 에바 부인의 검은색 머리카락에 빗방울이 맺혀 있었다. 에바 부인은 안락의자에 앉았다. 피로가 에바 부인의 온몸을 뒤덮은 것 같았다. 나는 에바 부인에게 다가가 몸을 굽히고는 머리카락에 맺힌 빗방울에 입맞춤을 했다. 에바 부인의 두 눈은 맑고도 고요했다. 하지만 빗방울에서는 눈물의 맛이 나고 있었다.

"막스에게 가볼까요?" 내가 조용히 물었다.

에바 부인이 희미한 미소를 지으며 말했다.

"어린아이처럼 굴지 말아요, 싱클레어." 자신을 얽어매고 있는 내면의 어떤 마법을 깨뜨리려는 듯 에바 부인이 큰 목소리로 말했다. "이제 그만 돌아가요. 나중에 다시 오세요. 지금은 당신과 대화할 수가 없어요."

나는 밖으로 나와 집과 시내를 지나쳐 산을 향해 빠르게 걸었다. 비스듬히 떨어지고 있는 가는 빗줄기가 나를 때렸고, 구름은 마치 무언가를 두려워하고 있는 듯 무겁게 짓눌려 낮게 흘러가고 있었다. 바람이 거의 불지 않는 아래쪽에 비해 위쪽에서는 폭풍이라도 치는 것 같았다. 이따금 강철 같은 잿빛 구름을 뚫고 태양이 비추며 하얗고 눈부신 빛을 발하다 사라지곤 했다.

그때, 하늘 저편에 엷고 노란 구름 한 조각이 모습을 드러냈다. 노란 구름이 잿빛 구름에 막혀 멈춰 섰을 때였다. 불과 몇 초 만에 바람이 불어와 노란색과 파란색이 섞인 거대한 형상을 만들어냈다. 그것은 새였다. 새는 푸르른 혼돈을 찢어 떨쳐버리고는 커다란 날갯짓을 하며 먼 곳으로 사라져버렸다. 그러자 다시 폭풍우 소리가 들렸다. 우박 섞인 비가 타닥타닥, 소리를 내며 요란하게 쏟아져 내렸다. 순간적으로 천둥 번개가 우박비 떨어지는 풍경 위로 내리치며 쾅 쾅, 하고 믿을 수 없을 만큼 끔찍한 소리를 만들어냈다. 곧 이어 한 줄기 밝은 빛이 모습을 드러냈다. 인근 산의 갈색 숲 위로는 창백한 눈이 아슴푸레 비현실적인 모습으로 빛 나고 있었다.

몇 시간이 지나 나는 흠뻑 젖은 채로 다시 돌아왔다. 데미 안이 직접 현관문을 열어주었다.

데미안은 나를 데리고 방으로 올라갔다. 실험실에서는 가스 불꽃이 타오르고 있었고, 여기저기에는 종이들이 널 려 있었다. 아무래도 작업을 하고 있는 듯했다.

"앉자." 데미안이 말했다. "피곤하겠다. 날씨가 엉망이네. 바깥에 오래 있었나 봐. 금방 차를 가져올 거야."

"오늘 뭔가 일이 일어나고 있어." 내가 망설이다 말을 꺼 냈다. "이런 건 그냥 단순한 천둥 번개가 아니야."

데미안이 탐색하듯 나를 바라보았다.

"뭘 본 거야?"

"응. 구름에서 순간적으로 형상 하나가 분명하게 보였어."

"어떤 형상이었는데?"

"새."

"새매? 그거? 네 꿈에 나타난 새?"

"맞아. 그건 나의 새매였어. 노란색이고 거대했지. 그 새 가 검은 하늘을 향해 날아갔어."

데미안이 깊은 한숨을 내쉬었다.

노크 소리가 났다. 늙은 하녀가 차를 가져왔다.

"마셔, 싱클레어. 내 생각에, 네가 그 새를 본 건 우연이 아닌 것 같다."

"우연? 그런 걸 우연히 볼 수도 있나?"

"물론 그렇지는 않지. 무언가 뜻이 있는 거야. 그게 뭔지 알겠니?"

"아니. 하지만 그게 어떤 격동을 의미한다는 건 느끼고 있어. 운명의 한걸음이라는 걸. 우리 모두에게 일어날 일인 것 같아."

데미안이 성급하게 이리저리 서성이기 시작했다.

"운명의 한걸음이라!" 데미안이 크게 외쳤다. "지난밤에 나도 같은 꿈을 꿨어. 어머니도 어제 어떤 예감을 느끼셨고. 그것도 같은 걸 말하고 있어. 꿈에서 나는 나무줄기인지 탑인지 아무튼 거기에 걸쳐놓은 사다리를 타고 올라갔어. 위에 올라가자 땅 전체가 보이더라. 도시와 마을들이 들어서 있는 광활한 평지가 불에 타고 있었어. 다 이야기해줄 수는 없어. 분명하지 않은 게 많거든."

"그 꿈이 너랑 관련이 있다고 해석하는 거야?"

"나랑 관련이 있냐고? 당연하지. 그 누구도 자신과 관련이 없는 꿈을 꾸지는 않아. 하지만 전적으로 나에게만 해당되는 것도 아니지. 그건 네 말이 맞아. 나는 내 영혼에 일어

나는 움직임을 알려주는 꿈들과 매우 드물기는 하지만 인류 전체의 운명을 암시하는 꿈들을 상당히 정확하게 구분하는 편이야. 후자의 경우는 매우 드물어. 예언이었다거나 실현이 되었다고 할 만한 꿈을 꾼 적은 단 한 번도 없었어. 해석이 너무 불확실하거든. 하지만 분명히 알고 있는 건 있어. 나는 결코 나에게만 해당되는 것이 아닌 꿈을 꾸었어. 그것은 내가 전에 꾸었던 다른 꿈들에 속한 꿈이었고, 계속 이어지는 것이었지. 싱클레어, 바로 이 꿈들을 통해 나는 예감을 얻고, 너에게도 말을 했었어. 우리가 사는 세상이 제대로 썩었다는 것을 우리는 알고 있어. 하지만 그렇다고 그것이 세상의 종말과 같은 것을 예언할 근거가 될 수는 없지. 하지만 지난 몇 년간 내가 꾼 꿈은 낡은 세상의 붕괴가 가까이 다가왔다는 결론을 내리게, 아니 그것을 느끼게 해주었어. 처음에는 저 멀리 있는 아주 약한 예감이었지. 하지만 갈수록 또렷해지고 강해졌어. 아직까지도 내가 알 수 있는 건 나 자신과도 관련이 있는 무언가 거대하고 끔찍한 일이 시작되었다는 것뿐이야. 싱클레어, 이제 우리는 이따금씩 이야기 나누곤 했던 바로 그 일을 겪게 될 거야! 세상이 스스로 새로워지려고 하고 있어. 죽음의 냄새가 나. 새로운 것이란 그 어떤 것도 죽음 없이 올 수는 없지. 내가 생각했던 것보다도 훨씬 끔찍해."

나는 깜짝 놀라 데미안을 바라보았다. "그 꿈에 대해 나

머지 이야기를 더 들려줄 수 있어?" 내가 조심스럽게 부탁
했다.

데미안이 고개를 저었다.

"아니."

그때 문이 열리고 에바 부인이 들어왔다.

"여기에 같이들 있었구나. 얘들아, 설마 슬퍼하고 있는 건
아니겠지?"

에바 부인은 피곤을 털어낸 듯 매우 개운해 보였다. 데미
안이 에바 부인에게 미소를 지어 보였다. 에바 부인은 마치
겁먹은 아이들을 찾아온 어머니처럼 우리에게로 다가왔다.

"슬프지는 않아요, 어머니. 그저 이 새로운 징조의 수수께
끼를 풀어보려고 했던 것뿐이에요. 하지만 중요한 건 그게
아니니까요. 지금 오려고 하는 것은 어느 순간 갑자기 찾아
올 것이고, 그렇게 되면 우리가 알아야 할 것도 자연스럽게
경험하게 되겠죠."

하지만 나는 기분이 좋지 않았다. 나는 인사를 하고 혼자
홀을 지나갔다. 어느새 히아신스 향기는 사라지고 없었다.
오히려 맥이 빠진 시체 같았다. 우리 위로 그림자 하나가 드
리운 것이다.

# 종말의 시작

나는 여름 학기 동안에도 H시에 머물 수 있게 조치를 취해 두었다. 우리는 대부분의 시간을 집이 아닌, 강가의 정원에서 보내고 있었다. 일본인 사내는 권투 경기에서 제대로 패배를 맛본 뒤 떠났고, 톨스토이 추종자도 모습을 감추었다. 데미안은 말 한 마리를 구해 매일같이 끈질기게 말을 탔다. 나는 데미안의 어머니와 단둘이 시간을 보낼 때가 많았다.

이따금 이런 내 삶의 평화에 스스로도 놀라곤 했다. 워낙 오랫동안 혼자였고, 포기를 연습했으며, 힘들게 몸부림치며 고통과 싸우는 데에 익숙해져 있던 터라 H시에서 보내는 몇 달이 마치 꿈속의 섬처럼 느껴질 정도였다. 아름답고 편안한 느낌에만 둘러싸인 채 느긋하게, 마법에 걸린 것처럼 살아도 되는 곳. 나는 바로 이곳이 우리가 구상하던 새롭고도 한 차원 높은 공동체의 전조라는 것을 예감하고 있었다. 하지만 그럴수록 이 행복은 깊은 슬픔을 불러왔다. 이것이 계속될 수 없다는 사실을 알고 있는 탓이었다. 나는 결코 풍요와 안락함 속에 살기 위해 태어난 사람이 아니었다. 나에게는 고통과 서두름이 필요했다. 언젠가 나는 이토록 아름다운 사랑의 장면에서 깨어나 고독과 싸움뿐인, 평화와 공존 따위는 존재하지 않는 냉정한 세상에서 다시 홀로 서야만 할 것이다. 온전히 홀로.

그렇기에 나는 몇 배는 더 다정하게 굴며 에바 부인에게 가까이 다가갔고, 내 운명이 아직 이처럼 아름답고 고요한 얼굴을 지니고 있다는 사실에 기뻐했다.

여름의 몇 주간이 빠르고도 경쾌하게 지났다. 여름 학기가 벌써 끝나가고 있었다. 그것은 머지않아 이별이 찾아올 것이라는 의미이기도 했다. 하지만 나는 그 생각을 할 수도 없었고, 하지도 않았다. 그저 꿀을 가진 꽃에 달라붙은 나비처럼 아름다운 날들에 꼭 달라붙어 있을 뿐이었다. 그것은 나의 행복한 시절이었고, 내 인생에서 최초로 경험하는 실현이자 동맹의 승인을 받은 일이었다. 이제 무엇이 찾아올 것인가. 어쩌면 다시 싸워야 할지도 모른다. 그리움을 견디고, 꿈을 꾸고, 혼자가 될지도 모른다.

그러던 어느 날이었다. 이러한 예감이 너무나도 강렬하게 나를 엄습해왔다. 에바 부인을 향한 나의 사랑이 고통스러울 정도로 뜨겁게 타오르기 시작했다. 세상에, 이제 곧 에바 부인을 보지 못하게 되다니. 집 안에 울려 퍼지는 에바 부인의 분명하고 다정한 발소리를 듣지 못하다니. 내 책상 위에 있던 에바 부인의 꽃도 보지 못하겠지! 나는 무엇을 이룬 것일까. 나는 꿈을 꾸며, 편안한 요람에서 흔들리고만 있었을 뿐이다. 에바 부인을 얻지도 못했으며, 얻기 위해 싸우지도 못했고, 영원히 나에게로 끌어당기지도 못했다! 오래전, 진짜 사랑에 대해 에바 부인이 해준 모든 이야기들이 떠올랐다. 섬세한 경고가 담긴 수많은 말들, 나직이 전해져오던 그 수많은 유혹들 혹은 약속들. 나는 그것으로 무엇을 얻어냈단 말인가. 아무것도 없다! 아무것도 이룬 게 없는 것이다!

나는 방 한가운데 서서 내 모든 의식을 집중해 에바 부인을 떠올렸다. 에바 부인이 내 사랑을 느끼도록, 에바 부인을 끌어당길 수 있도록 내 영혼의 힘을 한곳에 모으는 데 노력했다. 에바 부인이 이곳으로 와 내 포옹을 그리워하도록, 나의 입맞춤이 에바 부인의 성숙한 사랑의 입술을 끝없이 파고들도록.

자리에서 일어나 정신을 집중하자 손가락과 발이 차가워지기 시작했다. 나에게서 힘이 빠져나가는 것이 느껴졌다. 잠시 동안 내면의 무언가가 단단하게 뭉치고 있었다. 무언가 밝으면서도 차가운 것이었다. 순간, 마음속에 수정이 들어 있는 것 같은 느낌이 들었다. 그리고 나는 깨달았다. 그것이 나의 자아라는 것을. 이제 냉기는 가슴까지 차올랐다.

끔찍한 긴장감에서 깨어났을 때, 무언가가 다가오는 것이 느껴졌다. 죽을 것처럼 탈진한 상태에서도 나는 환희에 불타오르며 기다렸다. 에바 부인이 방으로 들어오기를. 그 모습을 보기를.

그때, 긴 거리를 따라 마치 망치질을 연상시키는 소리가 들려왔다. 말발굽 소리였다. 그 소리는 가까이 다가올수록 세차게 울리더니 갑자기 멈췄다. 나는 창가로 뛰어갔다. 말에서 내리는 데미안의 모습이 보였다. 나는 아래로 달려 내려갔다.

"무슨 일이야, 데미안? 어머니께 무슨 일이라도 있는 거야?"

데미안은 내 말에 귀를 기울이지 않았다. 데미안의 얼굴은 매우 창백했고, 땀이 이마에서부터 양 뺨을 타고 흘러내리고 있었다. 한껏 달아오른 말의 고삐를 정원 울타리에 묶은 데미안이 내 팔을 잡고 거리로 내려갔다.

"벌써 소식을 들은 거야?"

나는 어리둥절했다.

데미안이 내 팔을 꽉 잡았다. 그리고는 연민이 묻어나는 어둡고 이상한 눈빛으로 나를 바라보며 말했다.

"그래, 꼬마. 이제 시작이야. 러시아와의 긴장 상태가 고조되고 있었던 건 너도 알고 있겠지?"

"뭐? 그럼 전쟁이 시작된 거야? 설마 그럴 거라고는 생각하지 않았는데."

주변에는 아무도 없었다. 그런데도 데미안은 낮은 목소리로 말했다.

"아직 선전포고를 한 건 아니야. 하지만 전쟁이지. 내 말을 믿어. 지금까지 이 문제로 너를 부담스럽게 한 적은 없었지. 하지만 그날 이후, 나는 세 번의 새로운 징조를 보았어. 그것은 세상의 멸도 아니고, 지진도 아니고, 혁명도 아니었어. 전쟁인 거지. 너도 전쟁이 닥치는 걸 보게 될 거야. 사람들은 기뻐하겠지. 벌써부터 공격 개시를 기대하며 기뻐하고 있으니까. 그만큼 그들에게는 삶이 무미건조해져버린 거야. 하지만 싱클레어, 너는 보게 될 거야. 이건 시작에 불과해. 어쩌면 큰 전쟁이 될지도 몰라. 아주 큰 전쟁. 하지만 그것도 시작일 뿐이야. 새로운 것이 시작될 거야. 그리고 그것은 낡은 것에 집착하고 있는 사람들에게 충격을 주겠지. 넌 어떻게 할 거니?"

나는 당황하고 있었다. 나에게는 이 모든 것이 낯설고, 비현실적으로 느껴질 뿐이었다.

"모르겠어. 너는?"

데미안이 어깨를 으쓱했다.

"곧 동원령이 내려질 거야. 그러면 나는 군대로 들어가야지. 소위거든."

"네가? 그건 전혀 몰랐는데."

"그랬을 거야. 그건 적응을 위해 사용한 하나의 방법이었거든. 너도 알겠지만 나는 밖으로 드러나는 걸 좋아하지 않아, 오히려 지나치게 올바른 행동을 하곤 했지. 아마도 일주일 후면 나는 전쟁터에 나가 있을 거야."

"세상에."

"자, 꼬마야. 감상적으로 생각하지 마. 살아 있는 사람을 향해 발사 명령을 내리는 일은 내게도 즐거운 일이 될 수 없어. 하지만 그건 중요한 게 아니야. 이제 우리는 모두 커다란 수레바퀴 속으로 들어가게 될 테니까. 분명 너도 징집될 거야."

"그러면 어머니는, 데미안?"

그제야 나는 15분 전에 있었던 일이 떠올랐다. 그사이 세상이 이렇게 변해버리다니! 나는 분명 이 세상에서 가장 감미로운 장면을 불러내기 위해 온힘을 한데 모으고 있었다. 그런데 느닷없이 무서운 가면을 쓴 운명이 마치 위협하는 것처럼 눈앞에서 나를 바라보고 있다니.

"어머니? 아, 어머니는 걱정할 것 없어. 안전하시니까. 지금 이 세상에 있는 그 누구보다도 안전하시지. 어머니를 무척이나 사랑하는구나?"

"알고 있었던 거야, 데미안?"

데미안이 크게 웃음을 터뜨렸다.

"꼬마로구나! 당연히 알고 있었지. 사랑하지도 않으면서 어머니를 에바 부인이라고 부르는 사람은 없었거든. 그건 그렇고, 오늘은 어떻게 된 거야? 어머니나 나를 부른 게 너지?"

"맞아. 내가 불렀어. 에바 부인을 불렀지."

"어머니도 느끼셨어. 갑자기 너한테 가보라며 나를 보내시더라. 막 러시아에 대한 소식을 들려드리고 있었거든."

우리는 돌아서서 걸으며 몇 마디를 더 나누었다. 데미안이 말고삐를 풀고 말 위에 올라탔다.

나는 위층에 있는 내 방에 올라와서야 비로소 내가 많이 지쳐 있다는 사실을 깨달았다. 데미안이 전해온 소식 때문이기도 했지만 사실은 그 전의 긴장 상태 때문이었다. 그래도 에바 부인이 나의 소리를 들었다니! 내 마음속 생각이 에바 부인에게 닿은 것이다. ─ 상황이 이렇지만 않았더라도 ─ 에바 부인은 직접 나를 찾아왔을 것이다. 이 모든 것은 너무나도 이상한 것이었고 그러면서도 근본적으로 너무나 아름다운 것이었다.

이제 전쟁이 일어날 것이다. 우리가 여러 번 이야기했던 것들이 곧 시작되는 것이다. 데미안은 그와 관련해 벌써부터 많은 것을 알고 있었다. 참으로 이상한 일이 아닐 수 없다. 세상의 물결이 우리 곁을 스쳐 지나가지 않고 갑자기 우리의 가슴 한가운데를 뚫고 지나가고 있었다. 모험과 거친 운명들이 우리를 불렀다. 이제, 아니 머지않아 세상은 우리를 필요로 할 것이고, 스스로 변하기를 원하는 순간이 찾아올 것이다. 데미안의 말이 옳았다. 이것은 결코 감상적으로 받아들일 일이 아니었다. 이상한 것은 그저 그토록 외로운 사건이었던 '운명'을 이제 온 세상과 함께 경험하게 되었다는 사실뿐이었다. 그렇다면, 좋다!

준비가 되었다. 저녁이 되어 시내로 나가 보니 사방이 흥분의 도가니에 휩싸여 있었다. 어딜 가든 '전쟁'이라는 말이 들리고 있었다!

나는 에바 부인의 집으로 갔다. 우리는 정원의 정자에서 함께 저녁을 먹었다. 손님은 나 하나뿐이었다. 전쟁에 대해서는 우리 두 사람 중 누구도 말을 꺼내지 않았다. 하지만 늦은 시간, 내가 떠나기 직전 에바 부인이 말했다.

"사랑하는 싱클레어, 오늘 당신이 날 불렀지요. 내가 왜 직접 가지 못했는지는 당신도 알 거예요. 하지만 잊지 말아요. 당신은 이제 부르는 법을 알아요. 언제든, 표식을 지닌 누군가가 필요하다면 부르도록 해요!"

에바 부인은 자리에서 일어나 정원에 내린 어스름 속으로 앞서 걸어갔다. 신비로 가득한 여인이 대담하면서도 당당하게 말 없는 나무들 사이를 걸어가고 있었다. 에바 부인의 머리 위로 작고 사랑스러운 별들이 수없이 빛나고 있었다.

내 이야기는 이제 마지막에 이르렀다. 사태는 급격하게 진전되었다. 얼마 지나지 않아 전쟁이 시작되었고, 데미안은 군복에 은회색 외투를 걸친 채 묘하게 낯선 모습으로 떠났다. 나는 데미안의 어머니를 집까지 데려다주었고, 곧 작별을 했다. 에바 부인은 내 입술에 키스하고 나를 품에 안았다. 에바 부인의 커다란 눈이 내 눈 가까이에서 흔들림 없이 불타오르고 있었다.

모든 사람이 형제가 된 것 같았다. 사람들은 하나같이 조국과 명예를 말했다. 하지만 그 순간 그들이 바라본 것은 감추어지지 않은 운명의 얼굴이었다. 젊은 남자들은 막사에서 나와 기차에 올라탔다. 나는 수많은 사람들의 얼굴에서 표식을 보았다. 우리의 것과 같지는 않았지만 사랑과 죽음을 의미하는 아름답고 존엄한 표식이었다. 나 또한 처음 보는 낯선 사람들의 포옹을 받았다. 나는 그것을 이해했고, 기꺼이 그것을 받아들였다. 그것은 도취 상태에서 비롯된 행동이었다. 운명의 의지는 아니었다. 하지만 도취는 거룩한 것이었다. 사람들은 모두 짧고 흔들리는 시선으로 운명의 두 눈을 바라보았다. 그랬기에 그것은 감동적이었다.

나는 겨울이 다 되어서야 전쟁터로 나갔다.

총격의 흥분에도 처음에는 모든 것이 실망스러웠다. 예전에는 이상을 위해 살아가는 인간이 왜 이렇게도 드문지에 대해 생각할 때가 많았다. 하지만 이제는 많은 사람들이,

아니 모든 사람이 이상을 위해 죽을 수 있다는 사실을 알게 되었다. 하지만 그것은 자유로이 선택한 개인의 이상이 아니라 떠맡겨진 공동의 이상이었다.

시간이 흐르면서 나는 내가 인간이라는 존재를 과소평가했다는 사실을 깨달았다. 임무와 공동의 위험이 그들을 획일화해놓는다 해도 살아 있는 사람 그리고 죽어가는 수많은 사람들이 운명의 의지에 훌륭하게 다가가는 모습을 보았기 때문이다. 수많은 사람들이 공격의 순간뿐만 아니라 매 순간 단호하고도 먼, 조금은 광기가 어린 눈빛을 보이고 있었다. 그것은 목적이 무엇인지는 아무것도 모르면서 엄청난 것을 위해 온전히 헌신하겠다는 의미를 지닌 눈빛이었다. 무엇을 믿고 생각하든 그들은 각오가 되어 있었고, 그들은 쓸모가 있었다. 미래는 그들을 통해 형성될 것이다. 이 세상이 전쟁과 영웅, 명예, 낡아빠진 다른 이상들을 완고히 고집하고 있는 것처럼 보일수록 인간성으로 보이는 목소리가 더욱 멀고 비현실적으로 들릴수록, 이것들은 단순한 표면에 불과했다. 전쟁의 외적이고 정치적인 목적에 대한 질문이 그런 것처럼 말이다. 깊은 곳에서는 무언가가 만들어지고 있었다. 그것은 새로운 인간성과도 같은 무엇이었다. 나는 많은 사람들을 보았다. 그들 중에는 바로 내 앞에서 죽은 사람들도 있었다. 그들은 깨닫고 있었다. 증오와 분노, 살육과 말살이 그 대상과는 관련이 없다는 사실을. 대상 또

한 목적과 마찬가지로 완전히 우연에 의한 것에 불과했다. 아무리 사나운 것이라 할지라도, 근원적인 감정은 결코 적을 향한 것이 아니었다. 그들의 피비린내 나는 작품은 그저 내면의 표출일 뿐이었고, 속으로 부서진 영혼이 겉으로 터져 나온 것에 불과했다. 그렇게 무너진 영혼들은 광분하고, 죽이며, 파괴하고, 스스로 죽기를 원했다. 거대한 새가 알에서 나오기 위해 힘겹게 싸우고 있었다. 알은 세상이었고, 그 세상은 부서져야 했다.

어느 이른 봄날의 밤이었다. 나는 우리가 점령한 농가 앞에서 보초를 서는 중이었다. 이따금 변덕스러운 미풍이 불어왔고, 플랑드르 지방의 높은 하늘 위로는 구름이 떼를 지어 흘러가고 있었다. 저 구름 뒤 어디쯤엔가 달이 있을 것이란 예감이 들었다. 사실 나는 하루 종일 불안한 상태였다. 내 마음을 뒤흔드는 근심이 있었기 때문이다. 나는 어두운 초소에 서서 지금까지 살아온 삶의 장면들과 에바 부인 그리고 데미안을 간절히 떠올렸다. 포플러나무에 기대어 요동치는 하늘을 뚫어져라 바라보기도 했다. 남모르게 경련하던 하늘의 밝은 부분이 갑자기 연속적으로 커다란 형상을 이루며 솟구쳤다. 나는 이상하게 맥박이 약해지는 것을 느낄 수 있었다. 어느새 피부는 바람과 비에 둔감해졌다. 그 순간, 나의 내면이 번뜩이는 섬광과 함께 깨어났다. 내 주변에 길 안내자가 있었다.

구름은 커다란 도시의 형상을 만들어냈다. 그 도시에서 수백만 명의 사람들이 뛰쳐나와 떼를 지어 드넓은 풍경으로 퍼져나가고 있었다. 그들 사이로 강력한 신의 형상 하나가 모습을 드러냈다. 머리카락에는 반짝이는 별들이 달린 산처럼 거대한 이 형상은 에바 부인의 윤곽을 하고 있었다. 사람들은 대열을 이루어 마치 거대한 동굴 안으로 빨려들듯 그 안으로 들어가 사라져버렸다. 여신은 바닥에 웅크린 채 앉아 있었고, 그 이마에서는 반점이 빛나고 있었다. 어떤 꿈이 여신을 지배하는 것 같았다. 여신이 두 눈을 감더니 갑자기 그 거대한 얼굴이 고통으로 일그러지기 시작했다. 순간, 여신은 낭랑한 목소리로 소리를 질렀고, 여신의 이마에서 튀어 나온 수천 개의 별들이 찬란한 아치와 반원을 그리며 검은 하늘 위로 날아갔다.

그중 하나가 밝은 울림을 내며 나를 향해 곧장 날아오고 있었다. 나를 찾는 듯했다. 별은 요란한 소리와 함께 수천 개의 불꽃으로 쪼개져 흩어졌고, 그 바람에 나는 번쩍 들려 올라갔다가 다시 바닥으로 나뒹굴었다. 세상이 내 위에서 천둥소리를 내며 무너져 내렸다.

그렇게 나는 포플러 나무 근처에서 진흙과 상처로 뒤덮인 채 사람들에게 발견되었다.

눈을 떴을 때 나는 지하실에 누워 있었다. 머리 위로는 포화가 쏟아지고 있었다. 나는 덜컹거리는 수레에 누인 채 텅 빈 벌판으로 실려갔다. 대부분은 잠이 들어 있거나, 의식을 잃은 상태였다. 하지만 깊은 잠에 빠져들수록 나는 더 강렬하게 느낄 수 있었다. 무언가가 나를 끌어당기고 있음을, 나를 지배하는 어떤 힘을 따라가고 있음을.

나는 어느 마구간의 짚더미 위에 누워 있었다. 사방은 어두웠고, 누군가 내 손을 밟고 지나갔다. 하지만 나의 내면은 더 나아가려고 했고, 그 무언가는 나를 더욱 강하게 끌어당기고 있었다. 나는 다시 수레에 실렸고, 이후에는 들것인지 사다리인지 모를 것으로 옮겨졌다. 어딘가로 가라는 명령을 받았다는 느낌이 더 강해지고 있었다. 마침내 내가 느낄 수 있는 것이라고는 그곳으로 가야겠다는 열망뿐이었다.

목적지에 도착했다. 밤이었다. 의식은 완전히 깨어난 상태였다. 방금 전까지만 해도 나는 엄청난 끌림과 열망을 느끼고 있었다. 나는 어떤 홀에 자리를 깔고 누워 있었다. 부름을 받은 그곳에 이르렀음을 느낄 수 있었다. 주위를 둘러보았다. 내 매트리스 바로 옆에 또 하나의 매트리스가 붙어 있었다. 그리고 그 위에 누운 누군가가 내 쪽으로 몸을 돌리고 나를 바라보고 있었다. 이마에 표식을 지니고 있는 사람이었다. 막스 데미안이었다.

나는 말을 할 수가 없었다. 데미안도 말을 할 수 없는 상태이거나, 하려고 하지 않는 것 같았다. 데미안은 그저 나를 바라볼 뿐이었다. 머리 위쪽 벽에 달린 현등의 불빛이 데미안의 얼굴을 비추었다. 데미안은 나를 향해 미소를 지었다.

끝도 없이 긴 시간 동안 데미안은 계속해서 내 눈을 바라보았다. 데미안의 얼굴이 천천히 내게로 다가왔다. 우리의 얼굴이 거의 닿을 것처럼 붙어 있었다.

"싱클레어!" 데미안이 속삭이듯 말했다.

나는 눈빛으로 데미안의 말을 알아듣고 있다는 신호를 보냈다.

데미안이 다시 미소를 보냈다. 안쓰러운 표정이었다.

"꼬마!" 데미안이 미소를 지으며 말했다.

데미안의 입술이 거의 닿을 듯 내 입술에 다가와 있었다. 데미안이 낮은 목소리로 말을 이어나갔다.

"프란츠 크로머, 아직 기억하지?"

나는 그렇다는 의미로 눈을 깜빡여 보였다. 이번에는 미소도 지을 수 있었다.

"꼬마 싱클레어, 잘 들어! 나는 가야만 해. 어쩌면 다시 나를 필요로 하게 될지도 몰라. 크로머에게 맞서야 할 수도 있고, 다른 것과 싸워야 할 수도 있지. 그럴 때 나를 부르면 나는 더 이상 말이나 기차를 타고 오지 못할 거야. 너는 너의 내면에 귀를 기울여야 해. 그러면 내가 네 안에 있다는 것을 알 수 있을 거야. 알겠지? 그리고 또 한 가지! 에바 부인이 말했어. 언젠가 너에게 좋지 않은 일이 생기면 당신 대신 키스를 전해달라고. ……눈을 감아, 싱클레어!"

나는 그대로 눈을 감았다. 내 입술 위로 가벼운 입맞춤이 느껴졌다. 내 입술에서는 피가 줄어들 기미도 없이 계속해서 조금씩 흘러나오고 있었다. 그리고 그렇게 나는 잠이 들었다.

아침이 되어 사람들이 나를 깨웠다. 붕대를 감기 위해서였다. 마침내 완전히 잠에서 깨어나 옆에 있는 매트리스 쪽으로 황급히 몸을 돌렸을 때는 지금까지 한 번도 본 적 없는 낯선 사람이 누워 있는 모습을 보았다.

붕대를 감는 과정에서 통증이 느껴졌다. 그 후로 내게 일어난 모든 일이 고통스러웠다. 하지만 가끔씩 열쇠를 발견하여 그 깊숙한 곳 어두운 거울에서 운명의 모습들이 어른거리리는 온전한 내면세계로 내려갔다. 그러면 나는 거울 위로 몸을 기울여 나 자신의 모습을 바라보았다. 이제 그 모습은 완전히 닮아 있었다. 내 친구이자 길 안내자인 데미안과.

# 진정한 자신의 모습을 찾아가는 길

20세기 전반의 독일을 대표하는 소설가이자 시인인 헤르만 헤세의 『데미안』은 1919년, '에밀 싱클레어'라는 가명으로 출판된 작품이다. 당시 이미 유명세를 타고 있던 헤르만 헤세가 작품성만으로 평가를 받기 위해 한 선택이었다. 친구인 데미안을 통해 자신의 내면에 존재하는 어둠의 세계를 만나고, 자신의 길을 찾아가는 한 소년의 이야기를 그린 『데미안』은 제1차 세계대전이 남긴 황폐함과 패배감 속에 살고 있던 당시의 시대정신을 어루만지며 대중과 비평가들에게 호평을 받았다.

'에밀 싱클레어의 젊은 시절에 대하여'라는 부제를 가진 『데미안』은 '청년 운동의 성경'이라는 평가를 받을 정도로 헤르만 헤세의 작품 중에서도 큰 성공을 거둔 작품으로 알려져 있으며, 한 세기가 지나가는 지금까지도 약 30개 언어로 번역되어 전 세계 젊은이들의 큰 사랑을 받고 있다.

부모의 따뜻한 보살핌과 기독교 신앙의 가르침 아래서 자라던 평범한 소년 '싱클레어'는 '프란츠 크로머'라는 소년을 통해 처음으로 어둠의 세상에 발을 내딛는다. 뜻하지 않았던 거짓말로 프란츠 크로머에게 발목이 잡힌 싱클레어는 크로머에게 돈을 갖다 바치게 되고, 선악이라는 이분법적 세상에 갇혀 살던 자신이 죄를 저질렀다는 죄책감과 양심의 가책으로 괴로워한다.

그러던 어느 날, 싱클레어는 학교에 전학 온 '데미안'이라는 소년을 만나게 된다. 싱클레어의 상황을 눈치챈 데미안은 싱클레어에게 도움의 손길을 내밀고, 싱클레어가 선악의 이분법적인 세상에서 벗어나 홀로 설 수 있는 길을 안내한다. 그렇게 싱클레어는 자기 자신을 찾아가는 길 위에 오른다.

헤르만 헤세의 『데미안』을 통해 보는 인간의 삶이란, 바로 진정한 자기 자신에게 이르는 길이다. 외부에서부터 정해진 규범과 금기사항에 저항하며 알을 깨고 나와 진정한 자신의 모습을 발견하는 것이 인간에게 주어진 거룩한 의무라는 것이다. 헤르만 헤세는 자신의 내면의 목소리(데미안)를 따라가기 위해 끊임없이 노력하는 에밀 싱클레어를 통해 온전히 자기 자신이 되어 살아가고자 하는 인간의 모습을 그린다.

"나는 내 안에서 이끄는 대로 살아보기 위해 노력했을 뿐이다. 그런데 그것은 왜 그리도 어려웠을까."

인간의 인생이란 자기 자신에게로 가는 길이자, 길을 찾기 위한 시도, 암시들을 좇아가는 것이다. 자기 자신, 즉 인간이 되는 것은 누구나 가능하지만, 그곳으로 가는 길은 매우 어려운 일이다. 사회가 정한 규범과 기대에 따라 살아가는 한 자기 자신이 될 수 없기 때문이다.

"인간의 생이란 자기 자신에게로 가는 길이자, 길을 찾기 위한 시도, 암시들을 좇아가는 것이다. 온전히 자기 자신이 되어 살아가는 사람은 없다. 그럼에도 모든 인간은 할 수 있는 선에서 자기 자신이 되기 위해 노력한다. 누군가는 불분명하게, 또 누군가는 또렷하게. 인간은 생의 마지막 날까지 출생의 찌꺼기, 태고의 점액과 점막을 가지고 간다. 결국 인간이 되지 못한 채 생을 마감하는 사람도 있다. 개구리에 그치거나, 도마뱀 혹은 개미로 남는 것이다."

『데미안』은 헤르만 헤세 자신의 경험과 정신 분석 연구,

융의 심층심리학의 영향을 받은 자전적 소설이기도 하다.

지금, 우리 각자의 인생을 움직이는 근원의 힘은 과연 무엇일까. 지금 이 시대에도 알을 깨고 나와 자신의 길을 찾아가야 하는 에밀 싱클레어들이 수없이 존재하고 있다는 사실이 시간이 흘러도 변함없이 사랑받는 『데미안』의 힘일지도 모르겠다.

1877 독일 뷔르템베르크에서 선교사의 아들로 태어나다.

1883 아버지가 스위스 시민권을 취득하다.

1890 스위스 국적을 포기하고 독일 시민권을 회복하다.

1891 마울브론 수도원 학교에 입학했으나 시인이 아니면
     아무것도 되고 싶지 않아 7개월 뒤 도망치다.

1892 자살 기도 후 슈테텐 신경과 병원 입원하다. 칸슈타
     트 인문고등학교 입학했으나 1년도 못 되어 퇴학당
     하다.

1894 칼프의 시계공장 견습공으로 일하며 문학 수업을 시
     작하다.

1895 이때부터 1898년까지 튀빙겐의 서점에서 견습점원
     으로 일하며 낭만주의 문학에 심취하다.

1899 첫 시집 『낭만적인 노래(Romantische Lieder)』
와 산문집 『한밤중의 한 시간(Eine Stunde hinter
Mitternacht)』을 출판하여 R. M. 릴케에게 인정을 받다.

1901 처음으로 이탈리아를 여행하다.

1904 최초의 장편소설 『페터 카멘친트(Peter Camenzind)』
를 출판하여 확고한 문학적 지위를 얻다. 마리아 베
르누이(Maria Benrnoulli)와 결혼하다.

1906 소설 『수레바퀴 밑에서(Unterm Rad)』를 출간하다.

1910 장편 『게르트루트(Gertrud)』를 출간하다.

1911 친구인 화가 한스 슈투르체네거와 인도를 여행하다.
장편 『게르트루트(Gertrud)』를 출간하다.

1912 단편집 『우회로들(Umwege)』을 출간하다. 스위
스 베른으로 이주하다.

1914 화가 소설 『로스할데(Rosshalde)』를 출간하다. 제1
차 세계대전이 발발하여 자원입대하였으나 고도근
시로 복무 부적격 판정을 받다.

1915 제1차 세계대전 중 독일의 문단과 출판계로부터 지
식계급의 극단적인 애국주의에 동조하지 않는다는
비난과 공격을 당하다. 3개의 단편으로 이루어진 서
정적인 소설 『크눌프(Knulp)』를 출간하다.

1916 정신분석학자 칼 융의 제자인 요제프 베른하르트 랑
박사의 치료를 받다.

1919 시대비판적인 출판 활동을 중단하라는 권고를 받고 '에밀 싱클레어'라는 가명으로 『데미안(Demian)』을 출간하다.

1922 『싯다르타(Siddhartha)』를 출간하다.

1927 『황야의 늑대(Der Steppenwolf)』를 출간하다.

1930 『나르치스와 골트문트(Narziss und Goldmund)』를 출간하다.

1939 제2차 세계대전이 본격화되면서 1945년 종전까지 헤세의 작품이 독일에서 출판되는 것이 금지되다.

1943 『유리알 유희(Das Glasperlenspiel)』를 출간하다.

1946 『유리알 유희』로 노벨문학상을 수상하다.

1962 뇌출혈로 몬타뇰라에서 세상을 떠나다.

## 옮긴이 **박여명**

C 채널방송 아나운서. 한국외국어대학교 독일어과를 졸업하고, 독일에서 김나지움 과정을 수료했으며, 한국외국어대학교 통번역대학원에 재학 중이다. 현재 번역 에이전시 엔터스코리아에서 출판기획 및 전문 번역가로 다양한 책들을 다루고 있다. 옮긴 책으로는『모나리자 바이러스』『빨간 코의 날』『레오나』『개 같은 시절』『쇼퍼 홀릭 누누 칼러, 오늘부터 쇼핑 금지』『새로운 하늘의 발견』등이 있다.

## 데미안

**초판 1쇄 발행** 2018년 1월 10일
**2판 1쇄 발행** 2023년 1월 20일

**지은이** 헤르만 헤세
**옮긴이** 박여명
**발행인** 조상현
**마케팅** 조정빈
**편집인** 정지현
**디자인** Design IF
**펴낸곳** 더디퍼런스

**등록번호** 제2018-000177호
**주소** 경기도 고양시 덕양구 큰골길 33-170
**문의** 02-712-7927
**팩스** 02-6974-1237
**이메일** thedibooks@naver.com
**홈페이지** www.thedifference.co.kr

ISBN 979-11-6125-380-0 03800

독자 여러분의 소중한 원고를 기다리고 있으니 많은 투고 바랍니다.